Reinhard Kaiser-Mühlecker

Schwarzer Flieder

Roman

Hoffmann und Campe

1. Auflage 2014
Copyright © 2014 by Hoffmann und Campe Verlag, Hamburg
www.hoca.de
Satz: Dörlemann Satz, Lemförde
Gesetzt aus der Albertina
Druck und Bindung: Friedrich Pustet, Regensburg
Printed in Germany
ISBN 978-3-455-40470-8

Ein Unternehmen der
GANSKE VERLAGSGRUPPE

Ich wählte Dulden und Bleiben.
Odyssee, 10. Gesang, Vers 53

Erster Teil

1

Mächtig strahlend, doch ohne dabei zu blenden, hob sich die Sonne hinter dem östlichen Stadtrand empor. Eben war noch alles in kühlem, tauigem, grauem Licht gelegen, jetzt waren die Dinge hell, fast weiß, sogar die Blätter der Bäume und Sträucher vor ihnen. Die Sonne trat höher und höher, und mit jeder Sekunde breitete sich das weiße Feuer weiter über der Stadt aus, bis schließlich über keinem Gebäude mehr etwas anderes stand als das Junilicht. Niemand verlor ein Wort. Es war, als hätten sie geschlafen und von Feiern und Clubs nur geträumt.

Ferdinand drückte sich in den Sitz und atmete tief ein und aus. Ihm kam vor, er würde sich mit jedem Atemzug dem Licht nähern und sein Inneres sich zugleich mit dem Äußeren erhellen, und das erfüllte ihn mit einer unbekannten Ruhe. Das ist die Wahrheit, dachte er unwillkürlich mehrmals hintereinander, ohne zu wissen und ohne sich zu fragen, was der Gedanke bedeute. Ja, ihm war, als hätte er noch nie einen wahreren Moment erlebt als diesen stetig an Helligkeit zunehmenden, und als fiele sein ganzes bisheriges Leben von ihm ab. Vogelzwitschern und das leise Rauschen des Frühverkehrs drang von fern zu ihm. Immer wieder blitzten zwischen den Blättern Lichter wie kleine Feuer auf und ließen sie scheinbar erzittern.

»Warum schnaufst du denn so?«, fragte Anton mit brüchiger Stimme, und da erst fiel Ferdinand wieder ein, dass er nicht allein war und die vergangenen Minuten in völliger Versunkenheit verbracht hatte. Die Sonne stand nun hoch am Himmel. War auch er eingeschlafen? Tatsächlich ging sein Atem beschleunigt, als liefe er. Er kurbelte das Fenster ein Stück weit hinunter, und kühle Luft drang herein.

»Ich kann mich nicht erinnern, je einen solchen Sonnenaufgang gesehen zu haben«, murmelte Ferdinand.

Anton steckte sich eine Zigarette in den Mund, drückte den Anzünder, und als der Sekunden darauf heraussprang, hielt er die rotglühende Spirale an die Zigarette und sog an ihr. Dichter blauer Rauch erfüllte das Wageninnere. Er machte einige Züge, bevor er die Zigarette, kaum halb geraucht, aus dem Fenster warf. Sie schmeckte ihm nicht, er machte einen entsprechenden Laut, und als erinnere ihn irgendetwas daran an die vergangene Nacht, sagte er: »Das war ein verrücktes Fest ...«

»Hm«, machte Ferdinand, der eine einsetzende Erschöpfung fühlte. Die gewaltige Empfindung von eben war nicht mehr erreichbar, nicht mehr beschwörbar. Er runzelte die Stirn. »Ja«, seine Stirn glättete sich wieder, »das war ein Fest. Ein Haufen Verrückter!« Er lachte leise auf.

»Ja, das auch, stimmt ... Ich meinte aber eigentlich das andere ... das Fest, auf dem ich davor war, bevor wir uns trafen.«

Ferdinand überlegte, dann fiel ihm ein, dass Anton erst spät zu ihnen gestoßen war.

»Wo warst du eigentlich die ganze Zeit?« Er erinnerte sich an die vergangenen Stunden, an ihr Von-Club-zu-Club-Ziehen, an die laute, körperdurchdringende Musik, die vielen bunten Lichter und die im Zucken des Stroboskoplichts unwirklichen Bewegungen all der Menschen, und so unwirklich ihm diese Bewegungen nun erschienen, so unwirklich erschien ihm der ganze Abend. Plötzlich erinnerte er sich an Rosental, seine Heimat, und ein Gefühl bemächtigte sich seiner, das entfernt jenem von vorhin ähnelte.

»Hörst du mir überhaupt zu?«

»Hm«, machte Ferdinand.

»Sie hätte doch einfach ablehnen können, nicht wahr?«

»Hm.«

»Aber nein, sie lässt sich einladen und sieht mir die ganze Zeit in die Augen! Den Mann möchte ich kennenlernen, den das nicht aus der Fassung bringt. Weißt du, sie war wirklich schön. Ich habe geredet und geredet. Sie hat nichts gefragt – oder fast nichts –, aber ganz aufmerksam zugehört. Und dieser Blick! Ich weiß nicht, wie lange wir dort standen – aber auf einmal war es aus. Ich wusste nichts mehr zu sagen. Mir fiel nichts mehr ein. Ich stand da und habe mich gefühlt wie ein Idiot, so als hätte ich die ganze Zeit über nichts gesagt – als wäre ich schon seit einer Stunde wie ein Idiot dagestanden – und sie hat mich immer noch unverwandt angesehen. Dann sagte sie unerwartet doch etwas, aber so leise, dass ich es nicht verstanden habe und mich zu ihr bewegte, und sie sagte mir ins Ohr, dass ich sie an jemanden erinnern würde. Ich habe ihren Atem an meinem Ohr gespürt – ich konnte nur leicht nicken und warten, dass sie weiterspricht.«

»Und?« Ferdinand öffnete die Augen und blickte seinen Freund an, der nun selbst nicht weitersprach. Anton hatte sich abgewandt und sah zum Fenster hinaus.

»Ob die anderen auch schlafen?«

»Ist deine Geschichte schon aus? Was war weiter? An wen hast du sie erinnert?«

»An wen? An ihren Freund – den einzigen, den sie je hatte.« Anton blickte immer noch aus dem Fenster.

»Oh.«

Anton warf Ferdinand einen kurzen Blick zu, dann zog er den Anzünder heraus und wiegte ihn in der Hand.

»Ja, das dachte ich auch. Damit hatte ich ebenso wenig gerechnet. Aber du weißt, wie man ist. Ich dachte: Immerhin hat sie in der Vergangenheitsform von ihm gesprochen ... und schon habe ich weiter geredet ... und zuerst gar nicht gemerkt, dass sie weinte.«

»Sie hat geweint?«

»Und ich dachte immer noch, das wäre eine Chance – ich könnte sie trösten – ihr so näherkommen ... Ach, ich war besoffen ...«

»Aber warum weinte sie denn?«

»Seinetwegen – wegen diesem Freund ... Übrigens hat sie ihn verlassen. Das ist aber schon viele Jahre her. Wer weiß, vielleicht war sie auch betrunken oder hat irgendetwas geschluckt. Kennst du das denn nicht: Sentimentalität?«

»Nein«, antwortete Ferdinand.

»Nein«, wiederholte Anton, »na gut. Jedenfalls standen wir noch eine Weile zusammen, ohne dass wir noch irgendwas zu reden gewusst hätten. Wir tranken aus – dann verschwand sie und kam nicht wieder. Da bin ich auch gegangen und zu euch gestoßen. Und ich habe nicht einmal ihre Telefonnummer.«

Er steckte den Anzünder zurück; mit einem leisen Klicken rastete er ein.

»Weißt du wenigstens, wie sie heißt?«

»Ja: Susanne.«

»Susanne?«, fragte Ferdinand. »Und sonst weißt du nichts?«

»Nur noch, dass sie aus deiner Gegend kommt. Aber das bedeutet ja nicht viel, halb Wien ist voll von euch ...«

Ferdinands Stirn verfinsterte sich, und er verfiel in Schweigen. Einige Minuten verstrichen, bevor er sagte: »Lass uns ans Wasser fahren. Die anderen werden schon nachkommen.«

2

Seit sieben Jahren lebte Ferdinand in Wien, im zweiten Geschoß eines Eckhauses in der St.gasse im 18. Bezirk. In den ersten drei Jahren, als er noch Student der Universität für Bodenkultur war, hatte er die dreimonatigen Sommerferien und auch die Weihnachtsferien noch auf dem Hof seiner Familie im oberösterreichischen Rosental verbracht.

Damals lebten dort seine Großmutter Anna, sein Onkel Thomas, der Bruder seines verstorbenen Vaters Paul, den er nie kennengelernt hatte, und dessen Frau Sabine. Leonhard, der Sohn von Sabines Schwester Elfriede, jetzt Anfang zwanzig, kam täglich und half Thomas, seit Ferdinand nach Wien gegangen war, wohnte aber nicht auf dem Hof. Ferdinand hatte immer noch sein Zimmer – das Zimmer, das seinem Vater gehört hatte, bis jener in den siebziger Jahren des vergangenen Jahrhunderts nach Südamerika ausgewandert war – und fühlte sich wohl; es war ein angenehmer Kontrast zum Studieren. Blass geworden war die Erinnerung daran, dass er seine Zukunft einmal an diesem Ort gesehen hatte.

Es war der Tag gekommen, an dem die Haut der Großmutter einen unerklärlichen Gelbton annahm und festgestellt werden musste, dass ihr nur noch wenige Wochen, höchstens Monate zu leben blieben – schließlich waren es nur wenige Tage. Sie starb, und Ferdinand, der sich mit einer Studentengruppe auf einer Reise befand, kam nicht mehr rechtzeitig, sie noch lebend zu sehen. Im ersten Moment hatte er daran gedacht, wieder nach Rosental zu ziehen, aber dann bemerkte er, dass die Großmutter es gewesen war, die ihn am engsten an den Hof gebunden hatte. Jetzt, da sie nicht mehr lebte, fühlte er sich bloß noch als geduldeter Gast – vor allem, wenn er Leonhards Blicke bemerkte, die ihm zu sagen schienen: Was tust du eigentlich hier? Siehst du nicht, dass dich keiner braucht? Du stehst doch nur im Weg … Dabei sprach Leonhards Blick nicht, so wie er überhaupt wenig sprach; es war ihm gleichgültig, ob Ferdinand da war oder nicht, er nahm ihn nur am Rande wahr; es waren allein Ferdinands Gedanken, die solche Wege nahmen. Er fühlte sich zusehends unwohl, und in dem Sommer nach dem Tod der

Großmutter löste er das Dilemma, indem er ein Jobangebot annahm und in Wien blieb.

In all den Jahren war es dabei geblieben, und auch wenn es sein Zimmer noch gab, kam er kaum je für mehr als ein paar Tage im Jahr nach Rosental zurück – meistens richtete er es so ein, dass er sich auf der Durchreise befand, und dann sagte er, es habe sich zufällig so ergeben. Thomas und Sabine bedauerten, dass er nicht öfter kam, nicht länger blieb, aber sie verstanden doch, dass er ein eigenes Leben hatte samt eigenen Verpflichtungen.

Und Ferdinand selbst dachte immer seltener an den Ort, den er seine Heimat nannte, den Ort, an dem sein Vater geboren und aufgewachsen war und den er selbst erst mit sechzehn Jahren kennengelernt hatte, nachdem er K., sein vormaliges Zuhause bei den Großeltern mütterlicherseits, verlassen hatte. Und wenn er daran dachte, war es schmerzhaft, was jedoch nichts mit seiner Familie zu tun hatte. Er hatte sich damit abgefunden, was ihm nach und nach klargeworden war: dass der kaum zwanzig Jahre ältere Onkel Thomas ihn nie als seinen zukünftigen Nachfolger betrachtet hatte und das nie tun würde, sondern immer nur als Helfer und besseren Knecht; damit, dass seine Großmutter unverbrüchlich an einen wie auch immer gearteten Fluch geglaubt hatte, der durch die Schuld des alten Goldberger, des NSDAP-Ortsgruppenführers, seit Generationen auf der Familie und auf ihm, Ferdinand, als dem letzten von »sieben Gliedern« lag – denn so stand es schon in der Bibel, dass die Schuld der Väter an den Kindern heimgesucht werde bis ins dritte und vierte Glied. Er hatte sich sogar damit abgefunden, dass Thomas diesen Glauben irgendwann unübersehbar übernommen hatte. Das war es nicht, weshalb es schmerzhaft war, an Rosental zu denken. Es war schmerzhaft, weil ihm dann jedes Mal einfiel, dass er den Ort Susanne nie hatte zeigen können.

Dieser merkwürdige Schmerz war wiederum das, was ihm von seiner ersten Liebe geblieben war. Natürlich gab es auch eine Menge anderer Erinnerungen, doch auf die hatte er einen kühlen, fast kalten Blick. Sogar auf das Ende: Wenige Wochen nachdem sie das Gymnasium abgeschlossen hatte, war Susanne nach Wien gezogen, und als wäre damit auch alles zwischen ihnen beendet, hatte sie sich nie wieder gemeldet.

Auf dem Weg in die Stadt hinunter war von dem hellen Licht nichts zu sehen. Kühles, nebliges Grün durchfuhren sie, und auch Ferdinand war, als sei er allein durch die Nennung von Susannes Namen in etwas Dunkleres, Kühleres getaucht worden. Die ganze Strecke über wechselten sie kein Wort, und als sie an der Alten Donau ankamen und ausstiegen, holten sie, noch immer wortlos, die Decken aus dem Kofferraum, schlenderten in Richtung der flechtengrünen Stege, betraten den mittleren, längsten, und ließen sich dort nieder. Anton rauchte, Ferdinand lag ein paar Meter entfernt am Ende des Stegs auf dem Bauch und betrachtete sein von kleinen, kaum fingerlangen Fischen durchschwommenes Spiegelbild im noch farblosen, von einem leichten Wind bewegten Wasser. Schließlich drehte er sich auf den Rücken und fragte: »Wie war ihre Stimme, Toni?«

Anton blies den Rauch aus. »Du meinst die Frau, von der ich erzählt habe?«

»Ja, die meine ich. Wie war ihre Stimme?«

»Ruhig. Ja, recht ruhig. Ein paar Mal war aber auch ein schriller Ton dabei. Es war laut in dem Club – schwer zu sagen …«

»Und ihre Augen?«

»Dunkel, glaube ich. Ja, sicher sogar. Warum fragst du?«

»Und« – Ferdinand hielt die Luft an, bevor er weitersprach – »hatte sie Narben auf dem Unterarm?«

»Ja«, antwortete Anton ganz langsam. »Ja, das hatte sie.«

Ein Auto rollte heran und blieb stehen. Türen schlugen. Kies knirschte.

»Hab ich es doch gewusst, dass sie hier sind«, rief jemand.
Anton fragte mit etwas gesenkter Stimme: »Kennst du sie?«
»Ich habe sie gekannt«, antwortete Ferdinand. Und so sehr Anton ihn auch drängte, er konnte ihm nichts weiter entlocken.

3

Für den Abend desselben Tages hatte Ferdinand eine Einladung, die er nicht ausschlagen konnte. Es war eine Einladung des Ministerialbeamten Anselm Steiner, den Ferdinand vor bereits längerer Zeit auf einer Pressefahrt kennengelernt hatte. Man hatte sich über Verschiedenes unterhalten, und seither bekam Ferdinand immer wieder Einladungen in Steiners Wohnung, die am Stubenring, schräg gegenüber dem Ministerium, in Richtung des Kanals lag. Nachdem er, ohne schlafen zu können, den Nachmittag im Bett verbracht hatte, zog er sich gegen achtzehn Uhr den schwarzen, frisch ausgebürsteten Anzug an und fuhr mit der Straßenbahn in die Innenstadt.

Neben ihm waren ein ranghoher Jurist aus dem Ministerium, ein Journalist und der Landesdirektor einer Bank bei dem Ehepaar Anselm und Alissa Steiner zu Gast. Das Gespräch bei Tisch drehte sich vor allem um die vor zwei Tagen abgehaltene Sondersitzung des Parlaments und über die Jagd. Als man ihn fragte, ob er jage, sagte Ferdinand, er habe keinen Jagdschein. Dabei erinnerte er sich an die Bootsfahrt, die er vor wenigen Wochen mit seinen Kommilitonen Anton und Michael unternommen hatte. Sie waren die Fischa flussaufwärts gepaddelt, und nach einer Weile hatten sie Axel, Michaels Jagdhund, ans Ufer gesetzt, und auf ein Zeichen war Axel neben dem weiter gegen die Strömung fahrenden Boot hergelaufen und hatte gebellt, und Ferdinand und Michael hatten ein paar Enten geschossen. Überhaupt schweifte er ständig ab und folgte dem

Gespräch nur bruchstückhaft. Es fehlte noch eine gute Stunde auf Mitternacht, als man sich erhob und voneinander verabschiedete. Ferdinand, ein Stück von dem Bankdirektor begleitet, ging zu Fuß nach Hause.

Bei Kalmus, dem frühpensionierten, knapp sechzigjährigen weißhaarigen Hausbesitzer, war noch Licht, und Ferdinand war kurz davor, zu läuten und wie manchmal ein Glas Wein bei ihm zu trinken, ließ es jedoch. In seiner Wohnung angekommen, legte er ab, begab sich in sein Arbeitszimmer und begann, darin auf und ab zu gehen. Dass er in wenigen Stunden schon wieder losmüsste – eine Pressefahrt wie jene, auf der er Steiner kennengelernt hatte –, hatte er zwar nicht vergessen, aber es beschäftigte ihn nicht.

Vor sieben Jahren war er nach Wien gekommen. In seinem Innersten wusste er, dass sein Weggehen nichts mit dem Onkel zu tun gehabt hatte. Allzu gleichgültig war es ihm, was andere, und seien es Verwandte oder Freunde, über ihn dachten oder von ihm hielten. Was war dann aber der wirkliche Grund dafür gewesen, Rosental zu verlassen? All die Jahre hatte er sich darüber keine Rechenschaft geben können, und je weniger er es vermochte, umso mehr hatte er die Frage von sich geschoben und sie irgendwann beinahe vergessen. Und jetzt, als sie ihm wieder einfiel, stellte er fest, dass sie unwichtig geworden war. Doch es verwirrte ihn, dass er aufgewühlt war. Denn seit sein altes Leben – Rosental, Susanne – verloren war, schien es, als wäre sein Herz verhärtet.

Er setzte sich an seinen Arbeitstisch und schlug sein Notizheft auf, um einen Gedanken aufzuschreiben, doch er schlug es gleich darauf wieder zu, ohne auch nur ein Wort festgehalten zu haben. Er erhob sich und nahm seine Wanderung wieder auf.

Ganz entgegen seiner Art dachte er wirr und zusammenhanglos, und bisweilen war ihm, als träumte er, dabei war er doch in einer unbekannten, nervösen Art und Weise wach, und bald fiel ihm dieses, bald jenes längst vergessen Geglaubte ein. Schließlich – es musste bereits drei Uhr morgens sein – zwang er sich, sich zumindest in den Ledersessel zu setzen, und wirklich, das kühle Leder durch die Kleidung hindurch wahrnehmend wie ein Raunen, ein wohlmeinendes und wohltuendes Flüstern, döste er schon wenig später ein.

4

Im ersten fahlen Morgendämmer erwachte Ferdinand. Er fand sich nicht sofort zurecht. Nicht nur wegen des ungewohnten Orts; auch was er geträumt, war noch zu lebendig: Er war auf dem Weg in das Große Regierungsgebäude am Stubenring, und jedes Mal, wenn er ankam, stand er vor einem anderen, manchmal völlig fremden Gebäude. Es dauerte einige Minuten, bis er bei sich war und sich erheben konnte. Er trat an den Schreibtisch, und als erstes fiel ihm das Notizheft ins Auge. Er nahm es, schlug es auf und sah nach, ob er etwas notiert hatte. Er fand keinen neuen Eintrag. Der letzte war von vor drei Tagen und betraf einen Traum. Das war unüblich, er träumte nicht viel. Gedankenverloren blätterte er das halbe Heft durch. Dann schlug er eine leere Seite auf, setzte sich und schrieb in kurzen, teils unvollständigen Sätzen den ihm bereits entgleitenden Traum auf. Er legte den Stift beiseite und saß für einige Minuten regungslos. Er erinnerte sich an den Vortag. Schließlich griff er wieder nach dem Stift und machte einen Strich unter die eben verfasste Notiz, und darunter schrieb er nach einigem Überlegen: »Treffen Anton – Susanne. Zufall. Jetzt Verwirrung. Ist das nicht längst abgeschlossen?« Danach klappte er das Notizheft zu, verstaute es in einer Schublade und ging in die Küche, um Kaffee aufzusetzen. Nachdem er die Espressokanne auf den Herd gestellt hatte, wusch er sich und putzte die Zähne. Schon wunderte er sich, dass das gewohnte rauschende Geräusch ausblieb, als er einen merkwürdigen Geruch wahrnahm. Er stürzte in die Küche, nahm die Kanne vom Gas und verbrannte sich dabei am Zeigefinger. Fluchend ließ er Wasser über den Finger laufen. Er hatte vergessen, Wasser in den Kessel zu füllen, und der Dichtungsring hatte sich übermäßig erhitzt. Missmutig verband er den Finger und kleidete sich um. Es war kurz vor halb sieben, und nach einem letzten Blick in den Badezimmerspiegel verließ er die Wohnung.

Er hatte geglaubt, es sei nur eine kleine Gruppe, und sofort war er erleichtert, als er etwa fünfzehn Personen – vor allem Männer, einige davon mit um den Hals gehängter Fotokamera – neben einem Reisebus mit offenen Türen vor dem Ministerium stehen sah. Er begrüßte ein paar Bekannte und ließ sich von einem Praktikanten sagen, welche Punkte genau auf dem Programm standen. Kurz darauf stieg man ein, und der Bus fuhr an. Ferdinand hatte in den hinteren Reihen Platz genommen und war fast augenblicklich eingeschlafen. Als er einmal kurz aufwachte, stellte er nur fest, dass niemand neben ihm saß.

Die erste Station war ein neu errichteter, noch nicht ganz fertiggestellter Windpark im Burgenland. Ein paar Windräder drehten sich bereits und zerteilten Luft und Licht. Jemand, den Ferdinand nicht kannte, hielt einen Vortrag über die Leistungsfähigkeit dieser neuen Windrad-Generation, und die Pressevertreter notierten währenddessen und machten Fotos. Die Besichtigung des sehr großen Parks dauerte beinah den ganzen Vormittag. Danach fuhr man in ein grenznahes Restaurant und aß zu Mittag. Ferdinand beteiligte sich nicht an der allgemeinen Unterhaltung, sondern sprach mit dem Praktikanten die folgenden Stationen durch.

Erst gegen siebzehn Uhr kamen sie auf dem Betrieb im Waldviertel an, der in Ferdinands Zuständigkeit fiel. Zusammen mit dem Landwirt, der sie früher erwartet hatte und seinen Ärger über die Verspätung kaum verbarg, schritten sie die Felder ab. Zum Teil handelte es sich dabei um Sortenversuche, zum Teil um Bearbeitungsversuche, und während der Landwirt seine jeweiligen Maßnahmen beschrieb, stellte Ferdinand immer wieder Fragen und erklärte anschließend den im Halbkreis Herumstehenden manchen Erfolg oder Misserfolg mit möglichst einfachem Vokabular. Es war die Präsentation eines Projekts, an dem er mitgearbeitet hatte.

Spät fuhr man nach Wien zurück, und während der Fahrt bemerkte Ferdinand, dass ihn die Verwirrung, die ihn den Tag über begleitet und sich störend über alles gelegt hatte, verlassen hatte.

Am folgenden Tag erschien er leicht verspätet im Büro – er hatte neun Stunden durchgeschlafen – und fand dort eine Notiz vor, er möge sich bei dem Abteilungsleiter, der aus dem Urlaub zurück war, einfinden. Ferdinand legte seine Tasche ab und machte sich auf den Weg. Auf dem Flur begegnete ihm Steiner, der ihm mürrisch vorkam, aber, als er ihn sah, jäh innehielt und einen Witz erzählte.

Martin Frauner, der Abteilungsleiter, ließ ihn kurz warten, bevor er ihn in sein Büro bat. Er forderte Ferdinand nicht auf, sich zu setzen, wollte nur einen kurzen Bericht über den gestrigen Tag, den Ferdinand erstattete. Frauner war zufrieden. Ferdinand ging in sein Büro zurück. Den restlichen Tag geschah nichts Außergewöhnliches.

Gegen siebzehn Uhr verließ Ferdinand das Große Regierungsgebäude und nahm ein Taxi in den 18. Bezirk, ließ sich unweit seiner Wohnung absetzen und ging zu Fuß weiter in ein von ihm häufig aufgesuchtes Restaurant. Zeitunglesend aß er auf der Terrasse zu Abend und trank zwei Gläser Weißwein, danach einen Kaffee, und blieb noch eine Weile sitzen, nun nicht mehr lesend, und hielt das Gesicht bei geschlossenen Augen zum Himmel gewandt. Er lächelte nicht, doch etwas in ihm lächelte. Susanne hatte ihn also nicht einfach vergessen? Sie dachte sogar noch an ihn? Nie wieder hatte sie einen Freund gehabt? Er spürte, wie Genugtuung ihn erfasste und mit sich riss, ja fast etwas wie Schadenfreude. Ihm war zum Lachen zumute. Sie hatte nicht nur ihn ruiniert, sondern auch sich selbst! Doch dann spürte er auf einmal Scham, und die anderen Empfindungen lösten sich auf. Stattdessen kam eine starke Zuneigung in ihm auf – das Bedürfnis, Susanne zu trösten und ihr zu sagen, dass sie ihn nicht ruiniert habe – obwohl er gerade das eben noch gedacht hatte. Er rief dem Kellner zu, er solle ihm die Rechnung bringen. Von einer Sekunde auf die andere war ein Entschluss gefasst, obwohl etwas, dem kein Überlegen vorausging, kaum Entschluss zu nennen war. Plötzlich stand einfach fest, als sei immer schon festgestanden, dass er sie jetzt, auf der Stelle, aufsuchen würde. Er bezahlte; als er das Wechselgeld einstecken wollte, fielen die Münzen auf den Boden. Er bemerkte, dass ihn eine furchtbare Eile erfasst hatte. Rasch sammelte er die Münzen auf und hatte dabei für einen Moment das Gefühl, sich dabei selbst zuzusehen. Ohne weitere Zeit zu verlieren, machte er sich auf den Weg dorthin, wo Susanne damals hingezogen war – er erinnerte sich noch an die Adresse, die sie ihm einmal genannt hatte. Vielleicht hatte er Glück, und sie wohnte noch immer dort, oder jemand wusste etwas von ihr.

Anita, Susannes Schwester, wohnte dort. Es war eine unangenehme Begegnung, sie erkannte ihn sofort wieder und behandelte ihn, als hätte er ihre Schwester verlassen und nicht sie ihn – und zwar nicht vor vielen Jahren, sondern gerade eben. Ferdinand hatte vergessen, wie wenig auch er sie damals gemocht hatte – sie schien ihn seiner Herkunft wegen abzulehnen –, und ebenso hatte er vergessen, dass ihm Susanne damals gesagt hatte, nur für den Anfang zu ihrer Schwester zu ziehen. Wenige Minuten nachdem er gekommen war und ohne hereingebeten geworden zu sein, verließ Ferdinand das Haus wieder.

Obwohl er den festen Vorsatz, ja den Wunsch gehabt hatte, Susanne sofort aufzusuchen, konnte er sich nun, ihre Adresse in Händen, nicht dazu durchringen. Er kehrte in seine Wohnung zurück.

5

In einer verbitterten Stimmung, die er sich selbst nicht erklären konnte, verbrachte er die folgenden Tage. Wo war sein kühler Blick hin? Wieder und wieder sah er die Vergangenheit vor sich. Alle fünf, zehn Minuten griff er zu seinem Notizbuch und schrieb einen Gedanken nieder. Was verbitterte ihn? Vielleicht war es würdelos gewesen, damals keine Aussprache oder zumindest ein letztes Treffen von Susanne gefordert zu haben. Er hatte sich das oft vorgehalten. Sie hatte sich nie wieder gemeldet – aber warum hatte nicht er sie angerufen, ihr geschrieben? Andererseits war ihm immer klar gewesen, dass er damit nichts erreicht hätte, und deshalb hatte er es nicht getan. Er wusste nicht, was er machen sollte. Sie wirklich aufsuchen? Oder einfach weiterleben wie bisher? War es nicht ein ruhiges Leben, das er führte? Er verfluchte jetzt manchmal den Zufall, der Anton mit ihr hatte zusammentreffen lassen.

Aber es ließ ihn nicht los, was sein Freund ihm von dem Treffen erzählt hatte; es hatte Erinnerungen wachgerufen. Nach einer Woche hatte er sich zu einer Entscheidung durchgerungen.

In einer Mittagspause machte er sich in den 2. Bezirk auf, wo Susanne in einer Seitengasse des Karmelitermarktes wohnte. Dem Haus fehlte das Schild mit der Hausnummer, und Ferdinand ging zunächst daran vorbei, kehrte aber um, als er am nächsten und übernächsten jeweils die ansteigende Nummer sah. Mit starkem Herzklopfen und plötzlichem Schwindel sah er auf einem der Klingelschildchen ihren Namen und drückte, als wollte er damit gegen Herzklopfen und Schwindel ankämpfen, den Knopf und hielt ihn lange. Nach wenigen Sekunden summte der Öffner, und Ferdinand drückte die Tür auf – einen Spaltbreit. Etwas modrige Luft stieg ihm in die Nase. Dann gab er sich einen Ruck und stieß die Tür ganz auf und ging sehr langsam durch den Eingang und die Stockwerke hoch.

Neu in der Stadt, hatte er sie an jeder Ecke zu sehen geglaubt, aber das klang ab – war eine Art Hysterie. Doch dreimal hatte er sie tatsächlich gesehen. Das erste Mal stand er an der U-Bahn-station Alser Straße und blickte durch das an der Westfassade aufgestellte stählerne Baugerüst nach unten, und dort, zwischen Dutzenden anderen, eben der Straßenbahn entstiegenen Menschen erkannte er sie – ihr hüpfendes Haar, die im Gehen leicht federnden Schultern. Nichts weiter sah er, dann fuhr seine U-Bahn ein, und er stürzte in das nächste Abteil. Das zweite Mal war in einem Supermarkt. Er stand in einer Schlange an der Kasse, als er auf einmal ihren Haarschopf ein paar Meter vor sich aufleuchten und sofort wieder hinter dem breiten Rücken eines Mannes zwischen ihnen verschwinden sah. Diesmal floh er nicht, sondern wartete und starrte unverwandt in die Richtung, in der sie stand. Noch einmal sah er die strähnigen zusammengebundenen Haare und sogar ein Stück Nackenlinie, und er dachte, wenn sie an der Reihe wäre, müsste er sie im Profil sehen, doch er sah sie nicht. Denn als sie bezahlt haben musste – der Mann mit dem breiten Rücken hatte seinen Wagen vorwärts auf die Höhe der Verkäuferin geschoben –, lief eine Gruppe Halbwüchsiger lärmend durch den Eingangsbereich, und als sie verschwunden waren, ging auch der Mann weg. Von Susanne keine Spur, die Gruppe musste sie verschluckt haben. Das dritte Mal traf er im Theater auf sie. Er hatte von jemandem eine Karte für ein Stück, das im Akademietheater gegeben wurde, bekommen, und obwohl er wenig Lust darauf hatte, ging er hin. Er war deshalb abends nicht nach Hause gegangen, sondern im Büro geblieben und hatte einen Bericht fertiggestellt. Dabei hatte er die Zeit übersehen, und als er außer Atem am Schwarzenbergplatz ankam, hatte die Vorstellung bereits begonnen. Behutsam öffnete ihm die Platzanweiserin die Tür, wies nach vorne, Ferdinand nickte dankend und schlich geduckt durch das fast stockfinstere Parkett zu dem freien Sitz – dem äußersten linken in einer der vorderen Reihen. Leise ließ er sich nieder und war in den folgenden Minuten damit beschäftigt, seinen Atem zu beruhigen. Erst nach und nach fand er in die Handlung. Die Effekte, die gewählt harte Sprache – es gefiel ihm nicht recht und langweilte ihn bald. Er schloss die Augen und hörte die Stimmen von sehr fern und döste ein. Als er die Augen wieder öffnete, schien es ihm heller als bei seinem Eintreffen zu sein. Er besah die matt glänzenden, schimmernden Teilprofile einiger vor ihm Sitzender. Viel konnte er nicht sehen. Aber er sah, dass sie wie Statuen saßen. Erlöste Menschen, dachte er. Von sich selbst erlöste Menschen. Da fiel sein Blick auf den Arm, der auf der Lehne neben ihm lag, und er erstarrte. Nicht, weil er in der leicht nach oben gewandten Hand, an der hin und wieder ein Finger zuckte, die Hand Susannes erkannte; das hätte ihn, wie bei den Malen davor, lediglich in Aufregung versetzt. Es war der entblößte Unterarm, der ihn erstarren ließ. Auf der gesamten Länge – von der Handwurzel bis zur Armbeuge – war er von unzähligen feinen, sich teilweise kreuzenden Narben und noch frischen Wunden übersät. Kaum war er aus seiner Erstarrung erwacht, nahm Ferdinand sein auf den Knien liegendes Sakko und machte sich davon. Seither hatte er sie nie wiedergesehen – und auch nicht geglaubt, sie zu sehen.

Immer noch sehr langsam nahm er die letzten Stufen und trat auf den Flur. Eine Flügeltür an seinem Ende schnappte auf, und Ferdinand hob seinen bisher gesenkten Blick. Es war Susanne, die sich dort aus der halb geöffneten Tür lehnte und deren Gesicht jede Farbe verlor, als sie Ferdinand erkannte.

»Ferdinand«, flüsterte sie unhörbar, und ihre Hand ging an den Mund, als hätte sie sich bei einer Lüge ertappt. Gleich darauf glitt ihre Hand Richtung Kinn und Brust, und sie flüsterte noch einmal, jetzt hörbar: »Ferdinand.«

In seiner Vorstellung hatte sich ihr Gesicht nicht verändert. Und in gewisser Weise hatte es sich auch nicht verändert; es schien zumindest nicht gealtert zu sein. Und doch war da etwas, Ferdinand dachte unwillkürlich: Es ist wie mit schmutzigem Wasser gewaschen, nein, wie durch schmutzige Luft gegangen … jedenfalls durch irgendetwas Schmutziges, Unreines … Aber was ist das? – Im ersten Moment nahm er nichts als ihr Gesicht wahr. Doch schon einen Lidschlag später sah er den durch die Bewegung freigewordenen Unterarm und den Verband, und wie davon in Bewegung versetzt, näherte er sich ihr. Nur Sekunden später – er hätte nicht sagen können, wie das zugegangen war – hielt er sie im Arm, und er dachte, dass sie doch nicht so weinen solle, und er fragte sich, weshalb ihre Haare immer nasser wurden, bis er begriff, dass ihm selbst die Tränen aus den Augen schossen wie einem Kind.

6

19xx hatte Ferdinand Rosental verlassen. Vieles war geschehen. So vieles hatte sich aufgelöst, und das hatte bei ihm zu dem Gefühl geführt, selbst aufgelöst zu werden, sich aufzulösen. Was war denn noch geblieben? Etwas anderes, Neues, Eigenes anzufangen, meinte er, wäre der einzige Ausweg, wieder zu einem ganzen Menschen zu werden. So zog er nach Wien, und er studierte mit enormem Eifer Landwirtschaft – aus Interesse und zugleich aus etwas, was zumindest anfangs einer Art Panik glich. Doch je mehr das neue, eigene Leben wuchs, desto kleiner wurde die Panik. Er lebte von einer bescheidenen staatlichen

Unterstützung und dem Geld, das ihm Gelegenheitsarbeiten brachten: Einmal arbeitete er als Lagerist, dann als Assistent bei einer Filmproduktion, dann als Kellner bei einem Stadtfest. Nach zwei Jahren bewarb er sich um ein Praktikum im Landwirtschaftsministerium. Von Anfang an hatte er die Ausschreibungen auf dem Schwarzen Brett studiert, die von Zeit zu Zeit dort hingen, und sich zwei Jahre Geduld abverlangt.

Jetzt ging er ordentlich und nicht zu gut gekleidet hin, stellte sich vor und wurde genommen. Man war beeindruckt von dem Wissen und der selbstsicheren und ruhigen Art, mit welcher der noch so junge Mann dieses Wissen vortrug. Man sagte ihm, er könne die Stelle haben. Ferdinand lächelte und nickte leicht. Dann sagte er, dass er leider nicht annehmen könne. Wie? Hatte man recht verstanden? Er würde gern annehmen, präzisierte Ferdinand, doch könne er es sich nicht leisten, gratis zu arbeiten. Aber er selbst habe sich doch für das Praktikum beworben – es habe ihm doch klar sein müssen, dass dergleichen unbezahlt sei. Ferdinand nickte höflich, lächelte und stand auf. Er könne es sich nicht leisten, sagte er noch einmal. Er entschuldigte sich für die Unannehmlichkeiten und wandte sich zum Gehen. Die drei Männer in dem Raum warfen sich Blicke zu. Das war ihnen noch nicht untergekommen. »Warten Sie«, sagte dann einer von ihnen. »Vielleicht finden wir eine Lösung.«

Im dritten Jahr, nach dem Tod der Großmutter, nahm er eine Teilzeitstelle im Ministerium an.

Als das Jahr 2000 kam, fand Ferdinand, er sei wieder zu etwas Ganzem geworden, und in der mit Anton und Michael und einigen anderen Studienkollegen in Salzburg zugebrachten Silvesternacht war es weniger der Jahres- und Jahrtausendwechsel, den Ferdinand feierte, sondern vielmehr, dass er es geschafft hatte, wieder »auf einer Hochebene zu laufen«, wie er es bei sich nannte. Von nun an war die Kletterei vorbei. Freilich würde er auch nach dem Studienabschluss weiterlernen, doch das wäre alles nichts im Vergleich zu den vergangenen Jahren der Panik und Angst, abzurutschen und ins Nichts zu fallen. Er behielt damit recht. Nach seinem Abschluss nahm er eine feste Stelle im Ministerium an – längst war klar gewesen, dass sie ihm angeboten würde –, und seine Tage verliefen noch einförmiger als bisher. Seine freien Stunden verbrachte er vor allem auf Spaziergängen, die ihn an den Stadtrand und weit darüber hinaus führten, hin und wieder in einem irgendwo gekauften Gedichtband lesend und hin und wieder einen, zwei Verse vor sich hersagend, ohne dabei mehr zu empfinden als ein leichtes Ziehen in Armen und Brust – keinen Schmerz, eher Erinnerung an einen Schmerz. Manchmal ging er ins Kino und sah sich einen Film an; er mochte Filme. Ansonsten war er in seiner Wohnung; bisweilen besuchte er Kalmus, der vorzeiten selbst in irgendeinem Amt gearbeitet hatte und dem es gefiel, wenn Ferdinand von seiner Arbeit erzählte – und der seine Wohnung kaum je verließ; die Einkäufe besorgte ein kroatischer Mieter für ihn, der direkt unter ihm im Erdgeschoss wohnte. An den Wochenenden traf er Anton, sie fuhren in dessen Wagen herum, und abends gingen sie aus und tranken oft die ganze Nacht durch und manchmal noch am Morgen weiter.

Seinen Onkel Lorenz, den Bruder seiner verstorbenen Mutter Luise, der Arzt war und nur ein paar Straßen weiter ebenfalls im 18. Bezirk wohnte, sah er selten und immer nur zufällig, etwa auf dem Kutschkermarkt, wo er von Zeit zu Zeit einkaufte. Es war ihm unangenehm, ihn zu treffen. Beide wussten dann nicht, was sie sagen sollten. Ferdinand hatte es Lorenz nicht verziehen, dass jener ihm verschwiegen hatte, seinen Vater Paul gekannt und ihn, bevor er das Land verließ, in irgendeiner Weise sogar medizinisch behandelt zu haben. Lorenz machte zudem einen verbitterten Eindruck auf ihn, und das stieß ihn richtiggehend ab. Obwohl Lorenz der einzige war, der ihm mütterlicherseits geblieben war, mied er ihn, und die letzte wirkliche Begegnung mit ihm war das Begräbnis seiner Eltern, Ferdinands »K.-Großeltern«, die kurz aufeinander gestorben waren. Ja, er war wieder zu etwas Ganzem, etwas Eigenem geworden. Er wollte nichts in seiner Nähe, was ihn daran erinnerte, dass es einmal anders gewesen war.

Hätte nicht auch Susanne ihn daran erinnern müssen, vielleicht mehr als jemand oder etwas anderes? Dennoch tat sie es nicht. Es war jenes eigenartige und namenlose Etwas, das über ihrem Gesicht lag und es verhinderte. Vorsichtig strich er ihr über den Unterarm, und nach einigen Minuten zuckte sie von seinen Berührungen nicht mehr zusammen, weinte jetzt aber noch heftiger als zuvor. Nachdem sie noch eine Weile so gestanden waren, hielt Susanne Ferdinands Arm fest, er hörte auf, über ihre Haut zu streichen, und sie zog ihn in die Wohnung.

Die Wohnung bestand aus drei Zimmern, Bad, Küche und einer geräumigen Abstellkammer. Eine kleine Familie hätte hier wohnen können, aber es sah aus, als wohnte nicht einmal eine einzige Person hier. Die Räume waren nur notdürftig möbliert, sämtliche Wände waren kahl, und die neben dem Bett stehende Flasche mit Alkohol oder Ethanol – Ferdinand erkannte sie wieder: solche Flaschen hatten sie bei den chemischen Übungen im Studium verwendet – verstärkte den Eindruck, sich in einem Krankenzimmer zu befinden. In dem mittleren, größten Zimmer standen ein Tisch und zwei Stühle. Hin und wieder blinkte ein Lichtfleck auf dem Fischgrätparkett auf: Vor den Fenstern wuchs eine ausladende Robinie. Das alles nahm Ferdinand nur aus dem Augenwinkel wahr, zufällig und nebenbei, denn seine gesamte Aufmerksamkeit war auf Susanne gerichtet. Fast unwirklich kam es ihm vor, dass noch etwas anderes existieren sollte … Dinge … Sie setzten sich einander gegenüber an den Tisch, hielten einander bei den Händen und sahen sich an.

Wie kann es sein, dachte Ferdinand, dass ich sie so viele Jahre nicht gesehen habe, dabei kommt es mir vor, als wäre es erst gestern gewesen, dass wir im Auto durch Wels fuhren, in der Au spazierten, im Fluss schwammen. Vielleicht stimmt es … aber wo war ich in diesen Jahren? Jetzt bin ich der, der ich damals war. Wer war ich in der Zwischenzeit? Und sie? Wie das Wasser in ihren Augen zittert! Ich spiegele mich darin gar nicht … nein, sie ist eine andere geworden … ihr Gesicht ist anders. Doch wie liebenswert! War es das damals auch schon? Vielleicht nicht, und ich habe auch damals schon dieses Gesicht geliebt – diese Frau, die sie jetzt ist und damals noch nicht war. Als wäre sie durch eine Drehtür … nur kurz durch eine Drehtür … Innerhalb einer einzigen Sekunde … Aber was habe ich in dieser Zeit getan? Ich habe studiert, gearbeitet … ja, gearbeitet …

Bei diesem Gedanken fiel ihm ein, dass seine Mittagspause längst zu Ende war und er gehen musste. Es fiel ihm schwer, ihr das zu sagen. Susanne fasste seine Hand fester und sagte: »Bleib, Ferdinand.« Dann stand sie auf, ging in die Küche und kam nach einigen Minuten mit einem Tablett wieder, auf dem eine Teekanne und zwei Tassen standen. Jetzt spielten Lichtflecke auf der hellen fichtenen Tischplatte, und von irgendwoher fuhr ein Windstoß durch die hohen alten Räume.

»Ich muss zurück ins Büro«, murmelte Ferdinand, und in diesem Moment sah er, wie damals im Theater, deutlich Susannes Unterarme, er stand auf und sagte: »Ich muss gehen. Wirklich. Man wartet auf mich.«

»Kommst du wieder?«

»Ja«, antwortete Ferdinand, »morgen.« Er drückte noch einmal ihre Hand, dann verließ er schnellen Schritts die Wohnung, und obwohl er hörte, dass sie ihm noch etwas nachrief, drehte er sich nicht mehr um.

7

»Ah, Goldberger, da sind Sie ja!«, rief Steiner ihm entgegen.

»Guten Tag, Herr Doktor«, sagte Ferdinand.

»Wie oft muss ich Sie noch bitten, den Doktor wegzulassen?«, lachte Steiner. Er schüttelte Ferdinand die Hand. »Unter Kollegen … Aber was ist mit Ihnen? Sie sehen schlecht aus! Ist alles in Ordnung?«

»Schlecht? Nein, es ist alles in Ordnung.«

»Das ist gut. Kommen Sie mit, ich möchte mit Ihnen sprechen. Sie haben doch ein paar Minuten?«

»Ja«, murmelte Ferdinand und ging hinter Steiner her, der das prächtige Wetter – »eigentlich ein Jagdwetter« – lobte, in einen leeren Sitzungssaal.

»Bitte«, sagte Steiner und zeigte auf einen der Stühle, »setzen Sie sich doch.« Er machte selbst Anstalten, sich zu setzen, ging aber schließlich mit am Rücken verschränkten Armen auf und ab, und manchmal knarzte der Boden unter seinen Füßen. Ferdinand schlug die Beine übereinander und wartete. Er war froh um diesen Moment, der Gehen und Bewegungslosigkeit vereinte und ihn zu sich kommen ließ. Er konnte nun noch einmal durch Susannes Wohnung gehen, sie noch einmal ansehen, noch einmal sein Gesicht in ihr Haar drücken und noch einmal über die feinen Narben an ihrem Arm streichen, bis sie nicht mehr zusammenzuckte. Er wusste jetzt, weshalb Susannes Schwester ihn mit Boshaftigkeit oder Verachtung behandelt hatte. War es nicht merkwürdig, sogar verrückt? Susanne schnitt sich die Arme auf, als hätte er sie verlassen und nicht umgekehrt, vielleicht hatte sie es so erzählt, und man – zumindest die Schwester – gab Ferdinand die Schuld für das Ende. So musste es sein, dachte Ferdinand, und da bemerkte er, wie auch er sich die Schuld an allem gab. Warum hatte er sie damals einfach gehen lassen?

»Auch das gefällt mir an Ihnen«, hörte er Steiner sagen, und er versuchte zu lächeln. »Also, was sagen Sie?«

Ferdinand begriff, dass er nicht zugehört hatte. »Wie«, sagte er zögernd, »wie wäre denn das genaue Prozedere?«

»Prozedere?« Steiner lachte. »Kein Prozedere! Sie könnten sogar Ihr Büro behalten, wenn Sie wollen.«

»Ja«, sagte Ferdinand, ohne zu verstehen, »das würde ich gerne behalten.«

»Sie hätten mehr Zeit, sich auf Ihr Kerngebiet zu konzentrieren. Für das Administrative haben wir eigene Leute. Es würde sich wenig für Sie ändern, wie gesagt. Nur wir beide hätten mehr miteinander zu tun …«

Ferdinand verstand, dass Steiner ihm anbot, in seine Abteilung zu wechseln.

»Wir beide?«

»Ja. Außer, Ihnen ist das nicht recht. Ich wäre Ihr Vorgesetzter, aber, bitte, nur auf dem Papier. Wollen Sie es sich überlegen?«

»Ja«, antwortete Ferdinand, »ich überlege es mir. Danke für das Angebot, Herr Doktor …«

Ferdinand ging in sein Büro. Es war Zufall, dass ihm gerade an diesem Tag ein Stapel mit zu überprüfenden Rechnungen und Belegen auf den Platz gelegt worden war, und nachdem er ihn durchgesehen hatte, blieb er eine halbe Stunde unbeweglich davor sitzen. Dann rief er Frauner an und sagte, er könne die Abrechnungen nicht kontrollieren, man solle sie jemand anderem zuteilen, denn er wechsle in Anselm Steiners Abteilung.

Frauner lachte zuerst und sagte, er verstehe, Ferdinand müsse das auch nicht machen, er gebe sie einfach jemand anderem. Aber als er keine Antwort bekam, begann er zu fürchten, dass Ferdinand nicht gescherzt hatte, und er versuchte, ihn zum Bleiben zu überreden; es würde ihm sehr leid tun, sagte er, sollte er Ferdinand tatsächlich verlieren. Ferdinand legte auf, schrieb einen kurzen Brief an Steiner, den er beim Portier hinterließ, und ging an den Kanal und spazierte stromaufwärts Richtung Nussdorf.

Er ging rasch los, und je länger er ging, desto besser gelang es ihm, seine Gedanken zu ordnen. Einmal klingelte das Telefon, es war Anton; Ferdinand sah den Namen aufblinken, hob aber nicht ab. Er ging sehr weit, an Nussdorf vorbei bis nach Klosterneuburg, wo er sich ans Donauufer setzte und ausruhte. Langsam zog das Wasser an ihm vorbei, lautlos. Plötzlich raschelte es sehr laut, und Ferdinand fuhr zusammen – ein Hund schoss an ihm vorbei und sprang ins Wasser, irgendeinem Stock hinterher. Ferdinand drehte sich nach dem Besitzer um – eine ältere Dame, die eine entschuldigende Geste machte. Der Hund, einen schwarzen, tropfenden Stock zwischen den Zähnen, watete aus dem Wasser, lief ein paar Schritte und ließ den Stock fallen; er schüttelte sich, unzählige Tropfen prasselten auf den Strauch neben ihm. Dann fasste er den Stock wieder und verschwand, und nur für einen Moment war noch das Geräusch seiner Klauen auf dem Asphalt des Weges zu hören. Ferdinand zog einen Kassenzettel aus der Brusttasche seines Sakkos, betrachtete ihn und zerriss ihn dann in kleine Fetzen, die er einen nach dem anderen in den Fluss segeln ließ und ihnen nachsah, wie sie sanft auf und ab hüpfend hintereinander rasch aus dem Gesichtskreis verschwanden. Er war auch bei Susanne – trotz aller Ergriffenheit – ernst gewesen. Jetzt spürte er, wie mit einem Mal alles heller wurde. War nicht auch über seinem Gesicht etwas gewesen – eine Art Film, eine Art Filter, der das Licht brach? Und im nächsten Moment, da er sich an einem tief hängenden Weidenzweig hochzog, begriff er, dass das, was ihm das Licht getrübt hatte, nicht Trauer oder Leid oder unerwiderte Liebe gewesen war, sondern einzig verletzter Stolz. Diese Einsicht machte ihn so froh und so beschämt, dass er laut auflachte, das

Gesicht in die Hände legte und den Kopf schüttelte. Ob er es glaubte oder nicht, er wusste, dass es genau so war. Jahre hatte er vergeudet. Die Scham, die er empfand, war da eine Wohltat. Sein Schritt war anders, als er nach Klosterneuburg hineinging, sich in den erstbesten Biergarten setzte und etwas zu trinken bestellte. Jetzt konnte er es kaum erwarten, Susanne wiederzusehen, und kein einziger Gedanke – auch keiner an irgendetwas Vergangenes – rief mehr jene Panik oder auch nur Angst oder Unwohlsein hervor. Dennoch nahm er sich vor, erst am nächsten Tag zu ihr zu gehen. Er zog sein Telefon heraus, rief Anton zurück und musste sich zusammennehmen, um ihm nichts zu erzählen – nicht jetzt schon. Sie verabredeten sich um neun in einem Kaffeehaus unweit des Volkstheaters.

Ferdinand wollte ursprünglich mit der Schnellbahn zurück in die Stadt fahren, dann entschied er sich anders und ging die Strecke, die er gekommen war, zu Fuß zurück, und deshalb war es fast halb zehn, als er in dem Café ankam. Anton saß bereits beim Bier an der Theke und blätterte in irgendeiner Illustrierten, die er zuschlug, als er Ferdinand sah. Sie begrüßten einander. Ferdinand entschuldigte sich für die Verspätung, aber Anton war selbst eben erst gekommen. Ferdinand bestellte ein Glas, und als der Kellner es brachte, suchten sie sich einen Tisch.

Zunächst unterhielten sie sich – Anton, der nach zwei oder drei Jahren bei einem Saatgutkonzern als Dozent an die Universität zurückgekehrt war, hatte davon angefangen – über eine jüngst veröffentlichte Studie über ökologischen Landbau, in der es um die fehlende Nachweisbarkeit positiver Auswirkungen ökologisch produzierter Lebensmittel auf den menschlichen Organismus ging. Sogar in den Tageszeitungen war davon berichtet worden, was Anton besonders aufbrachte.

»Was ist nun besser: Gift oder kein Gift? Jedes Kind kennt die Antwort! Es ist unglaublich, was die den Leuten alles einzureden versuchen. Aber das ist das eine ... Ich frage mich eigentlich nur, was in den Zeitungsmachern vorgeht – warum veröffentlichen die so etwas? Das ist doch Propaganda!«

»Fragst du dich das ...«, sagte Ferdinand vor sich hin. Dann richtete er sich auf, wischte über den Tisch und fragte: »Kannst du dich an ... an die Frau von neulich erinnern?«

Antons Miene verfinsterte sich eine Sekunde lang. »Natürlich«, murmelte er.

»Sie hat dir von jemandem erzählt, an den du sie erinnert hast, nicht wahr?«

»Ja«, sagte Anton.

»Nun, das war ich! An mich hast du sie erinnert!«

»Wie? Ich verstehe nicht ...«

Anton zog die Brauen hoch, Ferdinand lachte, und während er zwei Gläser Bier trank, erzählte er seinem Freund die ganze Geschichte, und Anton hörte, mehr und mehr erstaunt und eigenartig berührt, aufmerksam zu. Als Ferdinand geendet hatte, saßen sie viele Minuten schweigend und sahen in die Tiefe des Cafés, in dem blauer Rauch stand, der nur dann und wann von jemandem in Bewegung gebracht wurde.

»Warum hast du mir das bloß nie erzählt?«, fragte Anton endlich.

»Erzählt?« Ferdinand sprach es langsam und beinah wie ein Fremdwort aus, und es klang, als hätte er für einen Moment den Faden verloren. »Was hätte ich da schon erzählen sollen?«

Anton schüttelte den Kopf und schlug ihm dann plötzlich lachend auf die Schulter.

»Nicht wahr?«, fragte Ferdinand.

Den restlichen Abend verbrachten sie in heiterer und redseliger Stimmung, sie tranken noch ein paar Gläser Bier und verließen das Kaffeehaus erst kurz vor der Sperrstunde.

Sie hatten sich am Volkstheater verabschiedet; Anton war Richtung Getreidemarkt gegangen, und Ferdinand spazierte entlang der sogenannten Zweierlinie bis zur Währinger Straße, der er dann stadtauswärts folgte. Es herrschte wenig Verkehr, und nur hin und wieder bremste ein Taxi ab oder hupte ihn an, um auf sich aufmerksam zu machen und den nächtlichen Wanderer zum Mitfahren zu bewegen. Ferdinands Beine schmerzten, die Fußsohlen brannten, dennoch wollte er um keinen Preis mit dem Taxi fahren. Wie wunderbar es war, hier entlangzugehen, den leicht bewölkten, gelblich grauen Nachthimmel über sich zu wissen und alle Geräusche je für sich zu hören, als existierten sie immer, träten aber jeweils nur für den Moment aus dem Verborgenen und zögen sich daraufhin sofort zurück. Er prägte sich diese Minuten ein – ganz von selbst prägten sie sich ihm ein. Da, eine langgestreckte weiße Limousine mit schwarz glänzenden Scheiben, aus der laute Bässe wummerten. Dort, eine Maus, die vor seinem Fuß über den Gehweg huschte. Und zwei Radfahrer, die mitten im gemächlichen Dahinfahren auf einmal um die Wette zu fahren begannen und sich dabei aus den Sätteln erhoben. Es war eine ähnliche Offenheit, fast Wehrlosigkeit der Sinne, wie er sie vor langer Zeit schon einmal erfahren hatte, und zwar an dem Tag, an dem er nach Wien gezogen war. Auch damals hatte sich ihm auf der Fahrt jeder einzelne Strommast, jedes einzelne Waldstück eingeprägt, und dann, auf der Fahrt durch die Stadt zu Lorenz, bei dem er die erste Zeit gewohnt hatte, jede Gasse, jede Häuserschlucht. Doch damals waren die Bilder stumm in ihn gesunken, die Fühllosigkeit hatte schon unmerklich begonnen. Wie anders, bei aller Ähnlichkeit, war es jetzt: Jedes Bild belebte ihn. So wie er durch die nächtliche Stadt ging, ging er durch seine eigene Verwandlung.

In seiner Wohnung angekommen, durchschritt er auch sie mit anderen Augen. Er zog die Vorhänge vor. Nach einer Weile und obwohl er zuerst gezögert hatte, schaltete er – allein, weil er wusste, noch nicht schlafen zu können – den Computer im Arbeitszimmer ein. Er las ein paar Nachrichten, beantwortete eine Anfrage, schickte sie aber nicht ab. Dann schaltete er den Computer aus und durchschritt mehrmals die Wohnung, bevor er sich auszog, wusch und zu Bett ging.

Zunächst meinte er, nicht geschlafen zu haben, als er es dämmern sah, aber dann fielen ihm doch ein paar Traumfetzen ein, er musste ein paar Stunden, wenn auch nicht tief, geschlafen haben. Er blieb noch etwa eine halbe Stunde liegen, während der es rasch hell wurde. Er stand auf, nahm die lederne Reisetasche aus dem Schrank und warf ein paar Kleidungsstücke hinein. Im Badezimmer wusch er sich, nahm das Necessaire und tat es in die Tasche. Er überlegte, wo er ein Auto mieten konnte. Ihm fiel nur die Verleihstelle am Flughafen ein. Er machte sich auf den Weg. Die Luft war klar und glasig, und es waren kaum starke Gerüche wahrzunehmen; es würde ein sehr heißer Tag werden.

8

Er glaubte es auch an den Menschen zu sehen, die ihm auf dem Weg zum Bahnhof Wien Mitte begegneten; ihnen lag ein besonderer Glanz auf den Gesichtern, in den Augen, als wüssten sie schon von der Anstrengung, die dieser Tag ihnen abverlangen würde. Es war windstill in der Stadt ... überhaupt stiller als sonst. Am Fahrkartenautomat kaufte er ein Ticket und wartete zusammen mit ein paar Dutzend anderen – Geschäftsreisende, Pauschaltouristen und ein paar in leuchtrote Kostüme gekleidete, je für sich stehende Stewardessen – auf die Schnellbahn, die Richtung Flughafen fuhr. Schon nach wenigen Minuten fuhr sie ein, Ferdinand sprang mit zwei Sätzen hinein und suchte sich einen Fensterplatz, um hinaussehen zu können. Allerdings döste er ein, noch während der Zug stand, und kam erst wieder zu sich, als sie die Ölraffinerie passierten. Schwerer, fetter Geruch drang in das Abteil und hielt sich einige Zeit, bevor reinere Luft ihn verwehte. Sehr viele Felder waren bereits abgeerntet, und auch der Weizen war schon sehr weit, oft schon fast weiß, und da und dort konnte Ferdinand sogar schwärzliche Stellen in den Feldern ausmachen. Kurz darauf fuhr der Zug in die Station Flughafen ein, fast alle standen auf, packten ihre Sachen und warteten darauf, dass der Zug hielt.

Ferdinand stieg als einer der letzten aus und blieb auf dem Bahnsteig stehen, bis sich all das laute Rollen der Kofferrädchen samt den hektischen Schritten entfernt hatte. Dann ging er in Richtung der Abflughalle und blieb an dem Schalter des Autoverleihs stehen. Eine brünette junge Dame bediente ihn. Er wählte angesichts des zu erwartenden heißen Tages ein Cabriolet, nahm die Schlüssel entgegen und ließ sich den Weg in die Garage zeigen. Dort angekommen drückte er einen Knopf am Schlüssel – Blinker leuchteten auf, und ein dunkles Orange überlagerte momenthaft das in der weiten, niedrigen Halle herrschende grell vibrierende Neonlicht. Ferdinand ging zu dem Wagen, warf seine Ledertasche auf den Rücksitz und fuhr langsam aus der Garage. Er verließ das Gelände und war nach wenigen Minuten auf der Autobahn. Stadtauswärts war nur sehr wenig Verkehrsaufkommen, das meiste, was unterwegs war, waren Lastwagen und Transporter. Er schaltete den Tempomat ein und fuhr die meiste Zeit auf der Überholspur.

Erst nach etwa einer Stunde Fahrt begann er, an das Bevorstehende zu denken, wieder jedoch nur vage. Mehr als einem klaren Plan, folgte er einem Gefühl – er wusste, er musste nach Rosental und mit Thomas sprechen. Er erinnerte sich an die vergangenen Besuche und daran, dass er sich dabei immer etwas unwohl gefühlt hatte. Jetzt freute er sich auf den Besuch und war gespannt, wie es dort wohl zuginge, ob auch dort schon die Erntearbeiten in Gang waren. Kurz hinter Linz fuhr er von der Autobahn ab und über Bundesstraßen nach K. Er ging ans Grab seiner Großeltern, das neben dem seiner Mutter lag, gedachte für ein paar Minuten der Toten und ging darauf in ein Café in der Dorfmitte, wo er einen Kaffee trank und eine Buttersemmel aß. »Wie geht das Geschäft?«, fragte er die Bedienung, die bloß die Schultern hochzog, die Unterlippe vorschob, mit den von einem Tisch abgeräumten Tassen und Tellern hinter der Theke verschwand, das Geschirr abstellte und sich wieder einem Kreuzworträtsel zuwandte. Ferdinand trank die Tasse leer, bezahlte und verließ das Café. Er spazierte zum Stift hinauf, stand eine Weile vor der Einfahrt, die er schließlich passierte, dann aber wieder innehielt: Am Brückengeländer des Vorhofes stand jemand und blickte nach unten. Unverzüglich wandte Ferdinand sich um und trat nach draußen.

Schließlich kehrte er zum Wagen zurück, stieg ein und fuhr die letzten Kilometer nach Rosental.

9

Die Zufahrt zum Goldbergerschen Hof war asphaltiert worden, und das Fehlen der Schotterstraße schmerzte Ferdinand unwillkürlich. Schwarz zog sich nun die Straße den Hügel hinauf, wo, seit er ihn kannte, immer ein weißes, staubiges Band das erste Willkommen und das letzte Lebwohl gewesen war. Seufzend fuhr Ferdinand über die Brücke und ließ, begleitet von keinem anderen Geräusch als auf den vielen Kilometern bis hierher, den Wagen den immer noch schmalen, schwarzen Weg hinaufschießen. Auch um den Hof und zwischen den Gebäuden war asphaltiert, was dem ganzen Anwesen ein vollkommen verändertes Aussehen gab, sodass Ferdinand es kaum wiedererkannte. Er stieg aus und sah sich um. Es war etwas nach zehn Uhr und schon sehr warm, aber noch wärmer als die Luft –

es wehte ein leichter Ostwind – war der Asphalt. Ferdinand ging in die Hocke und berührte ihn. Er konnte den Teer riechen. Da hörte er Sabines Stimme: »Ferdinand!« Er blickte hoch.

Sie hatte ihre nassen Haare hochgesteckt – so erkannte er auch sie im ersten Moment kaum. Er stand auf.

»Ich hätte dich fast nicht erkannt«, sagte er und ging auf sie zu.

»Ja, du!« Sie gaben sich die Hand. »Das kommt davon!«

Ferdinand kannte ihre Klagen, er lasse sich zu selten anschauen.

»Wie kommst du denn hierher? Bist du auf der Durchreise?«, fragte sie. »Thomas hat gar nichts gesagt …«

»Wann habt ihr das gemacht?«, fragte Ferdinand. »Diesen Asphalt hier …« Er machte eine ausschweifende Geste.

»Im April. Du bist ja schon so lange nicht mehr hier gewesen, Ferdinand. Dass du dich nicht schämst! Aber jetzt erzähl, kommst du nur so vorbei oder bleibst du ein paar Tage?«

»Ich muss am Abend weiter«, sagte Ferdinand.

»Ach, wie schade. Gerade heute muss Thomas am Nachmittag weg! Aber zumindest können wir zusammen zu Mittag essen.«

»Das wäre schön«, sagte Ferdinand und sah zu der Maschinenhalle hin, von wo er ein Geräusch gehört hatte.

»Leonhard«, sagte Sabine, »er repariert den Ladewagen. Wieder einmal.«

»Und Thomas?«, fragte Ferdinand.

»Ich weiß nicht, wo er ist«, antwortete Sabine. »Wir haben gestern die Gerste geerntet. Vielleicht ist er im Getreidespeicher. Willst du ihn suchen? Ich bin in der Küche. Komm dann rein, du musst mir erzählen, was es Neues gibt, ja?«

Ferdinand nickte und sah ihr nach, wie sie im Haus verschwand. Gern wäre er ihr auf der Stelle gefolgt. Nach ein paar Atemzügen hörte er wieder ein lautes Geräusch aus der Halle, das klang, als sei eine Kette gerissen. Ferdinand ging zu der Halle, fand Leonhard, dem der Schweiß auf der Stirn stand, und rief ihm einen Gruß zu. Leonhard steckte die Zigarette zwischen die Zähne, ruckte mit dem Kinn und hielt Ferdinand den Unterarm hin – seine Hände waren schwarz von Schmieröl und Staufferfett.

»Der Kratzboden?«, fragte Ferdinand und deutete auf die Ladewagenfläche; Leonhard machte verächtlich »Ah!« und arbeitete weiter. Ferdinand sah ihm noch einige Minuten zu, wie geduldig er eine Mutter von einem ruinierten Gewinde zu bringen versuchte, dann ließ er Leonhard wieder alleine und suchte Thomas.

Er fand ihn bei leise laufendem Radio im Getreidespeicher. Thomas freute sich überschwänglich, seinen Neffen zu sehen. Sie begrüßten sich, und Thomas klopfte Ferdinand mehrmals hintereinander auf die Schulter – er hielt immer noch die Lupe in der Hand, mit der er nach Schädlingen im Getreide gesucht hatte.

»Und?«, fragte Ferdinand und zeigte auf das Vergrößerungsglas, »etwas gefunden?«

»Wie? Ach so«, sagte Thomas und nahm es in die andere Hand und legte es gleich darauf auf einen nur noch halbvollen braunen Papiersack, »Nein, nichts, gar nichts. Aber einmal hatten wir den Käfer drin, ich sage dir ...«

»Das weiß ich noch«, warf Ferdinand ein.

»Wie? Ah ja, da warst du noch da ...«

»Ihr habt asphaltiert«, sagte Ferdinand.

Thomas strahlte ihn an: »Ja, im April! Ich hatte es mir längst vorgenommen – aber nie hat es gepasst ... Was sagst du dazu?«

Ferdinand nahm eine Handvoll Gerste auf, besah die Körner, roch daran, ließ ein paar davon durch die Finger rieseln.

»Viele Disteln?«, fragte er, auf die Körner in seinem Handteller blickend.

»Sie werden nicht gerade weniger«, gab Thomas zu.

»Hm«, machte Ferdinand. »Mehr?«

»Nein, das eigentlich auch nicht.«

»Hm.« Ferdinand nahm ein Korn und biss hinein; den Rest warf er auf den Haufen zurück.

Eine Weile standen sie schweigend, dann rief Thomas plötzlich: »Das ist aber eine Überraschung, Ferdi!« Und noch einmal klopfte er ihm auf die Schulter, sodass Ferdinand lachen musste. Wie gut erinnerte er sich daran: die wortkarge, gespannte Zeit vor der Ernte, die nahezu ausgelassene, gelöste Stimmung auf dem Hof, Stunden und manchmal sogar noch Tage danach, wenn alles gut eingebracht war. Er blickte durch die grüngestrichenen Spatzengitter nach draußen und sah im Hintergrund das Gebirge grau im Dunst.

»Bleibst du länger? Ich muss dann nämlich weg, weißt du.«

»Ich muss auch weiter«, antwortete Ferdinand und fügte wie automatisch hinzu: »Ich bin auf der Durchreise.«

»Lass uns ins Haus gehen! Sabine wird sich freuen, wenn sie dich sieht! Sie freut sich immer ... Da fällt mir ein, du hast den frischen Most noch gar nicht gekostet! Oder doch?« Thomas schaltete das Radio aus.

Sie verließen den Speicher und gingen durch den Innenhof ins Haus.

10

Am Küchentisch sitzend, damit Sabine an der Unterhaltung teilnehmen konnte, ging es noch fast eine halbe Stunde um die Gerstenernte. Dann erzählte Thomas, wie der Ladewagen gebrochen war und dass es öfter vorkam. Doch gleich wechselte er wieder das Thema – zurück zur Gerstenernte.

»Trotz der Trockenheit«, sagte er und hob den Zeigefinger,

»es war ja fast eine Dürre. Trotzdem dieser Ertrag: fast sechs Tonnen je Hektar! So viel war es noch nie!«

Ferdinand nickte: »Wir haben überall gute Erfahrungen mit Kleegras. Auch in den besonders trockenen Gebieten im Osten. Erinnerst du dich an die Abbildungen im Wurzelatlas, die ich dir einmal gezeigt habe? Ein gut durchwurzelter Boden ist fast das Wichtigste, wie es scheint.«

»Ich erinnere mich«, sagte Thomas, »aber fast sechs Tonnen! Kannst du dir das vorstellen? Das kann doch nicht allein das Kleegras sein ...«

Ferdinand antwortete nicht. Allzu genau erinnerte er sich an früher, als er noch hier gelebt hatte. Nie hatte Thomas einen Ratschlag gern angenommen, und nie hatte er es eingestanden, wenn er sich dann als nützlich erwies – denn so dumm oder hochmütig, einen Ratschlag nicht anzunehmen, war er nicht. Und manchmal hatte er dann sogar so getan, als wäre es ihm selbst eingefallen. Inzwischen war dieses Verhalten Ferdinand gleichgültig, er fand es sogar amüsant. Plötzlich erscholl draußen ein ordinärer Fluch, und Ferdinand sah, wie Sabine Thomas anblickte, der jedoch nach einem kurzen Zusammenzucken nur die Brauen zusammenzog.

»Der kann aber fluchen«, sagte Ferdinand. Thomas machte eine unwirsche abtuende Handbewegung. Darauf entstand eine Stille in der Küche, nur Sabines Rühren im Topf war zu vernehmen und von draußen das Klirren eines Schraubschlüssels und hin und wieder Hammerschläge auf Metall, die auf dem Vorplatz zwischen den Gebäuden widerhallten.

»In fünf Minuten ist es fertig«, sagte Sabine, pustete auf einen Löffel und kostete, »ich hoffe, du bist schon hungrig. Ich habe heute früher gekocht, weil Thomas ja weg muss.«

»Ich bin immer hungrig«, antwortete Ferdinand.

Thomas rief: »Ich hole Most!« Er sprang auf, riss ein Türchen der Anrichte auf, nahm den Krug heraus, spülte ihn aus, ohne das Türchen wieder geschlossen zu haben, und ging in den Keller.

»Hilfst du mir?«, fragte Sabine. Ferdinand stand auf. Er nahm den Topf mit den gekochten Kartoffeln, den sie ihm hinhielt, und stellte ihn auf den Tisch. Er setzte sich wieder, nahm Messer und Gabel und begann die Kartoffeln zu schälen. Sabine stellte ihm einen weiten Teller hin. »Leg sie da hinein«, sagte sie und sah ihm tief in die Augen. »Du – ist alles in Ordnung bei dir?«

»Wie? Aber ja«, sagte Ferdinand zerstreut.

»Du schaust so ernst.«

Ferdinand gab keine Antwort und schälte weiter. Thomas kam mit dem Krug zurück.

»Holst du ihn?«, fragte Sabine, und Thomas verschwand wieder. Wenige Sekunden darauf hörte man ihn nach Leonhard rufen.

Nach kaum ein paar Minuten kam er zurück, deckte für drei und sagte: »Er kommt später. Hat noch keinen Hunger.« Sabine antwortete nicht darauf, und Ferdinand spürte, dass eine Spannung im Raum entstand. Früher hätte er einen Scherz gemacht oder irgendetwas gesagt, doch jetzt fühlte er sich dazu nicht mehr berechtigt und auch nicht mehr fähig. Er wusste nicht, was er früher jederzeit gewusst hätte: weshalb die Stimmung so unvermittelt gekippt war.

Er schälte die letzten Kartoffeln und wartete. Sabine stellte die dampfenden Töpfe auf den Tisch – es gab Krautsuppe. Thomas schenkte Most ein und setzte sich, Sabine setzte sich ebenfalls.

»Ich hoffe, du magst Krautsuppe«, sagte sie, und Ferdinand blickte sie kurz an. Die Suppe war sehr heiß, sie pusteten auf ihre Löffel. Ferdinand aß mit Appetit. Das salzig schmeckende Kraut tat ihm gut. Alle aßen Brot dazu, und die Kartoffeln zerdrückten sie mit der Gabel. Ferdinand probierte den Most.

»Er schmeckt gut«, sagte er.

»Nicht wahr?« Thomas' Gesicht leuchtete auf.

»Gar nicht sauer ... fast mild ...«, versuchte Ferdinand den Geschmack zu beschreiben.

»Siehst du?«, sagte Thomas zu Sabine, »er sagt es auch!«

Sabine lächelte. »Trotzdem solltest du weniger davon trinken. Sonst klagst du wieder wegen der Gicht!«

»Ach was«, sagte Thomas und zwinkerte Ferdinand zu. Dann ruckte er mit dem Kinn: »Wohin bist du unterwegs?«

»Wie meinst du?«

»Du hast gesagt, du bist auf der Durchreise.«

»Ja? Nein, das stimmt nicht.«

»Aber du hast es doch gesagt! Gerade eben! Oder bin ich blöd?«

»Vielleicht habe ich es wirklich gesagt, ich weiß es nicht.«

»Na! Aber was führt dich dann hierher?«, fragte Thomas, offensichtlich erleichtert, nicht Unrecht zu haben.

Ferdinand legte den Löffel weg. Das war also der Moment? So schnell war er gekommen? Wo doch gerade noch nichts gewesen war? Für eine Sekunde wurde ihm schwarz vor Augen. Dann holte er tief Luft, hielt sie an und sagte endlich: »Ich möchte heiraten.«

Einige Sekunden lang geschah nichts.

Dann rief Sabine: »Ferdinand!« und schlug die Hände vor dem Gesicht zusammen.

Thomas schien verwirrt, blickte von einem zum anderen und sagte: »Heiraten? Aber wen denn?«

Sabine nahm die Hände vom Gesicht und legte sie vor sich auf den Tisch.

»Susanne.«

»Susanne?«, riefen Sabine und Thomas fast gleichzeitig. Thomas hatte sich jäh zurückgelehnt, und Sabine hatte ebenso jäh ihre Hände vom Tisch genommen. In dem Moment betrat Leonhard die Küche. Er wischte sich die Hände an der schmutzigen Hose ab, nahm Teller und Besteck aus dem Schrank, setzte sich dazu und begann zu essen. Sabine fasste andeutungsweise seinen Arm und sagte zu ihm: »Ferdinand will heiraten!«

Leonhard blickte kurz auf und nickte. »Wen denn?«

»Sie … sie heißt Susanne«, antwortete Ferdinand, jetzt vollkommen gefasst und beinah kühl. Er hatte den Schrecken in den Stimmen von Sabine und Thomas gehört, und plötzlich fühlte er sich sehr unsicher.

»Hattest du nicht schon einmal eine, die so hieß?« Leonhard schlürfte seine Suppe sehr laut.

»Es ist dieselbe.«

Leonhard sah kurz erstaunt auf, dann zuckte er mit den Schultern und sagte: »Du hast recht. Es ist ganz egal, welche man nimmt. Ob immer eine andere oder immer dieselbe.«

Sabine räusperte sich und fragte, wann die Hochzeit sein werde. Ferdinand antwortete, dass er das noch nicht wisse. Er habe sie noch nicht gefragt, sagte er.

»Wie – nicht gefragt?«

»Ich habe sie noch nicht gefragt, ob sie meine Frau werden will.«

»Warum erzählst du es uns dann?« Thomas schien aus der Fassung gebracht. Auf einmal schlug er mit der Faust auf den Tisch und schrie: »Schlürf nicht so, verdammt noch einmal!« Leonhard warf ihm einen verächtlichen Blick zu.

Ferdinand sagte: »Wir haben uns erst vor kurzem … wiedergefunden. Ich weiß nicht … ich wollte es euch zuerst sagen. Ich wollte, dass ihr dafür seid … das Vergangene … und die Zukunft … irgendwie zusammenbringen … versöhnen …«

Die letzten Worte waren nicht mehr zu hören.

»Vor kurzem erst?« Thomas' Brauen zogen sich zusammen.

»Thomas«, sagte Sabine.

Thomas fand wieder zu sich. Er zögerte einen Moment, dann griff er über den Tisch hinweg Ferdinands Hand und drückte sie flüchtig. »Natürlich, Ferdinand ... natürlich sind wir dafür. Jetzt aber solltest du sie fragen. Sie wird darauf warten. Leben denn ... leben denn ihre Eltern noch in Wels?«

»Sie sind gestorben«, sagte Ferdinand und atmete durch. »Sie und ihre Schwester leben in Wien.«

»Wo soll die Hochzeit denn sein? In Wien?«, fragte Sabine.

»Ich habe noch nicht darüber nachgedacht. Ich – wir werden sehen.«

Leonhard schob den Teller von sich, murmelte etwas Unverständliches und verließ, die Nase hochziehend und sich eine Zigarette zwischen die Lippen steckend, die Küche. Ferdinand sah ihm nach. Nicht länger kam ihm die Situation jetzt unwirklich, nicht länger er sich selbst wie ein Schauspieler und außerhalb seiner selbst vor. Es war lediglich das so vollkommen Ungewohnte gewesen, was ihn unsicher hatte werden lassen.

»Ich rufe euch an, sobald ich es weiß. Aber du hast recht«, lachte er plötzlich auf, »erst einmal muss ich Susanne fragen. Am Ende will sie gar nicht!«

Thomas leerte sein Glas in einem Zug. Er blickte auf die Uhr. Er musste los.

Ferdinand und er verabschiedeten sich vor dem Haus, und Thomas sagte: »Wir warten auf deinen Anruf. Verdammt, wie lange war ich auf keiner Hochzeit mehr!«

Dann lief er Richtung Garage davon. Sabine und Ferdinand blieben noch eine Weile vor dem Haus stehen.

»Ich werde einen Trauzeugen brauchen ...«

Sabine drückte seinen Arm und sagte: »Ich frage ihn. Er wird sich freuen.«

Später saßen sie noch zusammen in der Küche. Sabine bot ihm Kaffee an, den er ablehnte. Sie trank eine Tasse – das brauche sie, sagte sie. Nach etwa einer Stunde verabschiedeten sie sich voneinander, Ferdinand stieg in seinen Wagen und fuhr, einmal die Hupe drückend, davon.

11

Obwohl er es sich vorgenommen hatte, fuhr er nicht direkt zu Susanne, sondern zunächst nach Hause in die St.gasse. Irgendwie ging ihm alles viel zu rasch. Fast konnte er selbst nicht begreifen, was da geschah. Sogar seine eigenen Handlungen kamen ihm überhastet vor. Doch warum hätte er auch nur irgendetwas langsamer ausführen sollen, wo er wusste, was er wollte und an nichts zweifelte? Es war genug Zeit damit vergangen, nicht zu handeln.

Die Rosentaler Verhältnisse, von denen er mehr ahnte als wusste, beunruhigten ihn, und hatte er in der Vergangenheit nicht daran gezweifelt, dass Leonhard in zehn, zwölf Jahren, von jetzt an gerechnet, den Betrieb übernehmen würde und er, Ferdinand, dann jenes Kapitel endgültig als beendet ansehen würde, waren in ihm nun andere und alte Vorstellungen aufgetaucht. Erregt ging er in seiner Wohnung auf und ab und kam erst allmählich wieder zur Ruhe. Unsinn, sagte er sich, Unsinn. Dein Platz ist hier. Hier wird er sein. Er sagte sich, sich auf den Weg zu Susanne zu machen. Dennoch schritt er noch weiter in der Wohnung auf und ab, und es war schon gegen acht Uhr am Abend, als er, frisch angekleidet, die Wohnung Richtung 2. Bezirk verließ.

Mit jeder Straßenbahnstation wuchs seine Nervosität, und immer undeutlicher wurde, was er sich in der Nacht und am Morgen und auch in Rosental noch so genau vorgestellt hatte, bis er ausstieg und beschloss, die restliche Strecke zu Fuß zurückzulegen. Er wollte noch ein paar Minuten allein sein. Als er in der Nähe von Susannes Wohnung angekommen war, betrat er eine stark verrauchte Kneipe, stellte sich an die Theke und bestellte ein Glas Bier. Während er es trank, hörte er von fern die Stimme einer Betrunkenen, die am Fenster saß und rauchte. »Damals habe ich noch im Neunten gewohnt … Auch den Führerschein habe ich dort gemacht ...« Zielloses Reden ... Ferdinand trieb es hinaus. Er bezahlte, verließ die Kneipe und sah im letzten Moment, fast schon auf der Straße, dass der Frau gegenüber, ganz in die Ecke gerückt und kaum zu sehen, ein Mann saß, der ihr zuzuhören schien.

Mit großen Schritten näherte sich Ferdinand dem Haus, in dem Susannes Wohnung lag. Die Nervosität war gewichen. Auch seine Hand war ruhig, als er den beleuchteten Knopf drückte, auf dem ihr Name stand. Doch es rührte sich nichts – auch nach dem zweiten Mal Drücken blieb die Gegensprechanlage stumm. Ferdinand sah auf die Uhr – kurz vor neun. Schlief sie etwa schon? War sie ausgegangen? Noch einmal wollte er drücken, als die Haustür aufgezogen wurde und ein in grelles Rosarot gekleidetes Mädchen, das mit seiner Puppe schimpfte und ihr fest über das gelbe Haar streichelte, aus der Tür kam, gefolgt von einer älteren Dame, die ihre Großmutter sein mochte. Ferdinand ging ins Haus und stieg die Stockwerke hoch. Aus irgendeiner Wohnung drang warmer Kuchenduft. Ferdinands Puls pochte im Kiefer, als er die Wohnungsklingel drückte. Laut schrillte es durch das Haus. Aber hinter der Tür blieb es stumm. Weshalb hatte er bloß nicht daran gedacht, sich ihre Nummer geben zu lassen? Nur zweimal läutete er, dann gab er auf und ging, leer und enttäuscht, nach Hause.

Nachdem er bereits einen guten Teil des Weges zurückgelegt hatte, bemerkte er, dass er immer noch an Rosental dachte. Freilich, es war unübersehbar, dass es Reibungen gab zwischen Thomas und Leonhard – aber war das nicht normal? Hatte es die nicht auch zwischen Thomas und ihm selbst gegeben? Sicher war Leonhard nicht einfach ... Je länger Ferdinand darüber nachdachte, desto weniger kam es ihm sonderbar oder auch nur bemerkenswert vor, und endlich dachte er, in Rosental habe sich nichts verändert. Dieser Gedanke tat ihm gut, und zufrieden legte er sich schlafen. Bevor er einschlief, erfüllte ihn

Vorfreude: Am nächsten Tag nach der Arbeit würde er zu Susanne gehen. Zuvor würde er ihr aber eine Nachricht schreiben – er wollte nicht wieder vergeblich klingeln.

12

Fast den gesamten Vormittag verbrachte er in Steiners Büro, der ihm, mit verschränkten Armen auf und ab gehend, auseinandersetzte, welcherart Ferdinands Aufgaben in Zukunft wären. Hin und wieder nickte Ferdinand, hin und wieder fragte er auch genau nach, doch alles in allem war er unkonzentriert und sogar fahrig. Steiner bemerkte es und schob es auf die neue Aufgabe, die vielleicht allzu vielen Informationen – und entließ Ferdinand gegen halb zwölf. Nach einer kurzen Pause, die er in der Pizzeria auf der gegenüberliegenden Seite des Rings verbrachte, kehrte er in sein Büro zurück und fand auf seinem Schreibtisch einen kleinen Stapel von etwa zehn Blättern, die mit »Der Leguminosenanbau in Österreich (Stand Juni 2002)« überschrieben waren. Er suchte den Schreibtisch ab, fand aber keine Notiz, die ihm erklärt hätte, was er damit anfangen solle. Da fiel sein Blick auf den Boden zu seinen Füßen. Dort lag ein quadratischer weißer Zettel, den ein Windzug hinabgewischt haben musste. Ferdinand bückte sich und hob ihn auf. »Hab dich nicht gefunden. Könntest du das gegenlesen? Würdest mir einen großen Gefallen tun! Herzlich, R.«

Bei anderer Gelegenheit hätte Ferdinand sich geärgert über die saloppe Bitte seines Kollegen Roland, der noch nicht lange im Amt war, in diesem Moment aber war er froh um die Aufgabe. In den folgenden Stunden redigierte er den zur Veröffentlichung vorgesehenen Artikel vollständig und brachte ihn schließlich dem Kollegen, der, nachdem er ein paar Seiten überflogen hatte, nicht verbergen konnte, dass er verwundert, beschämt und verärgert zugleich war – fast keine einzige Formulierung stammte noch von ihm. Bevor er etwas sagen konnte, war Ferdinand gegangen. Ferdinand fühlte sich nach dieser Arbeit gestärkt. Und er hatte währenddessen noch einmal über die vergangenen Ereignisse nachgedacht – sie zum ersten Mal mit etwas wie Abstand betrachtet. Ja, es war alles irgendwie überstürzt geschehen. Vielleicht würde er noch eine Zeitlang das Gefühl haben, dass die Ereignisse auf ihn zustürzten und er sie – zumindest im Moment – nicht besser fassen konnte als Schemen oder Traumfetzen. Aber musste es nicht jedem so ergehen, der jahrelang im Stillstand verharrt war? Es war klar, es lag an ihm, an seiner Gewohnheit, seiner Geschwindigkeit, und nicht an den Dingen. Nein, alles war richtig gewesen, sagte er sich, und alles würde richtig sein. Froh verließ er das Große Regierungsgebäude, nahm seine Krawatte ab, stopfte sie in die Tasche und ging über die Salztorbrücke in den 2. Bezirk.

13

Die Narben sahen frisch aus. Sie zogen Ferdinands Blick wie magnetisch an während der ersten Minuten, und er musste an sich halten, sie nicht zu berühren. »Da bist du ja«, murmelte Susanne in sein Hemd, mehrmals hintereinander, als glaube sie es nicht richtig und müsse es sich vorsagen. Ferdinand hörte sein Herz laut pochen. Endlich lösten sie sich aus der Umarmung.

»Ich war in Rosental«, sagte Ferdinand.

»Wann? Heute?«

»Nein, gestern. Ich bin am Morgen hingefahren. Das habe ich dir doch geschrieben.«

»Ja, das hast du. Ich habe es erst spät gesehen. Ich schalte den Computer nicht so oft ein. Bist du viel dort?«

»Nein.«

»Ich wünschte, ich könnte es einmal sehen.«

Ferdinand schluckte und wartete einige Sekunden, bis er wie beiläufig sagte: »Wir können ja einfach einmal hinfahren.«

Susanne drückte sich enger an ihn. »Was hast du denn gemacht in Rosental?«

Ferdinand antwortete nicht sofort. Die Erinnerungen, die durch ihn gingen und ihm allzu vertraut waren, verloren mit einem Mal ihre jeweilige Färbung, und nun lag über ihnen allen ein einheitliches mildes Licht.

»Ferdinand«, sagte Susanne und drängte sich an ihn.

»Ich war dort« – er stockte und sah sich einen Moment wie von außen – »um meinen Verwandten zu sagen, dass ich heiraten möchte.«

»Ferdinand!«, rief Susanne und wagte nicht, ihn anzusehen.

Ferdinand strich ihr über die Wange, das Ohr, den Nacken. »Ja«, sagte er. »Was meinst du dazu?«

Susanne antwortete nicht. Sie griff mit beiden Händen sein Gesicht, betastete es mit geschlossenen Augen und wirkte plötzlich ganz still.

Ferdinand betrachtete sie. Alles, woran er sich gerade erinnerte, jedes Bild war mit der gegenwärtigen Situation in einer mehr oder weniger deutlichen Art und Weise verbunden. Ihre Fingerkuppen strichen über seine Brauen. Ohne mit ihrem Tasten aufzuhören und ohne die Augen zu öffnen, sagte sie: »Es muss ein Traum sein. Ich träume es. Ich hatte oft einen ähnlichen Traum, der aber entscheidend anders war … aber jetzt fällt mir nicht mehr ein, was das Entscheidende war. Dabei wusste ich es all die Zeit.« Sie fuhr seine Wangenknochen entlang, dann die Kinnlinie, und Ferdinand war, als berührte sie ihn an namenlosen Stellen, die irgendwo in seinem Inneren lagen und die noch nie jemand berührt hatte. Unwillkürlich erschauerte er. »Es fällt mir nicht mehr ein«, flüsterte sie.

14

Erst am nächsten Morgen kam er nach Hause. Er brauchte bestimmte Unterlagen, sonst wäre er direkt von Susannes Wohnung ins Büro gegangen. In seinem Übermut drehte er vor seiner Tür noch einmal um, steckte den Schlüssel in die Tasche zurück, ging wieder in den ersten Stock hinunter und klopfte bei Kalmus.

»Herein.« Es klang gleichgültig. Ferdinand drückte die Klinke nach unten und trat ein. Beizender Geruch schlug ihm entgegen, alter und frischer Zigarettenrauch und eine Menge verbrauchter Luft. Der Vermieter saß, eine Mütze auf dem Kopf, in seinem Ohrensessel, in der einen Hand eine Tasse, in der anderen eine Zigarette. Er warf Ferdinand nur einen kurzen Blick zu, bevor er sich wieder dem Fernseher zuwandte, aus dem kein Laut drang. »Es gibt Kaffee«, sagte er.

Ferdinand sah zum Fernseher hin und gleich wieder weg. »Danke«, sagte er und nahm auf einem am Fenster stehenden Hocker Platz und schaute nach draußen. Dann öffnete er das Fenster zuerst einen Spaltbreit, schließlich ganz. Er genoss die frische, kühle Luft, die in die Wohnung drang.

»Willst du keinen Kaffee?«, fragte Kalmus und schob sich die blaue Wollmütze mit dem Daumenknöchel zurecht; Strähnen weißer Haare lockten sich unter dem Saum.

Ferdinand lachte auf. Er sah den in den Fernseher starrenden Vermieter an und fragte: »Warum hast du eigentlich keine Frau?«

»Fragt wer?«, sagte Kalmus erstaunt.

»Ja«, sagte Ferdinand, »nein, im Ernst, Kalmus! Du bist doch noch nicht so alt. Und immer nur diese Filme ...« Kalmus sog an der knisternden Zigarette, antwortete aber nicht. Er wirkte nicht interessiert, eher wie hypnotisiert von den Fernsehbildern. »Du solltest rausgehen ... ja, dich dem Leben stellen ... eine Frau kennenlernen ...«

Kalmus machte einen ärgerlichen Laut. Dann sagte er: »Was ist eigentlich mit dir los heute? Warum erzählst du mir nicht, was im Ministerium vorgeht? Hast du getrunken?«

»Nein«, lachte Ferdinand, »wo denkst du hin? Aber, zugegeben, ich fühle mich sogar ein wenig betrunken. Hör zu, Kalmus: Ich heirate!« Erwartungsvoll sah er den Vermieter an.

»Wozu auf einmal das?«, fragte dieser nur.

»Weil ich sie liebe, natürlich. Wozu – du bist mir einer!«

Kalmus nahm einen Schluck aus seiner Tasse, zog einmal, dann noch einmal lang an seiner Zigarette, bevor er sie bedächtig ausdrückte und sich wieder dem Fernseher zuwandte. »Ich gratuliere«, sagte er endlich, noch immer kam Rauch aus seinem Mund. »So sagt man doch?«

Einige Minuten vergingen. Ferdinand beobachtete die Menschen auf der Straße, Einzelne, Mütter mit Kindern, Gruppen aus Kindern, einer, der in einen Wagen stieg und davonfuhr … Ferdinand freute sich, dass es sie gab – ganz so, als kennte er sie. Wohin sie wohl alle unterwegs waren? In die Schule, in den Kindergarten, zum Bäcker, Brot holen … Und der Mann dort, der es so eilig zu haben schien? Er wird zu seiner Arbeit gehen, vielleicht in eine Bank, vielleicht auch in ein Amt, so wie ich … Ja, so wie ich … Er erhob sich zufrieden seufzend. Kalmus rührte sich nicht. Ferdinand verabschiedete sich und verließ die Wohnung.

Bei sich fand er die Unterlagen nicht sofort, obwohl er sicher gewesen war, zu wissen, wo sie waren. Schließlich fand er sie in einer Schublade seines Schreibtisches, in der ansonsten nur ein altes Adressbuch und eine kaputte Klammermaschine lagen, die zu reparieren er sich seit Jahr und Tag vornahm. Er nahm sie an sich, warf einen flüchtigen Blick in den Spiegel, fuhr sich ebenso flüchtig mit dem Handrücken über das Kinn und eilte davon.

15

Steiner saß, die Beine auf dem Schreibtisch, in Ferdinands Bürosessel, blätterte in einer Broschüre und hob nur kurz den Blick, als Ferdinand das Büro betrat.

»Kommen Sie immer so spät?«, fragte er weiterblätternd.

»Guten Morgen«, sagte Ferdinand und legte seine Sachen neben Steiners Beinen ab. Steiner las, was auf dem Umschlag geschrieben stand.

»Ah«, machte er, »der Leguminosenanbau in Österreich.« Er schmunzelte, als erinnere er sich an irgendetwas Angenehmes, etwas weit Zurückliegendes. »Haben Sie daran mitgearbeitet?«, fragte er dann überrascht.

»Nein«, sagte Ferdinand. Er schenkte sich Wasser aus einer frisch gefüllten Karaffe in ein Glas. Er trank, und Steiner blätterte weiter, bis er auf einmal die Broschüre beiseitelegte, die Beine vom Tisch zog und aufstand und sich ans Fenster stellte.

»Jetzt spiegeln die Scheiben, aber wenn es dunkel ist und die Lichter an sind, kann ich von hier aus in meine Wohnung sehen …«, sagte er. Ferdinand zog die Brauen leicht hoch: Lagen nicht die Baumkronen dazwischen? Im Winter mochte man vielleicht etwas sehen, mit einem Feldstecher … Steiner drehte sich um und lehnte sich gegen das Fenster. »Ich möchte mit Ihnen sprechen, Goldberger«, sagte er.

»Bitte«, sagte Ferdinand und machte eine einladende Geste. »Wenn Sie nichts dagegen haben, setze ich mich.«

»Nein, nein …«, sagte Steiner.

Ferdinand setzte sich, ordnete seine Sachen und wartete darauf, dass Steiner anfing.

»Der neue Minister«, sagte Steiner, führte den Satz aber nicht weiter. Stattdessen sagte er: »Europaweit … Sie wissen, bald müssen wir uns auf ein neues Budget einigen, das heißt wahrscheinlich auch auf neue Richtlinien ... die Osterweiterung der Gemeinschaft und so fort ...«

Ferdinand lehnte sich zurück.

»Ja«, sagte Steiner, »morgen müssen wir nach Luxemburg.«

Ferdinand verschränkte die Arme vor der Brust, schwieg weiter.

»Es wird ein Richtungsentscheid.« Es klang jetzt, als probierte er eine Rede. »Wohin wollen wir? Das ist die Frage. Was meinen Sie?«

»Das ist zum Glück für meine Arbeit nicht wichtig. Ich bin kein Politiker.«

»Und doch sind Sie schon ein paar Jahre hier im Haus. Haben Sie zumindest mitbekommen, dass es so etwas wie Politik gibt?«

»Allerdings«, sagte Ferdinand, ein wenig erstaunt über den Ton, der ihm vertraulich und zugleich etwas angriffslustig vorkam.

»Sie ist es, die am Ende des Tages entscheidet, die von Ihnen verachtete Politik.«

»Wie kommen Sie darauf, dass ich sie verachte? Das tue ich nicht, wirklich nicht. Sie interessiert mich nur nicht«, sagte Ferdinand und legte den Kopf schief.

»Wir wollen nicht streiten, mein Lieber«, sagte Steiner und verbesserte sich: »Oder Haare spalten. Ich will nur Ihre Meinung hören.«

»Ich komme aus der Ökologie ...«

»Das weiß ich doch. Aber hat denn ein Ökologe keine Meinung?«

»Doch, natürlich. Er wäre wahrscheinlich kein Ökologe, hätte er keine.«

»Übrigens habe ich bisher geglaubt, Sie seien Agrarwissenschaftler ...«

»Das stimmt auch. Meine Diplomarbeit hatte aber einen ökologischen Schwerpunkt.«

»Richtig, einen ökologischen Schwerpunkt, ich erinnere mich! Sehr interessant. Aber wie ist sie denn nun, Ihre Meinung, Goldberger? Verraten Sie sie mir doch ...«

»Wohin wir wollen, fragen Sie mich, oder wohin wir gehen?« Ferdinand wusste nicht recht, was sein Vorgesetzter von ihm wollte.

Steiner fuhr mit der Hand durch die Luft. »Ja, ja«, sagte er. »Was wird die Zukunft bringen?«

»Ich meine wirklich, dass es darüber nicht viel zu sprechen gibt. Die Richtung ist längst eingeschlagen, und kein Mensch wird sie ändern – die einen können sie nicht ändern, und die anderen wollen sie nicht ändern. So wie immer und überall.«

Ferdinand hörte, wie er sich ereiferte und verstummte. Steiner begann auf und ab zu gehen, die Hände im Rücken, und machte mehrmals »Mhm – hm.« Dann sagte er: »Sie wollen Gerechtigkeit. Aber was ist das?«

»Ein philosophisches Problem«, sagte Ferdinand knapp.

»Ja«, sagte Steiner, »in der Philosophie braucht man keine Lösungen. Sie sind sogar unerwünscht, so kommt es mir manchmal vor. Das ist etwas ganz anderes ... Aber wir müssen diese Probleme lösen! Wir müssen den gordischen Knoten ...«

»Offen gestanden, habe ich nicht den Eindruck, dass Probleme gelöst werden. Ich rede da aus rein ökologischer Sicht.«

»Die Welt ist groß!«, rief Steiner auf einmal aus. »Wie soll man sich denn gegen die Konkurrenz anders wehren? Wir müssen unsere Landwirtschaft stärken. Ihr Standpunkt ist doch naiv!«

Ferdinand runzelte die Stirn. »Mein Standpunkt? Ich sage: Die Böden werden ruiniert. So wie jetzt hauptsächlich gewirtschaftet wird, werden sie ruiniert. Sie sind in katastrophalem Zustand, ganz gleich, wohin Sie den Blick richten. Und ist es etwa nicht auch ein ökonomischer Unsinn, so zu verfahren? Hat man denn ein anderes Kapital?«

»Da wird es Schutzmaßnahmen geben. In Luxemburg ...

da werden Maßnahmen beschlossen«, sagte Steiner, »da haben Sie sicherlich ganz recht ...«

»Sie sagen: unsere Landwirtschaft. Aber was bedeutet das denn? Irgendwann wird es das nicht mehr geben, dann wird alles von irgendeinem anonymen Konzern bewirtschaftet ... mit ein paar zehntausend Angestellten. Alles – die Böden, meine ich – wird noch rascher verkommen. Im Grunde wird es dann, wie es im Kommunismus war, nur dass nicht der Staat Eigentümer ist, sondern irgendein Konzern.«

»Sind Sie etwa Kommunist?«, fragte Steiner erstaunt.

Ferdinand machte eine wegwerfende Handbewegung. »Politik interessiert mich nicht ...«

»Wir müssen unsere Interessen schützen!«, sagte Steiner und ballte die Faust.

»Wieder sagen Sie ›unsere‹«, sagte Ferdinand, »aber was bedeutet das? Was ist unser – was nicht?«

Die letzten Worte hatte Ferdinand sehr leise gesagt. Schon die ganze Zeit hatte er neben – oder besser vor – dem großen Ganzen den Einzelfall gesehen: Thomas und Leonhard bewirtschafteten mittlerweile gut einhundert Hektar Land und pachteten immer noch Flächen dazu – Flächen von Eigentümern, für die sich nicht mehr lohnte, was sich immer gelohnt hatte.

»Die Richtung ist eingeschlagen«, sagte Ferdinand, »und kein Mensch wird sie ändern.« Plötzlich musste er an Susanne denken.

Steiner ging, nachdem er kurz innegehalten hatte, wieder auf und ab, die Hände nun in der Hosentasche. Dann blieb er erneut stehen und sah Ferdinand direkt an. »Ich beneide Sie«, sagte er, »wirklich. Sie haben diese Freiheit ... In unserem Beruf stößt man immer gleich irgendwo an ... überall lauert ein Aber, ein Jedoch ... Man gewöhnt sich daran, wissen Sie? Nur manchmal hat man doch das Bedürfnis, alles – gewissermaßen alles zu sehen, nicht wahr?«

»Man wird wahrscheinlich zynisch«, überlegte Ferdinand.

»Ja, schrecklich, im Grunde ...« Steiner nahm die Hände aus den Hosentaschen.

»Es hat mich jedenfalls sehr gefreut, mit Ihnen zu sprechen«, sagte er plötzlich formelhaft. »Vielleicht gibt es öfters die Gelegenheit dazu.« Er wandte sich zum Gehen. »Auf Wiedersehen!«

»Auf Wiedersehen!«

Einmal drehte er sich noch um. »Wissen Sie eigentlich, dass wir aus derselben Gegend stammen?«

»Nein, das wusste ich nicht.«

»Nein, woher auch? Wir haben den Dialekt beide abgelegt.« Er grüßte noch einmal und ging.

Merkwürdig, dachte Ferdinand, er tat gerade so, als hätten wir uns zufälligerweise getroffen und wären ins Gespräch gekommen. Er griff zum Telefon und rief einen Kollegen in einer anderen Abteilung an und teilte ihm mit, er könne sich die Unterlagen jederzeit abholen, sie lägen hier bereit. Daraufhin machte er sich, ein paarmal noch an Steiner denkend und über ihn leise den Kopf schüttelnd, an die Arbeit für einen neuen Artikel, den er seit Wochen vor sich herschob.

»Nun kommt die Zeit«, schrieb Ferdinand, »in der man sich auf den Anbau der Zwischenfrüchte bzw. Frühsaaten vorbereitet. Die unkrautbegünstigende Wirkung von ungenütztem, frei verfügbarem Stickstoff sollte dabei beachtet und keinesfalls unterschätzt werden. Was die Bodenbearbeitung betrifft, sei darauf hingewiesen, dass der Regenwurm nicht nur im Winter, sondern auch im Sommer eine Diapause – eine Ruhephase – einhält. Deshalb sollte ...« Er brach ab und las die Sätze durch. Dann löschte er sie und fing noch einmal von vorne an, und als er fertig und einigermaßen zufrieden war, stellte er fest, dass es sieben Uhr war.

16

In demselben Zustand, in dem er den Artikel – ein Artikel für eine vom Ministerium herausgegebene Zeitschrift – verfasst hatte, verbrachte Ferdinand die folgenden Wochen. Sowohl im Büro als auch mit Susanne verflog die Zeit geradezu, trotzdem nahm er alles überwach, wie mit gereizten Sinnen wahr. Mit Steiner pflegte er nun einen beinah freundschaftlichen Umgang – der Vorgesetzte suchte ihn täglich auf. Immer häufiger sagte Steiner, er denke an den Ruhestand, in wenigen Jahren hätte er sein Soll erfüllt. Vielleicht – manchmal sagte er: wahrscheinlich – würde er wieder aufs Land ziehen, er besitze immer noch ein Haus dort, nicht weit von Rosental entfernt. In Ferdinands Büro hing er seinen Gedanken nach, und dann und wann befiel Ferdinand die Gewissheit, ihm als eine Art Ventil zu dienen für all das, was er sonst nirgendwo anbringen konnte.

»Meine Frau würde wahrscheinlich nicht zustimmen, oder nicht ohne weiteres« – er sprach wieder einmal vom Leben auf dem Land – »aber unserer Tochter würde es gefallen ...«

»Ich wusste nicht, dass Sie eine Tochter haben.« Es war das erste Mal, dass Steiner sie erwähnte, und auch in dessen Wohnung war Ferdinand nie etwas aufgefallen, das an ein Kind erinnerte.

»Ja«, sagte Steiner langgezogen. »Judith. In ein paar Tagen wird sie vierzehn. Ich will es nicht wahrhaben, aber wenn ich daran denke, was ich in dem Alter ... Nein, wahrscheinlich würde es ihr gar nicht gefallen. Aber als Kind, da hat sie es geliebt dort draußen. Sie ist immer noch mein kleines Mädchen. Ich weiß nicht, ob das einmal anders wird ...« Er blickte aus dem Fenster über die breite Ringstraße und durch die an manchen Stellen bereits braun werdenden Baumkronen zu seiner Wohnung hin, und Ferdinand war in diesem Moment so rätselhaft und schmerzlich berührt, dass er Steiner etwas Schönes,

Angenehmes sagen wollte – oder ihm ebenfalls etwas anvertrauen.

»Ich werde heiraten«, sagte er und setzte, ohne zuvor daran gedacht zu haben, hinzu: »Ich würde mich freuen, wenn Sie dabei sein könnten.«

Steiner durchzuckte es merklich bei diesen Worten, dann zeigte er sich aber sehr erfreut und zugleich etwas verlegen über die Einladung, und er stammelte einen Glückwunsch und einen Dank, während er Ferdinand kräftig die Hand schüttelte. Wann es denn soweit sei, fragte Steiner, und Ferdinand antwortete, sie wollten im Februar heiraten.

»Im Februar«, wiederholte Steiner, und noch einmal: »Im Februar«, und als fiele ihm plötzlich das Gehen schwerer als eben noch, trat er wieder ans Fenster und schaute hinaus. »Das sind schöne Pläne«, sagte er, und die Fensterscheibe beschlug ein wenig.

An den Abenden, in den Nächten und an den Morgen sah Ferdinand, wie Susanne auflebte. Die Wunden an ihren Armen verheilten, und es kamen keine neuen hinzu. Manchmal sagte Susanne, ihr komme es vor, als habe sie ein neues Leben. Nach und nach erfuhr Ferdinand, wie weit sie sich zurückgezogen hatte; er erfuhr es durch Alltäglichkeiten – wenn sie etwa nicht wusste, dass eine wichtige Straßenbahnlinie schon vor Jahren umbenannt worden und eine andere verlängert worden war, wenn sie Worte verwendete, die vor Jahren alle verwendet hatten, die aber längst durch andere Worte oder Wendungen ersetzt worden waren. Anfangs hielt er dergleichen für Zufall, mehr und mehr aber kam er dahinter, dass sie, von den notwendigsten Wegen abgesehen, kaum welche gemacht hatte, und selbst ihre Schwester hatte sie kaum je gesehen. Ein Teil ihrer Freude war Freude über die Dinge, oft die einfachsten, die für sie lange nicht existiert hatten: eine Tüte Eis am Schwedenplatz, ein Spaziergang in Schönbrunn, hinauf zur Gloriette, ein Glas

Wein in irgendeiner Bar, ein Kinofilm. Es schien für Susanne nur ihre Arbeit gegeben zu haben, sie las Manuskripte für Verlage Korrektur, manchmal auch für Doktoranden. Oft war ihm jetzt, als wäre seit den Tagen, in denen er bei heruntergekurbelten Seitenscheiben mit Susanne durch Wels gefahren war, keine Zeit vergangen, und er verspürte einen Drang, das Wissen darüber, dass es anders gewesen war, auszulöschen. Dabei beobachtete er sich selbst sehr scharf. – Hatte Ferdinand anfangs die Nacht häufig in ihrer Wohnung verbracht, waren sie mit der Zeit fast nur noch bei ihm in der St.gasse – Susanne blieb oft auch, wenn er im Büro war, und arbeitete an seinem Schreibtisch.

Sie bereiteten die Hochzeit vor und schrieben die Einladungen, und als sie damit fertig waren, war es Ende September, und sie sagten sich, noch einen Monat mit dem Verschicken zu warten. Nur nach Rosental wollte Ferdinand die Einladung sofort schicken, und da schlug Susanne vor, doch hinzufahren und sie ihnen zu bringen.

»Was sagst du da? Nach Rosental?« Ferdinands Ausdruck verfinsterte sich.

»Ja«, antwortete Susanne, »ich würde es gern kennenlernen.«

»Ist das dein Ernst?« Schon einmal hatte sie dergleichen gesagt, vor kurzem, und da hatte er Tränen die Kehle hochsteigen gespürt. Jetzt aber erinnerte er sich an früher: Wie oft hatte er damals vergeblich versucht, sie zum Mitkommen zu überreden?

»Natürlich! Wahnsinnig gern möchte ich hin.«

Ferdinand lächelte, plötzlich rief er: »Dann lass uns hinfahren. Ja, lass uns hinfahren!«

17

Der Oktober war ihr schönster Monat. Gleich am ersten Wochenende fuhren sie nach Rosental. Obwohl sie sich nicht angekündigt hatten, waren sowohl Sabine als auch Thomas zu Hause, und sie freuten sich sehr und nahmen Susanne wie eine Tochter auf, und das Ganze war so rührselig, dass Thomas und Ferdinand schließlich nach draußen gingen und Richtung Gebirge blickten und warteten, bis die flennenden Weiber, wie Thomas sich ausdrückte, sich beruhigt hatten.

»Lass uns zum Bach gehen«, sagte Ferdinand, und sie gingen über ein noch nicht gepflügtes Feld, auf dem Mais gestanden war und da und dort noch bekörnte Kolben lagen, zum Bach.

»Wo sind die Fische?«, fragte Ferdinand, nachdem er eine Weile ins Wasser geblickt hatte.

Anstatt zu antworten, sagte Thomas: »Zwanzig Hektar Wintergerste. Er sät alles alleine. Ich habe ihm angeboten, die Hälfte zu übernehmen, aber er wollte alles alleine machen.« Nach einer Weile antwortete er dann doch: »Ich weiß nicht, ob noch Fische drin sind. Ich bin hier seit Ewigkeiten nicht mehr gestanden.« Er seufzte.

Ferdinand wartete einige Minuten. Dann fragte er: »Was denkst du? Ich meine, wie findest du sie – Susanne?«

»Sie wirkt ... ich weiß nicht ... vielleicht ein wenig ängstlich? Aber das ist wohl normal in einer solchen Situation. Vor allem wirkt sie ziemlich glücklich. Sie strahlt dich an!« Ferdinand lachte auf. »Ja, und wie!«

»Das fällt mir gar nicht auf«, sagte Ferdinand und errötete etwas.

»Ich weiß nicht, was damals zwischen euch geschehen ist«, sagte Thomas. Ferdinand wollte etwas sagen, aber Thomas sprach weiter: »Es geht auch niemanden außer euch etwas an.

Ich weiß nur, dass du dann weggezogen bist. Ich habe das immer in Zusammenhang gebracht.«

Sie schwiegen einen Moment, dann sagte Thomas: »Ich hatte sie mir anders vorgestellt, glaube ich. Sie wirkt sehr sympathisch.«

Ferdinand blickte in das kühl zu ihnen heraufwehende, leise murmelnde und glasklare Bachwasser. Am Grund waren moosbewachsene Steine zwischen blanken bernsteinfarbenen zu sehen, und über ihrer Reglosigkeit lagen helle, fast weiße Flecken aus Licht.

»Ich wollte ihr den Hof schon seit langem zeigen.«

Thomas antwortete nicht. Kurz darauf kehrten sie zum Haus zurück.

In der Nacht, nachdem sie gegessen und getrunken hatten und überredet worden waren zu bleiben, sagte Susanne, es sei merkwürdig, sie fühle sich wie zu Hause, und Ferdinand schwieg und drückte sie fest an sich, und auf einmal kam es auch ihm vor, als wäre der Goldbergersche Hof wieder sein Zuhause. – Sie blieben zwei Nächte, und am Sonntagmorgen verabschiedeten sie sich. Alle stiegen zugleich ins Auto: Thomas und Sabine wollten in die Kirche, Ferdinand und Susanne zurück nach Wien. Kurz vor der Autobahnauffahrt hielt Ferdinand den Wagen an.

»Freust du dich auf Wien?«

»Warum?«

»Ich würde gerne noch fortbleiben.«

»Aber die Arbeit …«

»Wollen wir nicht lieber ans Meer fahren?«

»Ans Meer?«

Aufgeregt und ein wenig ungläubig fuhren sie, einander abwechselnd, in einem durch nach Portorož, Slowenien. Es war Nacht, als sie ankamen. Sie nahmen ein Zimmer mit Balkon, das über einem Restaurant lag. Dort bekamen sie noch etwas zu essen. Ferdinand wollte sofort an den Strand gehen, gegen den sie das Meer dunkel anrollen hörten, aber Susanne sagte, sie wolle erst am nächsten Tag alles sehen. »Ich möchte aufwachen und mich auf den Balkon stellen ...«, sagte sie. So legten sie sich schlafen.

Ferdinand wurde von einem spitzen Schrei geweckt – er öffnete die Augen und sah Susanne als schwarzen Umriss auf dem Balkon stehen. Er sprang aus dem Bett, zog sich etwas an und stellte sich neben sie. Auf der zwischen ihnen und dem Meer liegenden Promenade trieben Menschen träge wie Seifenblasen herum, da und dort lag ein umgekipptes Boot oder war ein Stand aufgebaut, an dem irgendetwas verkauft wurde. Vor ihnen lag, sich weithin ausbreitend, das Meer, auf dessen in der gleißenden Morgensonne funkelndem Wasser kleine Boote sanft schaukelten. Schweigend standen sie nebeneinander. Susanne drückte Ferdinands Hand so fest, dass er sie ihr lachend entzog.

»Wie schön das ist ...«, murmelte Susanne. Weit draußen kreuzte eine Yacht. »Warst du schon einmal hier?«

Ferdinand sagte nach einigen Sekunden: »Nein, war ich nicht. Komm, ich bin hungrig. Du etwa nicht?«

Sie verbrachten einige Tage, indem sie im schon kühlen Meer schwammen, lange Spaziergänge und Ausflüge in Dörfer der Umgebung machten, oder sie saßen einfach auf einer Bank an der Promenade und blickten auf das Meer hinaus. Als sie einmal so saßen, legte Susanne ihren Kopf auf Ferdinands Schulter und sagte: »Warum gibst du es nicht zu, dass du schon einmal hier gewesen bist?«

»Weil ich noch nie hier gewesen bin«, brummte Ferdinand. Susanne hob den Kopf, bemerkte seinen verhärteten Gesichtsausdruck und legte ihren Kopf wieder an seine Schulter, und nach ein paar Atemzügen griff Ferdinand nach ihrer Hand.

Er sagte nicht die Wahrheit, und allzu deutlich war, dass er selbst unter dem, was er verschwieg, litt. Wie waren denn die Jahre für ihn gewesen? Jahre der Einsamkeit. Und daran änderte auch nichts, dass es hin und wieder eine Affäre, eine Liebschaft gegeben hatte … flüchtig, belanglos … Manchmal, bloß aus Langeweile, ein Ausflug ans Meer, nicht immer alleine … Er wusste, dass Susanne all das ahnte, und er war froh, dass sie nicht nachfragte.

Am Ende der Woche fuhren sie nach Wien zurück.

18

Der Herbst verging, der Winter kam, und es war immer noch, als wären sie auf Urlaub. Fast jeden Tag trafen sie sich irgendwo in der Stadt zum Mittagessen, tranken Wein dazu und verabschiedeten sich schweren Herzens, um einander wenige Stunden später in Ferdinands Wohnung wieder gegenüberzustehen – Susanne oft in nicht mehr als einem von Ferdinands Hemden, die ihr viel zu weit waren und bis an die Knie reichten, und mit tintenbefleckter rechter Hand. Manchmal gingen sie dann noch einmal auf die Straße und aßen in einem Restaurant in der Nähe, oder sie kochten zu Hause etwas. Ferdinand behielt seine Gewohnheit bei, abends noch ein wenig zu arbeiten und Einträge in sein Notizheft zu machen, und weil Susanne ihn nicht stören wollte, arbeitete sie selbst oft auch noch ein wenig, oder las etwas. Die Eigenheiten des jeweils anderen nahmen sie als ganz selbstverständlich hin. Die Hochzeitseinladungen waren verschickt. Glückwünsche in bisweilen überraschtem Ton trafen ein.

Der erste Schnee fiel und machte die Stadt hell und gab ihr einen anderen Rhythmus, einen anderen Ton. Alles klang gedämpfter. Inzwischen waren sie – an einem in Wien sonnigen, weiter westlich regnerischen Tag – noch einmal in Rosental gewesen und viele Stunden mit Thomas und Sabine zusammengesessen und hatten sich unterhalten, als wäre es nie anders gewesen. Thomas redete mit ihnen, als wären sie in alles auf dem Hof eingebunden ... Auch das trug dazu bei, dass sie die langen Jahre vergaßen, in denen sie nichts voneinander gewusst hatten, als läge nichts von Bedeutung zwischen dem Jetzt und dem Damals – nicht einmal Zeit.

Einmal im Jahr erschien der sogenannte Grüne Bericht, eine detaillierte Darstellung und aktuelle Analyse der heimischen Land- und Forstwirtschaft. Der Bericht gliederte sich in acht Kapitel. Ferdinand arbeitete an zwei davon mit: »Nachhaltige Entwicklung der Land-, Forst- und Wasserwirtschaft« und »Landwirtschaft im internationalen Zusammenhang«. Vor allem das Zweite interessierte ihn, er las dazu eine Menge Studien und Publikationen. Der Bericht erschien erst im Juni, trotzdem gerieten schon jetzt Ferdinands andere Projekte ins Hintertreffen, dazu kam die Organisation der Hochzeit – sie würde in der Kirche auf dem Leopoldsberg stattfinden –, die er zum Teil vom Büro aus betrieb. Dennoch kam er täglich zwischen fünf und sechs Uhr nach Hause, und sie verbrachten ihre Abende wie gewohnt, auch wenn sie jetzt meistens in der Wohnung blieben und Susanne oft schon etwas gekocht hatte.

Eines Abends kam er ungewöhnlich spät nach Hause. Es hatte noch eine eskalierende Unterredung mit einem Mitarbeiter gegeben, der bestimmte Daten aus dem Bericht streichen wollte – sie würden der Partei schaden, ließ er durchblicken. Ferdinand sagte, er sei bei keiner Partei, ihn kümmerten nur die Fakten, welche vollständig in dem Bericht bleiben würden. Immer länger zog sich das Gespräch hin, bis der andere andeutete, der Minister habe ihn geschickt. Da verlor Ferdinand die Fassung und warf den Mann aus dem Büro. In unheilvoller, zorniger Stimmung betrat er die Wohnung, streifte die Schuhe ab und ging im Wohnzimmer auf und ab. Erst nach Minuten beruhigte er sich etwas und rief nach Susanne. Sie antwortete nicht. Er fand sie in der Küche über einem Manuskript sitzend, als hätte sie ihn nicht gehört. Sofort sprang ihm der Schnitt ins Auge. Er setzte sich, wartete eine Weile, räusperte sich und fragte sie, während er mit etwas zittrigem Finger darauf zeigte, woher die Verletzung stamme. Susanne antwortete, sie habe sich beim Abwasch geschnitten. Sie sah ihn dabei nicht an. Als Ferdinand sie weiter anblickte – wartend oder erstarrt oder hoffend –, sagte sie plötzlich, wieder ohne ihn anzusehen: »Das Essen ist im Kühlschrank. Ich – ich habe schon gegessen.« Und sie strich ein Wort in dem Manuskript und machte am Rand ein Zeichen.

Ferdinand erhob sich und ging wieder ins Wohnzimmer. Einige Minuten lang stand er dort unschlüssig herum, bevor er in sein Arbeitszimmer wechselte und sich an den aufgeräumten Schreibtisch setzte, eine Schublade öffnete und sein Notizbuch herausnahm. Er klappte es auf, überflog kopfschüttelnd die zuletzt geschriebenen Zeilen – Notizen zum Wetter – und begann zu schreiben: »Streit mit Schmied aus der S.-Abteilung. Wollte – will! – intervenieren – Daten aus Bericht streichen. Von Minister geschickt – das erst am Ende – Drohung! Augenblicklich verstanden. Zuvor nie vorgekommen! (? Zumindest mir nicht bekannt.) Sofort Gegendrohung – Kontakt zur Presse – Veröffentlichung – Skandal! Dann Schmied weg. Sicherlich Nachspiel. Unangenehm – muss mit Steiner sprechen. Sehr aufgewühlt nach Hause. S. beim Abwasch verletzt. Wollte mit ihr sprechen, aber in Arbeit vertieft. Im ersten Moment Erinnerung an Selbstverletzung etc. Seltsam – lange nicht daran gedacht, obwohl Narben unübersehbar. – Wieder sehr kalt u. Frost. Stadt verändert sich, wie jedes Jahr. Schlechte Zeit.«

Er stand vom Schreibtisch auf, und jetzt erst zog er das Sakko aus. Er aß im Stehen zu Abend, dachte zerstreut an den kommenden Tag. Susanne arbeitete an dem Manuskript. Hin und wieder warf er einen Blick auf sie und ihr konzentriertes Arbeiten. Einmal küsste er sie auf die Schulter. Er ging noch einmal ins Arbeitszimmer und nahm eine Akte aus dem Regal, dann ging er ins Bad und rief Susanne von dort aus zu, er lese im Bett noch ein wenig und warte auf sie. Aber er hatte nicht einmal eine einzige Seite gelesen, bevor ihm die Unterlagen aus der Hand sanken und er tief und fest bis zum Weckerläuten schlief.

Am folgenden Tag herrschte ein Durcheinander im Großen Regierungsgebäude am Stubenring. Schon als Ferdinand gegen neun Uhr eintraf, waren Steiner und Schmied in seinem Büro, außerdem ein Dritter, ein großer, dunkler Mann, den Ferdinand nicht kannte, und sie führten eine heftige Auseinandersetzung, die nicht weniger heftig wurde, als Ferdinand scheinbar gleichgültig sagte, er bleibe dabei – es werde nichts aus dem Bericht entfernt. Schmied und der Unbekannte begannen nun auch Steiner zu drohen, was ihn in Rage brachte.

Er rief: »Schluss damit! Ihr verdammten Idioten! Ich gehe jetzt zum Minister und bespreche das mit ihm! Nicht mit solchen wie euch! Das werdet ihr euch merken! Ich bin doch nicht umsonst seit zweieinhalb Jahrzehnten im Haus! So, und jetzt raus hier, raus!«

Der Unbekannte rührte sich nicht und sagte: »Der Minister ist im Parlament.«

»Umso besser, ich fahre auf der Stelle hin!« Damit schob er die beiden aus dem Büro, schloss die Tür hinter ihnen und ließ sich völlig erschöpft und mit schweißnasser Stirn auf einen Stuhl sinken. »Im ganzen Haus nur noch solche Leute … Idioten …«, stöhnte er und wischte sich die Stirn trocken. Ferdinand fand ihn plötzlich sehr alt und war sich sicher, dass er noch vor wenigen Minuten jünger ausgesehen hatte. »Müssen Sie sich unbedingt mit denen anlegen?«, seufzte Steiner, aber als Ferdinand etwas antworten wollte, tat er es ab und sagte: »Ja, ja!«, und Ferdinand schwieg. Steiner erhob sich. »Dann also ins Parlament«, sagte er. »Ich will sehen, ob sich noch etwas machen lässt.« Damit ließ er Ferdinand zurück.

Obwohl ihm das Vorgefallene keine Ruhe ließ und er ständig darauf wartete, dass Steiner kam oder anrief oder sich wenigstens irgendetwas ereignete, konnte er einigermaßen gut arbeiten. Einmal stellte er sich vor, er würde entlassen – für ein paar Sekunden schien ihm eine Kündigung sogar sicher zu sein, dann fiel ihm wieder seine Gegendrohung ein, die kaum ihre Wirkung verfehlen konnte. Doch bis zum Abend hörte er nichts mehr – weder von Steiner noch von Schmied oder dem Unbekannten, noch von sonstwem. Es blieb ruhig. Ferdinand hatte das Haus bereits verlassen, da kehrte er noch einmal um und rief von seinem Büro aus Steiner an. Er wollte ihn nach dem Stand der Dinge fragen, aber Steiner sagte nur, er werde ihm am nächsten Tag alles erzählen, Ferdinand solle sich jedenfalls keine Gedanken mehr über die Angelegenheit machen. Dann grüßte er und legte auf. Ferdinand zuckte mit den Schultern und legte ebenfalls auf. Er fuhr nach Hause.

»Verflucht noch einmal«, sagte er und warf die Wohnungstür hinter sich zu. Er streifte die Schuhe von den Füßen, warf die Jacke Richtung Garderobe und ging ins Arbeitszimmer, in dem Susanne für gewöhnlich um diese Uhrzeit saß. Jetzt war der Raum leer. In letzter Zeit arbeitete sie manchmal auch in der Küche. Dort war sie jedoch ebenso wenig.

»Susanne?« Ferdinand ging von einem Raum zum nächsten. Zuletzt sah er sogar nach, ob die Toilettentür versperrt war. Susanne war nirgendwo zu finden. Niedergeschlagen von den Ereignissen dieses Tages setzte sich Ferdinand in seinen Ohrensessel, goss sich ein Glas Cognac ein und setzte die vor Monaten unterbrochene Lektüre von »Jewgeni Onegin« fort. Viele Verse und einige Gläser später war Susanne immer noch nicht da, hatte immer noch nicht angerufen. Als er es schließlich versuchte, erreichte er sie nicht. Ferdinand begann zu befürchten, dass sie nicht mehr käme, und sagte sich, sich damit abfinden zu müssen – es war schon vorgekommen, dass sie die Nacht nicht miteinander verbracht hatten, wenn sie sich darüber bisher auch immer zuvor verständigt hatten. Er überlegte, noch einmal ihre Nummer zu wählen, ließ es aber. Wankend vor Müdigkeit ging er zu Bett. Er konnte dennoch lange nicht einschlafen, und irgendwann wusste er nicht mehr, weshalb er an Schlaflosigkeit litt: wegen Susannes Ausbleiben, wegen der Vorfälle im Ministerium oder wegen der Verse, die er wieder und wieder gelesen hatte und die lauteten: »So wie vom Traum ins Grün versetzt / Der Häftling wird aus seiner Zelle, / So schweifen träumend wir zurück / Zu unsrer Jugend erstem Glück.«

19

Schon kurz nach sieben machte er sich auf den Weg zur Arbeit. Über Nacht war ein wenig Neuschnee gefallen und lag nun auf den Gehsteigen, auf den Straßen und parkenden Autos und erhellte die in den vergangenen Tagen besonders dunkel gewesene Stadt wie von innen her. Manches – zart eingehüllt, zart durchschimmernd – erschien Ferdinand, als sähe er es zum ersten Mal, und das fesselte ihn derart, dass er die ganze Strecke zu Fuß zurücklegte. Noch vom Büro aus hatte er diesen Eindruck, ja sogar noch mehr: Die Ringstraße und die bimmelnd vorbeifahrende Straßenbahn sahen nicht nur anders aus als sonst, sie hatten noch nie so ausgesehen. Endlich setzte Ferdinand sich an seinen Schreibtisch, und als er sich nicht sofort auf seine Arbeit konzentrieren konnte, kam ihm in den Sinn, dass er vielleicht übermäßig angespannt sei. Ja, es hatte sich viel getan in den letzten Monaten, sehr viel. Eine ungeheure Geschwindigkeit … Und hatte er nicht alle Dinge gesehen, wie er sie noch nie gesehen hatte? Es bestand kein Zweifel, er war überreizt. Ob das etwas mit Susannes Ausbleiben zu tun hatte? Er würde versuchen, mit ihr darüber zu sprechen.

Den Vormittag über arbeitete er an seinem Schreibtisch und telefonierte lediglich ein paarmal im Haus. Am Mittag überlegte er, zu Susanne zu gehen, entschied sich dagegen und aß in der Pizzeria gegenüber ein einfaches Nudelgericht.

Der Nachmittag verging zäh, aber ohne Störungen – die Angelegenheit schien tatsächlich ausgeräumt. Pünktlich um fünf Uhr verließ Ferdinand sein Büro.

Er traf Susanne zu Hause an. Sie saß über einem Manuskript, legte den Stift diesmal beiseite, als Ferdinand eintrat.

»Da bist du ja!« Er war erleichtert.

»Ja.«

»Aber was ist mit deinem Arm?« Ferdinand zeigte auf den breiten weißen Verband.

»Das von vorgestern – es hat sich entzündet.«

»Was? Die Wunde vom Abwaschen?«

Über ihr sehr ernstes, angespanntes Gesicht huschte für den kleinsten Bruchteil einer Sekunde ein Lächeln. Sie zögerte, dann sagte sie: »Ja.«

Während sie weiterarbeitete, bereitete Ferdinand das Essen zu, und nebenher erzählte er, was sich im Büro zugetragen hatte. Schließlich erzählte er noch von den morgendlichen Eindrücken und dem Gedanken, er könne nervlich irgendwie übermäßig angespannt sein. Wie er so redete, war ihm, als wäre das alles längst vergangen. Die vertrauten Handgriffe, das Duften des schmorenden Fleisches, Susannes Gegenwart – all das trug dazu bei, dass er sich behaglich fühlte. Er würde sie nicht fragen, wo sie gewesen war; sie würde es schon erzählen, wenn ihr danach war. Er deckte den Tisch, und Susanne schob ihr Manuskript und ihren Stift in die Tasche. Erstaunt sah Ferdinand sie an.

»Bist du schon fertig damit?«

»Hör zu«, sagte Susanne, »vielleicht wäre es für uns beide gut, wenn wir uns ein paar Tage nicht sehen würden …«

Ferdinand fand, dass es gequält klang, wie sie sprach.

»Aber warum denn? Ist etwas passiert?«

Schon war Susanne aufgestanden und zog Schuhe und Mantel an. Es war ein neuer Mantel, Ferdinand sah ihn zum ersten Mal. Er war ihr an die Tür gefolgt und stand jetzt dicht bei ihr. Sie machte eine Bewegung auf ihn zu, als wäre er nicht anwesend. Wie um dieser irritierenden Bewegung auszuweichen, öffnete er die Wohnungstür. Wieder, als wäre er nicht anwesend, ging sie an ihm vorbei und trat in den Flur hinaus.

»Susanne, ich verstehe das nicht«, sagte Ferdinand.

»Nur ein paar Tage«, sagte Susanne, und jetzt klang es nicht mehr gequält, sondern traurig, und sie küsste ihn flüchtig auf die Wange und ging raschen, hallenden Schrittes davon. Ferdinand gestand sich ein, dass seine Nerven blank lagen. Wieder konnte er die Gegenwart nicht fassen. Er ging ins Wohnzimmer, setzte sich, stand aber gleich wieder auf. Er beschloss, ein paar Tage freizunehmen.

20

Er verstand nicht, weshalb diese Pause notwendig war. Er verstand nicht, weshalb sie es ihm nicht erklärt, nicht ein Wort dazu gesagt hatte. Hatte es denn etwas mit seiner Angespanntheit zu tun, die ihr nicht verborgen geblieben war? So viel er auch nachsann, das war das einzige, was ihm einfiel; nichts sonst hatte sich verändert. Dunkel und bildlos rumorte eine Erinnerung in ihm, von der er sich abwandte, indem er sich mit den Umständen abfand.

Susanne fehlte ihm, und er konnte es nicht erwarten, sie wiederzusehen. In Gedanken malte er sich das Wiedersehen aus.

Damit konnte er ganze Stunden verbringen, die ihm wie ein Vergangenheit und Zukunft in sich vereinigender Augenblick vorkamen.

Einmal telefonierte er mit Anton; sie hatten selten gesprochen und sich seit jenem Abend im Café nur ein einziges Mal getroffen, um auf die bevorstehende Heirat anzustoßen; es wurde ein langes Telefonat, doch als Anton vorschlug, später noch auf ein Glas auszugehen, lehnte Ferdinand ab, stellte jedoch ein Treffen an einem der folgenden Wochenenden in Aussicht – man könne auf den Weihnachtsmarkt am Karlsplatz gehen und Glühwein trinken. Anton war einverstanden. Sie verabschiedeten sich voneinander mit dem gegenseitigen Versprechen, bald wieder zu telefonieren.

Nachdem er drei Tage nichts von Susanne gehört hatte, konnte er die Unruhe nicht mehr ertragen. Er ging wieder ins Büro. Ständig nahm er das Telefon in die Hand und legte es wieder beiseite; schließlich schrieb er ihr eine kurze Nachricht, er vermisse sie. Sofort war er ungeheuer erleichtert. Nach dieser anfänglichen Erleichterung begann er auf Antwort zu warten. Bei der Arbeit brachte er nichts voran; alle paar Minuten überprüfte er seinen Posteingang. Es kam keine Antwort, und schon nach kurzer Zeit bereute er es, die Nachricht geschrieben zu haben. »Es wäre für uns beide gut«, hatte sie das nicht gesagt? Er wollte sich weiter gedulden, ihr die Zeit lassen, die sie brauchte. Dennoch wuchs seine Unruhe von Stunde zu Stunde, und immer lauter hörte er das Rumoren in sich.

Genau eine Woche nachdem sie einander zum letzten Mal gesehen hatten, stand Ferdinand an der Spüle. Er war gerade dabei, das große Fleischmesser abzuwaschen, als er begriff, dass Susanne gelogen hatte – es war unmöglich, sich eine solche Verletzung, wie sie auf ihrem Unterarm zu sehen gewesen war, beim Spülen zuzuziehen. Aber warum hatte sie gelogen? Und am Tag darauf der Verband? Verbargen sich unter dem Verband vielleicht noch weitere Verletzungen? Und wenn ja: Weshalb verletzte sie sich wieder, wo sie es monatelang nicht mehr gemacht hatte?

Ferdinand griff zum Telefon und wählte ihre Nummer; vergebens. Er ließ alles liegen und stehen und nahm ein Taxi in den 2. Bezirk; während der ganzen Fahrt versuchte er sie zu erreichen. Angekommen, drückte er Dutzende Male ihre Klingel, ging dazwischen in engen Kehren vor dem Haus auf und ab, wählte wieder und wieder ihre Nummer, blickte hinauf und hielt Ausschau.

Durchfroren, enttäuscht, wütend auf sich und fürchterlich aufgeregt fuhr er in die St.gasse zurück. Er sperrte die Haustür auf und trat ein. Bereits zwei, drei Mal war fern der Gedanke aufgetaucht, Susannes Schwester anzurufen, als ein beruhigendes letztes Mittel, zu dem man immer noch greifen könnte, doch als er, am Fuß der Treppe, den Namen dieser Schwester auf dem Display seines Telefons aufblinken sah, packte ihn das blanke Entsetzen. Er hastete ein Stockwerk höher, blieb auf der ersten Stufe zum zweiten stehen, drückte zitternd auf Annehmen und meldete sich. Ohne Begrüßung sagte sie: »Ich würde dich nicht anrufen, wenn sie mich nicht darum gebeten hätte. Vor einer Stunde war die Polizei hier. Man hat Susanne gefunden.« Sie brach ab, und Ferdinand hörte sie nach Luft ringen und schniefen. Dann sprach sie weiter: »In der Donau, Ferdinand. Sie hat sich umgebracht.«

»Das ist nicht wahr«, flüsterte Ferdinand und hielt sich am Geländer fest. »Anita, das stimmt nicht!«

»Ich schwöre bei Gott, ich würde nicht mit dir sprechen, wenn sie es sich nicht gewünscht hätte.« Wieder brach sie ab, und ein lautes Schluchzen war zu hören – da merkte Ferdinand, dass er selbst es war, der schluchzte. »Sie hatte einen Brief bei sich.«

»Das ist nicht wahr«, flüsterte er wieder.

Dann war nur noch schnelles Tuten.

Irgendwie schleppte Ferdinand sich noch einen Stock höher, schloss, den Schlüssel in beiden Händen, die Wohnung auf und ließ sich hineinfallen. Er kroch wimmernd ins Wohnzimmer, kroch an das Fenster, durch das schwach gelbes Laternenlicht fiel, und blieb darunter liegen. Etwas ungeheuer Lautes, an Donner Erinnerndes durchrollte ihn und ließ ihn den Kopf nach links und rechts beugen, nach vorne und zurück, und ließ ihn sich aufbäumen, bevor er zurückfiel und es ihm schwarz vor Augen wurde. In die Donau, in die Donau, hörte er irgendwo weit hinter dem Geräusch jemanden sagen. Unter größten Mühen richtete er sich auf und verließ die Wohnung, immer wieder knickten seine Knie auf der Treppe ein. Im ersten Stock brach er zusammen und schlug gegen Kalmus' Tür. Der Vermieter riss die Tür auf, stieß einen Ruf aus, packte Ferdinand und schleppte ihn zu sich in die Wohnung. Dort verlor Ferdinand das Bewusstsein, und als er es wiedererlangte, blickte er auf nackte kopulierende Körper, bevor er es erneut und für lange verlor.

Zweiter Teil

1

Sie war nicht einfach heiß, sondern von einer solchen fast körperlichen Dichte, dass sie von allen Seiten nach einem zu greifen schien, noch wenn man regungslos dasaß. Sie, die Luft, war es, die einzig nah war, alles andere schien weit entfernt: das Rollen der Autos und Busse über das uneinheitliche Straßenpflaster, ihr Hupen, die Stimmen von der Rezeption her, das Rauschen der Toilettenspülung und das Prasseln der Duschen, das Krächzen und Schnabelklappern der Tukane in dem Käfig nahe dem Ausgang – und schließlich das unentwegte stille Rauschen der Baumkrone im Innenhof, unter der er saß, und das Rascheln der Plastiktüte, wenn er eine Dose daraus hervorholte oder mit dem Fuß daran streifte. Und ihm war auch, als wäre es die Luft, die zu ihm sprach, wenn wieder einmal der vielleicht achtzehnjährige, aber zurückgeblieben wirkende Portiersgehilfe vor ihm stand und ihn mit ein paar Brocken Englisch fragte, ob er hier zu Mittag essen wolle und ob er sonst etwas brauche. Und wenn die Dosen leer waren, überreichte er der sich an ihn drängenden Luft einen Geldschein, und wenn er wie fast immer keinen Hunger hatte, teilte er das der Tropenluft mit. Sogar die eigenen Worte waren dann viel weiter entfernt als diese Luft. Aber nicht nur das Äußere, auch das Innere war wie auf Abstand gehalten, alle Erinnerungen und Gedanken und Gefühle wie schallgedämpft. Hin und wieder hatte er früher beim Ausgehen etwas geschluckt, dessen Wirkung ganz ähnlich gewesen war. Man hatte es zusammen mit Wodka oder Rum oder sonst etwas Starkem genommen, und es hatte viele Stunden gewirkt, während denen alles angenehm war, wie sie das damals genannt hatten. Jetzt erschien ihm die Tatsache, in dem Land zu sein, wo sein Vater die letzten zwölf Lebensjahre verbracht hatte und wohin die Hochzeitsreise hätte gehen sollen, nicht anders – angenehm.

Seit bald drei Monaten war er hier. Was er von der Stadt gesehen hatte, beschränkte sich auf weniges. Er verließ die Herberge nur, um die paar hundert Meter zum Hauptplatz zu gehen, wo er sich auf eine der grünlackierten Bänke setzte oder in eines der den Platz säumenden Restaurants ging; er verließ sie, wenn er den Gehilfen nicht finden konnte und er selbst an dem Kiosk um die Ecke Bier holen musste. Morgens sah er am meisten: da ging er hinunter zum Mercado Florida, aß Obstsalat und trank einen Krug Orangensaft – alles vor seinen Augen zubereitet, und auch der an manchen Tagen aus der Markttoilette dringende Uringeruch störte ihn nicht, wenn er dort saß und die Fruchtstücke aß, die mit Honig übergossen, mit Kokosraspeln bestreut waren und in Erdbeerquark schwammen. Bis auf wenige Worte und Formeln konnte er nichts auf Spanisch sagen, er verstand auch nichts und gab sich keinerlei Mühe, etwas zu verstehen. Wenn er etwas bestellte, tat er es auf Englisch, oder er zeigte mit den Händen, was er wollte – und manchmal redete er sogar deutsch.

Todessehnsucht hatte Ferdinand nach dem Selbstmord von Susanne keine gehegt. Doch dass er sich ebenfalls verabschieden musste, auf andere Art, wurde ihm bald deutlich. Anfangs war es ihm nicht mehr möglich, ins Büro zu gehen – auch auf Anrufe von dort reagierte er nicht. Er glaubte, das würde sich legen. Doch es legte sich nicht. Er begann, wildfremde Leute auf der Straße, im Supermarkt, sogar im Fernsehen über sich reden zu hören. Sie unterhielten sich darüber, dass er Susanne in den Tod getrieben habe. Während er diese Stimmen hörte, tauchten Bilder vor ihm auf, wie er selbst seinem Leben ein Ende setzte:

Einmal ging er Susanne hinterher ins Wasser, ein andermal nahm er eine Überdosis eines Schlafmittels, dann wieder sah er, wie er sich erhängte. Allerdings hatten diese Stimmen und Bilder keinen Schrecken für ihn. Er dachte, dass sie sich vielleicht bei jedem einstellten, der Ähnliches erlebte. So unwirklich und abgelöst von ihm waren sie, dass er sie wie etwas Fremdes betrachten konnte. Immer blieben sie hinter einer Membran, wie hinter Milchglas, und auf sonderbare Weise taten sie ihm sogar wohl.

Was ihn weggehen ließ, war etwas, das durch die Anrufe aus Rosental dazukam – die einzigen Anrufe, die er annahm. Vor allem Sabine rief an. Thomas hielt sich sehr zurück. Und jedes Mal, nach kurzem, allgemeinem Reden ihrerseits, fragte sie, wie es ihm gehe – und sagte dann, er dürfe sich an dem Vorgefallenen keine Schuld geben. Erst dadurch bekamen die Bilder und Stimmen eine andere Dimension. Je öfter Sabine von seiner Unschuld sprach, umso näher rückten sie, immer weniger konnte er sie als etwas Fremdes ansehen, und irgendwann riss die trennende Membran. Damit begann er auch überscharf auf alles, was er hörte, zu reagieren, und es machte ihn schließlich fast rasend, egal, wo er war, alles verstehen zu müssen. Für alles, dachte er, haben sie Erklärungen, für alles … obwohl doch alles ohne Worte geschieht. Susanne ist ohne Worte gestorben. Ja, alles, alles geschieht ohne Worte … Dabei wollte er das nicht wissen, er wollte nur seine Ruhe. Doch im Gegenteil wurde das Außen immer noch lauter und noch zudringlicher, und Ferdinand spürte es körperlich, wie es sich gegen ihn drängte. Ein Ekel ergriff Besitz von ihm, der ihn bald kaum noch atmen ließ. Ihm blieb nur noch eine Hoffnung, wie er diesem Ekel entkommen konnte: Er würde in ein Land reisen, wo er nichts verstand. Ohne noch lange zu zögern, nahm er seine Kraft zusammen und buchte einen Flug nach Santa Cruz de la Sierra, Bolivien.

Seither saß er in der rosafarben getünchten Herberge unweit

des Hauptplatzes und hörte wie von weither das Vorbeirumpeln der Busse und Autos, das Gerede von der Rezeption oder das Gemurmel aus einem der Zimmer, das Schlurfen der Sandalen eines Vorbeigehenden, das Rauschen der Baumkrone über sich und das Rascheln der schwarzen Plastiktüte zu seinen Füßen.

2

Nachdem drei Monate um waren, benahm sich der Gehilfe Ferdinand gegenüber plötzlich verändert. Er katzbuckelte nicht mehr, war weniger linkisch, wurde sogar frech und weigerte sich auf einmal, für Ferdinand Botengänge zu erledigen. Ein paar Tage lang ging Ferdinand selbst zu dem Kiosk, bis es ihm irgendwie gelang, dem Sohn des Kioskbesitzers den Auftrag zu geben, alle paar Stunden in der Herberge vorbeizukommen und bei Bedarf Bier zu bringen. Das ging nur kurz gut, denn der Gehilfe verbot dem Jungen bald den Zutritt. Es kam zum Streit zwischen Ferdinand und dem Gehilfen, Ferdinand beschimpfte ihn und drohte ihm mit Prügel – in einer kruden Mischung aus Englisch und Deutsch. Der Gehilfe war eingeschüchtert, dennoch gab er Widerworte, und Ferdinand verstand kaum etwas, immer nur die beiden Worte »Passport« und »illegal«. Irgendwann ließ Ferdinand den Gehilfen einfach stehen und ging auf den Hauptplatz.

Erst am Abend, sich noch einmal an den ihm unverständlich gebliebenen Streit erinnernd, nahm er seinen Reisepass aus der Tasche und blätterte ihn durch. Da stellte er fest, dass er bei der Einreise lediglich ein neunzig Tage gültiges Touristenvisum bekommen hatte. Das hatte der Gehilfe also gemeint, Ferdinand hielt sich illegal im Land auf. Er legte den Pass auf das Nachtkästchen und löschte das Licht.

Am folgenden Tag blieb er nach der Morgentoilette auf dem Weg zum Markt an der Rezeption stehen, legte den Pass aufgeschlagen auf die Theke und zeigte auf den Stempel, dann auf einen neben dem Telefon liegenden Kalender. Der Gehilfe grinste, nickte und sagte: »Problem! Big problem!« Aber er könne helfen, ließ er durchblicken, und wurde für einen Moment wieder etwas linkisch und unterwürfig. Ferdinand sagte: »Ok. Ja.« Der Gehilfe sagte, Ferdinand solle am Mittag – in drei oder vier Stunden, zeigte er mit den Fingern – zur Verfügung stehen. Ferdinand nickte, steckte den Pass in die Hosentasche und ging grußlos davon.

Als er zurückkam, setzte er sich unter den Baum und stellte die Tüte ab. Er nahm eine Dose daraus hervor, öffnete sie und trank sie in Ruhe. Die erste schmeckte wie keine danach: Das eiskalte Bier in der noch ein klein wenig kühlen Vormittagsluft unter dem jungen Mangobaum jagte ihm Schauer über Rücken und Arme, die sogar ein wenig kitzelten. Nachdem er die Dose geleert und sich versichert hatte, dass eines der Badezimmer frei war, holte er sein Handtuch und frische Kleider und stellte sich unter die kalte Dusche. Er wusch sich die Haare und rasierte sich. Eine Viertelstunde später entriegelte er die verzogene, an der Innenseite ihren hellen Lack verlierende Tür. Im Hof der Herberge, einer links, einer rechts neben Ferdinands Zimmertür, standen zwei olivgrün uniformierte Polizisten. Ferdinand blickte zur Portiersloge, konnte aber, da sie im Schatten lag, nichts erkennen. Er war ohnehin sicher, dass der Gehilfe dort irgendwo stand und grinste. Er ging unbeirrt in sein Zimmer, legte die Dinge ab, hängte das nasse Handtuch auf und steckte einige Banknoten in die Hosentasche. Dann schloss er die Fensterflügel und zog die orangefarbenen Vorhänge vor, um das Zimmer vor der Hitze des Tages zu schützen, und verließ den Raum, ohne ihn abzuschließen. Er setzte sich an seinen Platz unter den Baum und fischte eine weitere Dose aus der Plastiktüte. Die Polizisten stießen sich von der Wand ab, standen einen Moment still und näherten sich ihm dann langsam, die Daumen in die Gürtelschlaufen gehängt. Sie, ebenso wie die Leute, die auf dem Markt arbeiteten, und übrigens auch der Gehilfe, hatten ein stark von der übrigen hiesigen Bevölkerung abweichendes Äußeres, einen anderen, schwärzeren Teint, so viel war Ferdinand immerhin aufgefallen. Doch wie sie nun immer aussahen: Alle schienen sie hier etwas wie Furcht vor Ferdinand – vielleicht vor allen »Gringos« – zu haben. Dieser Erfahrung eingedenk, ließ Ferdinand sich nicht beeindrucken und händigte ihnen anstandslos seinen Reisepass aus, als er dazu aufgefordert wurde. Der Polizist, der darin blätterte, blickte immer wieder zwischen dem Dokument und Ferdinand hin und her. Dann nickte er, reichte seinem Kollegen den Pass, und alles wiederholte sich. Endlich klappte der Polizist das Dokument zu, und Ferdinand streckte die Hand nachlässig aus, um es wieder zurückzufordern, doch der Polizist behielt es. »Problem«, sagte der erste Polizist und nickte bedeutungsvoll, »big problem.« Sie unterhielten sich miteinander, verstummten und unterhielten sich wieder, mehrere Minuten lang, während Ferdinand aus seiner Dose trank und gleichmütig vor sich hinsah. Irgendwann rief der erste Polizist etwas Richtung Portiersloge, und kurz darauf kam der Gehilfe angetrabt. Nun begannen die Polizisten auf den Gehilfen einzureden, und er zuckte immer wieder leicht zusammen unter dem einem lauten Gewisper ähnelnden Gerede. Nur wenn er zwischendurch Ferdinand anblickte, huschte etwas wie ein Grinsen über seine violetten Lippen. Ferdinand leerte die Dose und holte eine weitere aus der Plastiktüte hervor. Einen Moment lang hielten die Polizisten dann inne und schienen ratlos, bevor sie weiterredeten, was Ferdinand nicht verstehen konnte. Eine ganze Weile verging so, bis die Polizisten den Jungen mit energischer Geste aufforderten, Ferdinand irgendetwas zu sagen. Der Gehilfe räusperte sich und sagte, Ferdinand müsse fünfhundert Dollar zahlen – als Strafe dafür, ohne gültige Aufenthaltsgenehmigung im Land angetroffen zu werden. Ferdinand sagte, er werde sich bald darum kümmern, man solle sich keine Sorgen machen. Die Polizisten meinten, er hätte nicht verstanden, dann waren sie empört, und einer der beiden schrie ihn sogar an. Ferdinand sagte, vielleicht solle man das Problem auf der Wache besprechen. Sobald sie verstanden hatte, wurden die beiden sichtlich verlegen. Endlich sagten sie wieder etwas zu dem Jungen, und der übersetzte: »Vierhundert Dollar!« Als Ferdinand nicht reagierte, beratschlagten die Polizisten erneut, sagten etwas zu dem Gehilfen und verließen eiligen Schritts die Herberge.

Fast der ganze Tag verging mit diesen Verhandlungen, immer wieder kamen die Polizisten und gingen, einmal zornig, einmal resigniert, wieder davon, und irgendwann wurde Ferdinand ihre Anwesenheit leid. Er griff in die Hosentasche, zog zwanzig Dollar heraus und hielt sie ihnen hin. Er sagte zu dem Gehilfen: »Das hier können Sie haben. Aber in einer Stunde will ich meinen Pass zurück – mit neuem Visum. Sie bekommen das Geld, wenn ich den Pass wiederhabe. Und wenn Ihnen das nicht gefällt, rufe ich die Polizei.«

Am Abend saß er auf der Dachterrasse und betrachtete im schwach von unten heraufschimmernden Licht die neuen grünen Stempel. Natürlich fehlten entsprechende Stempel eines anderen Landes, in dem er in der Zwischenzeit hätte gewesen sein müssen, aber was tat es? Fürs erste hatte er wieder Ruhe. Mit dem Einbruch der Dunkelheit wurde es für ein, zwei Stunden eher lauter ringsum, bevor es plötzlich sehr still wurde, kaum noch Autos unterwegs waren und vom Hauptplatz her keine Rufe oder Pfiffe mehr zu vernehmen waren. Noch bevor er das Scheppern hörte, spürte er das Vibrieren: Jemand kam die steile Eisentreppe herauf. Es mochte eine Putzfrau sein, die die auf bunten Nylonleinen trocknende Wäsche abnehmen wollte, oder der Gehilfe.

Plötzlich – auch jetzt: zuerst spürte er das Dröhnen, bevor er sie hörte – sagte eine tiefe Stimme: »Darf ich Ihnen Gesellschaft leisten?« Ferdinand wandte den Kopf und sah zunächst nur große weiße Augenbälle. Er machte eine Geste, die einladend wirken sollte. Der Mann setzte sich ein paar Meter von Ferdinand entfernt auf einen Stuhl. Kurz darauf knackte eine Dose. In kleinen Schlucken trank der Mann, der Englisch gesprochen hatte.

»Es ist schön hier. Schön ruhig.«

»Ja«, sagte Ferdinand und vergaß den Fremden dann wieder.

Er hatte, seit er hier war, die Selbstvergessenheit eines Kindes. Das fremde Land, die fremde Sprache, das Fremde an sich hatte sich als etwas Undurchdringliches zwischen das Innen und das Außen geschoben. Vorhin, beim Abendessen auf dem Hauptplatz, hatte ihn der Gedanke beschäftigt, dass er nicht ewig hierbleiben könnte, doch jetzt sah er wieder keinen Grund mehr, warum das nicht gehen sollte. Wie der Stuhl hier stand, der Baum im Innenhof wuchs, so wie die Plastiktüte zu seinen Füßen raschelte, so würde auch er hier sein.

»Ich komme aus Guyana«, sagte da der Schwarze. »Ich war früher einmal hier, mit meinem Bruder. Aber er lebt nicht mehr. Er ist bei dem Anschlag auf das World-Trade-Center umgekommen.« Die dunkle, dröhnende Stimme war mit einem Mal brüchig und hoch geworden, und Ferdinand war sich nicht sicher, ob er nicht für eine Sekunde ein verhaltenes Schluchzen hörte.

»Das tut mir leid«, sagte er und spürte wieder den Ekel in sich aufkommen. Alles ist tot, dachte er, und am totesten sind die Worte – egal, ob ich oder ein anderer sie sagt. Wenige Minuten später stieg er, auf einmal fröstelnd, die Stufen hinab und legte sich in sein Bett.

Es ist alles tot, dachte er weiter, und es ist alles schon immer tot gewesen. Susanne ist tot, und sie ist schon lange tot gewesen. Was mir zugestoßen ist – ein Zufall, dass es jetzt geschehen ist.

Es hätte genauso gut schon damals oder zumindest schon vor fünf Jahren geschehen können – oder aber auch erst in zehn, zwanzig oder sogar dreißig Jahren. Auch ich bin vollkommen tot, und dass ich noch atme, ist Zufall … Stundung … Mit Susanne … Und dieser Schwarze, er weint um seinen Bruder … Warum? Alles geschieht einfach, alles ohne Worte … so ist die Welt.

Lange noch wälzte er solche Gedanken, bevor er einschlief. Zuvor aber hatte er noch den Entschluss gefasst, in Bälde abzureisen – irgendwohin, wo weniger Menschen lebten als hier und alles noch fremder war. Er würde in jene Gegend fahren, in der sein Vater gelebt hatte. Er träumte wirr, wachte aber bis zum Morgengrauen nicht auf.

3

Fast eine Woche hing er finsteren Gedanken nach. Den Entschluss, abzureisen, nahm er zurück. Tot, tot, tot, dachte er, alles ist tot. Was ich sehe – ein Totentanz. Irgendwo steht der Tod und lacht und zeigt bald auf diesen, bald auf jenen, geht Name für Name auf einer endlosen und gleichgültigen Liste ab. Vom ersten Atemzug an ist es nichts als ein Warten auf den Tod, auch wenn man eine Zeitlang von diesem Warten nichts weiß. Doch dann, am Ende der Woche, kam ihm der Gedanke: Hieß das nicht auch, dass er wirklich keine andere Aufgabe mehr hatte, nie wieder, als zu warten – oder nicht einmal das: dass er den Rest seines Lebens einfach so zubringen konnte wie die vergangenen Monate unter den im Licht glänzenden Blättern des Mangobaums? Einfach nur dasitzend, so, wie er wollte? Aber er dachte gar nicht an den Rest seines Lebens, höchstens an ein Morgen. Und die Gedanken an die Polizisten und an den Gehilfen, die dieses Sitzen gestört hatten und jederzeit wieder stören konnten, ließen in ihm erneut das Bedürfnis aufkommen, weiter nach Osten zu reisen.

Vorerst allerdings blieb er. Nach dem Vorfall mit dem Visum wurde das Verhalten des Gehilfen wieder so unterwürfig wie zu Beginn, und fast immer war er zur Stelle, wenn Ferdinands Plastiktüte leer war, und verdiente sich einen Extragroschen, indem er für Ferdinand an den Kiosk lief und Nachschub besorgte. Der Schwarze tauchte nicht mehr auf. Ein paar Tage lang war die Herberge voller Argentinier, im Anschluss kamen einige Peruaner und Kubaner, dann war es wieder ruhig, und die Dauermieter waren unter sich, und Ferdinand konnte in Ruhe unter dem Mangobaum und auf der Dachterrasse hocken.

Eines Abends – es war noch nicht spät, aber bereits seit einer Stunde dunkel – griff er in die Tüte und stellte fest, dass sich keine Dose mehr darin fand. Er spürte keinerlei Müdigkeit in sich und keine Lust, auf sein Zimmer zu gehen. Also stieß er – die Unterlippe über die Zähne spannend – den gewohnten Pfiff aus. Bald darauf kam der Junge angetrottet. »Bier?«, fragte er. Ferdinand nickte und zeigte mit den Fingern, wie viele Dosen er wollte. Er hielt dem Jungen einen Schein hin. Der Junge nahm ihn, doch anstatt zu gehen, blieb er. Es sei zu wenig Geld, gab er zu verstehen. Ferdinand sah ihn verwundert an. War das Bier teurer geworden? Der Gehilfe grinste, schüttelte den Kopf und klopfte sich dann, immer noch grinsend, mit der ganzen Faust zweimal leicht gegen die Brust.

Ferdinand hatte nicht viel gesehen von dem Land. Er wusste nicht einmal, von wem es regiert wurde – ja nicht einmal, wo der Regierungssitz war. Alles, was er mitbekommen hatte, waren Preise und Wechselkurse – im Grunde nur einen, Boliviano-Dollar, denn Euros wollte keiner der Straßenwechsler annehmen. Er wusste also, was die Dinge kosteten und konnte sich ausdenken, wie hoch in etwa die Löhne sein mussten. Was er dem Gehilfen im Lauf eines Monats als Trinkgeld gab, kam an einen halben Monatslohn heran, wie er in diesem Moment überschlug. Das Grinsen des Jungen war es, das ihn diese Rechnung anstellen ließ. Mit einer einzigen Bewegung hatte er den Jungen an der Gurgel gepackt. Während er zudrückte, nahm er ihm mit der freien Hand den Geldschein ab. Der Junge röchelte und versuchte etwas zu rufen oder zu sagen, aber es kam nichts heraus. Da ließ Ferdinand ihn los, und der Junge fiel auf die Knie und japste nach Luft. Ferdinand nahm die leere schwarze Tüte und stand auf, um zum Kiosk zu gehen. Auf der Straße überlegte er es sich anders, hielt eines der grünweißen Taxis an und ließ sich an den Busterminal fahren.

Dort herrschte Gedränge. Es zeigte sich, dass die meisten Busse über Nacht fuhren; jetzt kauften eilig die Letzten noch eine Fahrkarte und ein eigenes Ticket zum Betreten des Bussteiges oder hasteten, schon draußen, noch einmal in die riesige Halle, um irgendetwas Vergessenes zu holen oder an einem der vielen Stände zu kaufen. Für einen Moment verließ Ferdinand der Mut angesichts des herrschenden Durcheinanders, der Unübersichtlichkeit. Da sprach eine Frau ihn an, zeigte ihm mit einem Lächeln ihre Zahnlücken und hielt ihm eine Tüte Erdnüsse hin. Ferdinand lehnte ab. Bier hätte er gern – er sprach nur das eine Wort aus. Bier? Die Frau rief irgendwas zu irgendjemandem, und kaum eine halbe Minute später hielt Ferdinand eine kalte Dose in der Hand. Er gab der Frau einen Geldschein, und als er sich nicht herausgeben lassen wollte, steckte sie ihm zwei Erdnusstüten zu. Er setzte sich auf eine eben freigewordene Bank, trank das Bier, aß die stark gesalzenen Nüsse und wartete, dass die Schlangen vor den Schaltern der Busunternehmen sich auflösten. Räudige Hunde liefen mit eingeklemmtem Schwanz und angelegten Ohren durch die Halle, schnüffelten an Mülleimern und an herumstehenden Taschen und schienen an Tritte nur allzu gewöhnt – kaum je, dass einer die Flucht ergriff, wenn ein Taschenbesitzer ihn verscheuchte, immer nur langsames, müdes und zugleich verängstigtes Davontrotten. Zum ersten Mal seit langem sah Ferdinand nicht bloß, was ihm zufällig vor die Augen kam, sondern er beobachtete richtiggehend – blickte diesem und jenem Hund nach, verfolgte, wie eine junge Familie mit einem gebundenen Hahn im Gepäck sich zum Aufbruch bereit machte, wie der Träger eines Busunternehmens an sämtlichen aufgegebenen Gepäckstücken ein Stück roten Wollfaden befestigte ... Dort drüben, die Touristengruppe, der eine, der immer wieder nach seiner Geldtasche griff, um zu prüfen, ob sie noch da war ... jetzt betraten sie den Bussteig ... So saß er eine lange Zeit, langsam die Dose leerend. Inzwischen war kaum noch Betrieb, viele der Busse waren abgefahren, und manche Schalter hatten schon geschlossen. Endlich sagte er sich, tagsüber wiederzukommen, und ließ sich in einem Taxi zurückfahren, in das er ohne Gruß einstieg, nichts als die Adresse sagte und sie nach einigen Minuten, als Antwort auf irgendeine Frage des Fahrers, wiederholte.

   An der Rezeption gab er Bescheid, am nächsten Tag abzureisen. Der Gehilfe, in einem Hinterzimmer hantierend, entzog sich den Blicken. Der Portier sagte, er werde die Rechnung fertig machen. Dann wollte er wissen, wohin Ferdinand reise. Ferdinand sagte es ihm. Darauf antwortete der Portier, dass vor wenigen Minuten ein Mann angekommen sei, ebenfalls auf dem Weg dorthin – allerdings mit dem Lastwagen. Das war es zumindest, was Ferdinand verstand. In dem Moment trat ein stark untersetzter Mann, das Hemd über den gewaltigen gelblichen Bauch hochgerollt, an sie heran, und der Portier sagte etwas zu ihm und wies dabei auf Ferdinand. Der Mann antwortete in einer Weise, als spreche er mit vollem Mund und jetzt, da er Ferdinand ins Gesicht blickte, sah Ferdinand auch, weshalb: Eine seiner Wangen war dick angeschwollen. Doch als er wieder etwas, diesmal offenbar direkt an Ferdinand gerichtet, sagte, sah dieser, dass die Backe nicht geschwollen war, sondern dass der halbe Mund mit etwas Dunkelgrünem, Nassem gefüllt sein musste, es schimmerte zwischen den grünschwarz umrandeten Zähnen hindurch. Der Portier sagte, Ferdinand könne mitfahren, wenn er wolle, Abfahrt sei im Morgengrauen. Ferdinand, einen Blick auf den Gehilfen werfend und plötzlich froh über diese Gelegenheit, sagte zu. Der Portier sagte es dem Dicken weiter, der verstanden hatte, etwas brummte und verschwand. Wenige Sekunden später hörte man einen Schwall Spucke auf den Betonboden klatschen und kurz darauf eine Tür schlagen. Ferdinand sagte dem Portier, er solle die Rechnung gleich ausstellen. Danach ging er an den Kiosk und kaufte ein paar Dosen Bier. Es war nun spät, und er musste mehrmals klopfen, bis jemand in dem breiten vergitterten Fenster auftauchte und ihn mit abwesender Miene bediente. Zurück in der Herberge bezahlte er die Rechnung in Dollar, packte seine Sachen und setzte sich ein letztes Mal auf die Dachterrasse und trank in nächtlicher Stille.

4

Kaum hatte Ferdinand seinen Rucksack über die Planken der Bordwand geworfen, fuhr der Lastwagen an, und er musste zusehen, rasch aufzuspringen, über die Bordwand zu klettern und sich irgendwo festzuhalten. Er war nicht der einzige Passagier. Vier zwischen müde, erschrocken und gelangweilt schwankende bartlose Gesichter folgten seinen Bewegungen. Allesamt hatten die Männer je eine dicke Backe, ebenso, wie er sie bei dem Fahrer am Vorabend beobachtet hatte, und Ferdinand sah, wie sie, ohne den Blick von ihm zu lösen, einen grünen durchsichtigen Plastiksack reihum gehen ließen – es waren Kokablätter, die sie sich eines nach dem anderen in die Backe stopften. Sie saßen, angelehnt an der Bordwand, auf dem blanken Boden. Rechts hinten stand ein nur halb gefüllter Jutesack, auf den Ferdinand sich setzte. Weich kam er ihm anfangs vor, bald härter, und er stellte fest, dass der Sack mit dunkelgelben Maiskörnern gefüllt war. Immer wieder kam der Lastwagen zum Stehen und fuhr dann ruckartig wieder an, wobei Ferdinand jedesmal beinah von seinem Sack kippte, die anderen die jähe Bewegung jedoch kaum bemerkten. Er überlegte, sich ebenfalls auf den Boden zu setzen, aber da wären die Erschütterungen noch unangenehmer. Unverwandt sahen die Männer ihn an, inzwischen sagten sie hin und wieder etwas zueinander, und nach anfänglicher Beklemmung belustigte ihn die Situation schließlich – es trieb ihm jedenfalls die Müdigkeit aus den Knochen, und bald war es so, als befände er sich alleine auf der Ladefläche, und wenn er die Blicke erwiderte, tat er es, als wären die Männer einfach Gegenstände, nichts anderes als Getreidesäcke oder Fahrräder oder Macheten oder was da sonst noch alles herumlag. Sie fuhren über eine sehr lange Brücke, wobei es, weil sie über Schwellen fuhren, in solcher Regelmäßigkeit polterte, dass Ferdinand davon wieder müde wurde und halb einschlief wie ein Kind von einem Wiegenlied. Er staunte über den vielen Verkehr – die über einen kaum Wasser führenden Fluss gespannte Brücke war nur einspurig, und sie hatten davor lange warten müssen –, und kurz nachdem sie die letzten Siedlungen hinter sich gelassen, das offene Land erreicht hatten und es zu keinen Aufenthalten mehr kam, nickte er ein.

Was war das vor seinen halb geöffneten Augen? Etwas wie ein mit grünblauer Tinte gezeichneter Löwe mit gewaltiger Mähne ... Er öffnete die Augen ganz. Es war eine wie mit Kinderhand gemachte Tätowierung, die keinen Löwen, sondern eine barbusige Frau darstellte. Noch zwei weitere Tätowierungen fanden sich auf dem dunklen Unterarm neben ihm, doch die waren nicht zu entschlüsseln. Ferdinand richtete sich auf. Der Mann neben ihm hielt ihm den Sack mit den Kokablättern hin, und nach langem Zögern griff er danach und steckte sich – durch Nicken von den anderen, die ihn wieder oder immer noch beobachteten, ermutigt – ein paar Blätter in den Mund und schob sie mit der Zunge dorthin, wo sie offenbar hingehörten, in die Backe. Sie stachen ein wenig, doch bald spürte er dieses Stechen sonderbarerweise nicht mehr. Der Sack ging weiter reihum. War er nicht eben noch hungrig gewesen und schläfrig? Das alles war wie weggeweht, und je länger er die Blätter im Mund behielt und je größer die sich bildende Kugel wurde, desto klarer wurde sein Geist. Zwischen den weißlackierten Planken sah er hin und wieder ein anderes Fahrzeug oder einen Baum oder ein Gebäude vorbeischnellen. Das dahinter Liegende schien ihm die ganze Zeit über unverwandelt – es schien zu stehen beziehungsweise sich im Fahrtrhythmus mitzubewegen. Als ihnen schon lange kein Gefährt mehr begegnet war, stand Ferdinand auf, kletterte an den Planken hoch und setzte sich, die Füße zwischen den Brettern verkeilt, auf die Bordwand. Der Fahrtwind schlug ihm in warmen und von Zeit zu Zeit etwas kälteren Wellen entgegen und machte ihn noch wacher, als er es nun ohnehin war. Und nicht nur der bei schnellerer Fahrt starke Wind nahm ihm den Atem, sondern auch was er sah. Eine vollkommen fremde, leere, in ungewohnten Farben staubig leuchtende Landschaft breitete sich um ihn herum aus. Minutenlang nahm er gar nicht wahr, dass er auf einem Lastwagen saß – dann war ihm, als schwebte er einfach in der Luft über dieser Landschaft, durch die sich eine stumme rote Straße aus Sand zog. Das Grün: ein Vorzeitgrün. Überhaupt schien ihm alles vorzeitlich. Sein Kopf war klar wie nie; das Fahren durch eine für ihn absolut geschichtslose Gegend hatte etwas gläsern Unwirkliches an sich. Und war sie denn nicht wirklich geschichtslos – also ewig? Nur aus den Träumen war ihm solch Unbekanntes und doch Selbstverständliches vertraut. Nirgendwo ein Haus. Kriege? Schlachten? Hatte diese Erde hier je irgendetwas anderes gespürt als Sonne und Regen und den einmal wärmeren, einmal kälteren Wind, der über sie strich? Je einen älteren Atem als den seinen, Ferdinands? Als hätte er sich tatsächlich in einen Traum verloren, besann er sich, und es wurde ihm fasslich, dass es die Welt war, in der sein Vater gelebt hatte. Diese Erkenntnis berauschte ihn, und durch seinen Kopf lief alles, was er von seinem Vater wusste, und das äußere Licht wirkte nach innen und färbte alles neu. Vorbei die abstrakten Vorstellungen – hier war es wirklich: dieselbe Luft hatte Paul geatmet! Ihm war, als wäre alles, was er sah, nichts anderes als sein Vater … Wie der Fahrtwind durchfuhr ihn, lang anhaltend, Glück.

Lang anhaltend. Doch es kam der Moment, in dem es ihn verließ oder er, als wäre er unstofflich, dem Glück keinen Widerstand mehr bot – der Moment, in dem es sich nicht mehr auf seine Poren und seine Nerven legen konnte. Seine Zunge und Backe waren inzwischen vollständig taub. In der Ferne sah er ein Dorf, vielleicht sogar eine Stadt auftauchen. Er spuckte die Blattmasse aus, betastete mit dem Zeigefinger die tauben Schleimhäute, spuckte noch einmal aus und kletterte vorsichtig hinab. Er setzte sich auf den Maissack, der im streifenweise zitternden Schatten lag. Sie kamen – Ferdinand sah es durch die Planken, spürte die Schatten über sich ziehen – tatsächlich in ein größeres Dorf, und auf dem Hauptplatz blieb der Lastwagen stehen, heulte noch einmal laut auf, bevor der Motor erstarb. Die Männer kletterten von der Ladefläche und machten Ferdinand Zeichen, mitzukommen und etwas zu essen. Ferdinand winkte ab, er hatte keinen Hunger. Nur Durst hatte er, er machte ihnen ein Zeichen, und sie riefen ihm etwas zu, was er als Zusage deutete, etwas mitzubringen. Der Lastwagen war nah an einem Gebäude geparkt, sodass er nun zur Gänze im Schatten lag und Ferdinand sogar etwas fröstelte, obwohl es hier, durch Pflastersteine und Gemäuer und vor allem das Fehlen von Fahrtwind, viel wärmer war als draußen auf dem offenen Land.

Zugleich bemerkte er, dass er stark schwitzte. Er hörte die Klauen von zwei oder drei Hunden, die um das Fahrzeug schlichen und sich wieder entfernten. Er verharrte regungslos, bis die Männer zurückkamen und einer ihm eine Tüte mit ein paar Dosen Bier aushändigte. Sofort öffnete Ferdinand eine Dose und leerte sie. Erst danach gab er dem Mann einen Zehn-Boliviano-Schein, den jener zögerlich nahm, sorgsam faltete und in der Brusttasche seines verschossenen Hemds verwahrte. Der Motor startete. Sie fuhren und befanden sich kurz darauf wieder in dem ruhigen Bild, welches Ferdinand zuvor eine sehr lange Zeit über berauscht und beglückt betrachtet hatte und das ihn nun nicht einmal mehr zum Hinsehen bewegen konnte.

War nicht genau das das einzig verbliebene Lebendige gewesen: der Wunsch, das alles einmal zu sehen, die Gegend, in der sein Vater gelebt hatte und gestorben war? Und jetzt? Jetzt war auch das vorbei und tot. Er fühlte sich schwächer und schwächer werden, und als sie weit nach Einbruch der Dunkelheit in die Kreisstadt einfuhren, war er bereits so entkräftet, dass er Mühe hatte, aufrecht auf dem Maissack sitzen zu bleiben und nicht umzukippen.

5

Tagelang schonte er sich bereits, lag vor allem im Bett und hatte die kleine Pension am Hauptplatz erst ein einziges Mal und das nur für ein paar wenige Augenblicke verlassen, doch immer noch kehrten seine Kräfte nicht wieder, im Gegenteil schienen sie täglich noch weiter zu schwinden.

Auch diese Pension hatte einen Innenhof, der begrünt war und um den ein Säulengang lief, welcher dem Ganzen den Anstrich eines Klosters gab. Mehrmals täglich kam die Besitzerin, eine vielleicht sechzigjährige, schlanke, immer schwarzgekleidete Frau, an Ferdinands Zimmer und fragte, ob er etwas brauche; oft stand sie auch dort und sah dem Schlafenden zu – oder dem nur vermeintlich Schlafenden. Dann dachte Ferdinand stets: Sie denkt, dass ich sterben werde. Sie denkt: Bald wird er sterben ... Und wer weiß, vielleicht hat sie recht ... Oft träumte er, dass jemand – dunkelhaarige Kinder, ununterscheidbar, welchen Geschlechts – in das Zimmer kam und herumlief, dabei war nur ein Windstoß in das Zimmer gefahren. Die Besitzerin fragte manchmal auch, ob sie einen Arzt holen sollte. Ferdinand, dem nichts als Kraft fehlte, winkte jeweils ab. Dennoch – er wusste nicht, woher plötzlich – stand eines Tages ein weißgekleideter Mann an seinem Bett und hielt seine Hand, wie Ferdinand erstaunt feststellte. Direkt neben dem Arzt stand die Pensionsbesitzerin – Ferdinand nannte sie in Gedanken: Witwe. Schwarz und weiß – war es einer seiner Träume? Aber im nächsten Moment fand er sich in veränderter Umgebung: Alles war weiß. Immer noch wurde er gehalten, nicht länger an der Hand, jetzt am Arm. Als er schaute, wer es war, der ihn hielt, stellte er fest, dass da niemand war und dass er an einer Infusion hing; die in eine Vene in der Armbeuge gestoßene dicke Nadel war es, die er spürte. Jetzt, wo er wusste, was es war, spürte er, wie die Infusion Tropfen für Tropfen eiskalt, wie ein fremder metallener Puls, in seinen Arm drang. Er befand sich alleine in einem weißen, quadratischen Raum mit weinrot gefliestem Fußboden; es gab kein Fenster, und die Tür, die auf den Gang führte, war ein einfaches Fliegengitter. Hin und wieder ging jemand draußen vorbei – er hörte es mehr, als er es sah. Allmählich und allein deshalb, weil er sich entsetzlich zu langweilen begann, begriff er, dass er die vergangenen Tage oder gar Wochen ungeheuer viel geschlafen hatte. An der Wand ein Marienbild. Irgendwann kam ein Arzt – ein anderer als in der Pension, zumindest glaubte Ferdinand das –, überprüfte die Einstellungen an der Infusion, sagte etwas zu ihm – war es etwa

Englisch? Erst, als der Arzt wieder gegangen war, verstand Ferdinand es: »Wir wissen nicht, was Ihnen fehlt ...«

Woher sollten sie es auch wissen? Wenn er irgendeinen von ihnen sprechen hörte, verstand er sie nicht. Das war so, seit er hier in diesem Land war. Doch er wusste, dass das, worüber sie jeweils redeten, nichts mit ihm, Ferdinand, zu tun hatte. Niemand sagte mehr: Er dort, er war es – er hat sie in den Tod getrieben! Seinetwegen hat sie es gemacht! Ebenso blieben in seiner Vorstellung die Bilder aus, die ihn in Wien heimgesucht hatten, Bilder in unzähligen Variationen, wie er Susanne nachfolgte. All das, was ihn anfangs in gewisser Weise beruhigt, später fast wahnsinnig gemacht hatte, war vorbei. Nur bedeutete das keine Besserung. Ferdinand wusste es. Als er auf der Bordwand sitzend erkannt hatte, dass sein letzter, einzig verbliebener Wunsch gerade in Erfüllung gegangen war ... Ja, jeder Selbstmörder musste noch über mehr Kraft verfügen als er, den die Lebensgeister verließen. Er hätte es den Ärzten sagen können: Mich verlassen die Lebensgeister. Und manchmal wusste er nicht, ob er es einem von ihnen nicht schon einmal gesagt hatte – oder sogar mehrmals? Dann merkte er, dass sie es ohnehin wussten, denn nun kamen bisweilen Nonnen herein – drei glaubte Ferdinand zu unterscheiden, zwei in weißem, eine in petrolfarbenem Habit –, die sich an sein Bett setzten und einmal nur ein paar Sekunden lang, dann wieder endlos irgendetwas, wohl Gebete, murmelten. Irgendwann schließlich, als er kaum wusste, ob er sich auf dieser oder jener Seite des Schlafs befand, hörte er jemanden in seiner eigenen Sprache sprechen. Es war nicht sein Dialekt, aber seine Sprache. Ferdinand wurde von einer Wärme durchströmt, als wäre sein ganzer Körper jetzt an einer anderen Infusion angehängt – einer Infusion aus Wärme. Er verstand nicht, was die Stimmen sagten, aber als er die Augen aufschlug, waren sie immer noch in dem Raum. Er sah zwei Männer von vielleicht fünfundzwanzig Jahren, die er noch nie gesehen hatte. Zugleich meinte er, in einem von ihnen Anton zu erkennen. Und der andere – sah er nicht Michael ähnlich? Wie sie auf der Fischa gefahren waren ... Enten geschossen ... Flusskrebse gefangen ...

»Was macht ihr hier?«, flüsterte Ferdinand. »Fahren wir noch einmal?« Sie standen am Ufer der Fischa, und das orangefarbene Boot lag umgekippt im kurzen sommergrünen Gras, und Axel stand mit erhobener Rute hechelnd neben ihnen, und wieder war da diese ungeahnte Wärme. Er hörte Worte – er verstand ihren Sinn nicht, und doch wusste er, dass sie genau das bedeuteten, was sie meinten. Er wollte auf irgendeine Weise seiner Freude Ausdruck verleihen, aber als er etwas sagen wollte, merkte er, dass er alleine war. Dann fiel er in einen traumlosen Zustand. Wie lange er dauerte, blieb ihm verborgen. Irgendwann aber hörte er die Stimmen wieder. Sie waren leise, gesenkt, ohne zu flüstern, erhoben sich kaum je, und dazwischen war hin und wieder ein hölzernes Klacken zu vernehmen. Wenn ein Wort fiel, war es wie ein Schritt – als ginge in unendlicher Langsamkeit ein Wesen von enormen Ausmaßen, ein Riese vielleicht. Und doch wusste Ferdinand, es waren die Stimmen der beiden von vorhin. Was machten sie hier? Warum waren sie nicht bei der Arbeit? Oder warteten sie etwa wirklich auf ihn, um zusammen auf die Jagd zu gehen? War denn Jagdzeit? Diese Vorstellung – mit der eine Art Pflichtgefühl einherging, die Freunde nicht warten zu lassen – war es, die ihn endlich und mit äußerster Anstrengung die Augen öffnen ließ. Wieder, wie in der ersten Sekunde, sah er in den beiden jungen Männern zwei völlig Fremde. Sie saßen an seinem Bett, zwischen sich auf einem Schemel ein Schachspiel. Lange sah er sie an, ohne einzuschlafen. Er konnte den Ernst auf ihren jungen Gesichtern nicht verstehen. Oder spielten sie etwa um sein Leben? Beide waren ganz in Weiß gekleidet. Er glaubte nun nicht länger, sie zu kennen. Als er sie diesmal fragte, was sie hier machten, hatte seine

Frage eine andere Bedeutung als beim ersten Mal. Da richteten die beiden sich auf, und einer der beiden – der, den Ferdinand gerade nicht ansah – antwortete in dem fremden, aber klar verständlichen Dialekt:

»Wir arbeiten.«

Arbeiten?, dachte Ferdinand. Ihr spielt doch nur dieses Spiel … wie heißt es noch? »Arbeiten?«, flüsterte er.

»Ja«, sagte diesmal der andere, aber da Ferdinand den anblickte, der eben gesprochen hatte, sah er wieder nur ein stummes Gesicht.

»Wir arbeiten mit Kindern … mit abgemagerten Kindern … päppeln sie wieder auf …«

»Ah ja?« Ferdinand kam merkwürdig vor, was er hörte.

»Ja«, sagte einer der beiden, und Ferdinand spürte wieder etwas durch seinen Körper gehen, nicht Wärme – es war eher, als berührte er irgendetwas mit jeder Körperstelle zugleich, ein wenig so, wie es gewesen war, wenn er, damals in Rosental, den elektrischen Weidezaun gestreift hatte, nur nicht schmerzhaft. Er richtete den Blick gegen die Decke.

»Ja«, sagte nun auch der andere und machte einen Zug.

Als Ferdinand auf das Brett blicken wollte, um zu sehen, wie das Spiel stand, war es nicht mehr da, und gleich darauf fiel er erneut in einen tiefen Schlaf.

6

Ich habe sie mir nicht bloß eingebildet, dachte Ferdinand, das Fliegengitter hinter sich zuziehend. Ich habe nicht nur von ihnen geträumt – nein, es war nicht nur ein Traum. Mit scharfem Geräusch schnappte die Tür ein.

In jener Nacht, nachdem die beiden jungen Männer ihn aufgesucht hatten, verließ er das Spital und schleppte sich in die

Pension zurück. Er hatte keine Ahnung, ob die beiden wirklich oder bloß phantasiert oder geträumt gewesen waren. Doch das merkwürdige Gefühl, am ganzen Körper auf einmal berührt zu werden, war wirklich gewesen, und es hatte ihn an irgendetwas erinnert, an irgendetwas abseits des Weidezauns, und diese absolut bildlose Erinnerung brachte ihn dazu, aufzustehen und zu gehen. Er wusste nicht, weshalb er tat, was er tat, nur dass es das einzig Mögliche und das Richtige war.

In der Pension erholte er sich langsam und kam wieder zu Kräften und aß unter den stillen Augen der Witwe mit wachsendem Appetit. Er bemerkte, wie er an Gewicht zunahm und die Kleidung weniger an ihm herunterhing. Sogar die Gedanken nahmen wieder eine bekanntere Richtung. Heute scheint die Sonne, dachte er. Das Gras ist grün. Der Hund hat die Räude. Die Augen der Witwe sind schwarz und sprechen nicht. In meinem Zimmer ist gefegt worden, während ich auf einem Stuhl vor der Pension gesessen bin. Am Nachmittag hat es wieder geregnet. Hier, die Pfütze. Kaum merklich schwankt noch das Wasser darin. Die Kuppeln der Bäume, wie sie glänzen.

Irgendwann fiel ihm auf, dass ihm eine Menge Dollars fehlten. Waren sie im Krankenhaus liegengeblieben? Er würde nachfragen. Auf die Idee, bestohlen worden zu sein, verfiel er nicht. Eines Nachmittags, zehn Tage nachdem er das Spital verlassen hatte, ging er dorthin zurück. Er versuchte, mit dem Portier zu sprechen, doch der verstand nichts, zeichnete ihm aber kurzerhand eine Skizze – eine Wegbeschreibung, wohin Ferdinand gehen solle. Dankend nahm er den Zettel entgegen und ging los, das Papier in der Hand und immer wieder darauf blickend.

Nein, es war nicht nur ein Traum gewesen. Wieder, diesmal noch viel stärker, packte ihn etwas mit einer großen und unbekannten Kraft. Ein gutes Dutzend winziger Kindergesichter blickte ihm erwartungsvoll und nur wenig verängstigt entgegen. Keines davon konnte älter als zwei Jahre sein. Ferdinand ging auf das erstbeste in seinem Gitterbett stehende zu. Das Kind sah ihn mit großen spiegelnden Augen an, streckte dann einen Arm aus und machte mit der Hand Greifbewegungen und formte die Lippen zu einem kaum hörbaren Laut. Ferdinand zögerte, dann berührte er das Kind am Arm – und jetzt war es wirklich Strom, den er spürte, aber ganz und gar nicht wie jener schmerzende, und da begriff er, woran ihn die beiden jungen Männer mit ihrem Erzählen erinnert hatten: Es stimmte nicht, dass alles längst tot war; es stimmte nicht, es gab noch Leben; und hier, in diesen kleinen unverbrauchten Körpern, war es. Einzig sie, abgemagert und in allem stark unterentwickelt, trotzten dem Tod, dem Nichts – nein, sie warteten noch nicht auf das Ende, sie waren der reinste Lebenswille, den es gab und der sich denken ließ. Die winzige ausgestreckte und greifende Hand, sie wollte leben, und alles andere existierte nicht …

»Das ist María Jesús«, sagte jemand.

Ferdinand nickte und sagte: »Lauter Anfänge. Nichts als Anfang.«

»Sie ist schon richtig dick. Wird Zeit, dass einer sie abholen kommt. Aber sieh dir einmal das hier an«, sagte die Stimme. Ferdinand riss den Blick von dem Kind los und sah jetzt einen der beiden jungen Männer, die an seinem Bett gesessen waren. Auch ihn gab es also wirklich. Jetzt erst wurde ihm klar, dass der Mann Deutsch sprach, dass er ihm geantwortet hatte und bei keinem Wort jenen Ekel verspürt hatte, der ihn in den vergangenen Monaten bei solchen Gelegenheiten immer überkommen hatte. Er folgte ihm, und sie stellten sich an ein ein paar Meter entferntes Gitterbett. Die Kinder, an denen sie vorbeigingen, sahen sie still und aufmerksam an, einzelne streckten die Hand nach ihnen aus. In dem Bett, vor dem sie stehen blieben, lag ein an Armen und Beinen mit weißen Bandagen an den Gitterstäben angebundenes, mit Krätze und violetten Flecken übersätes Knochenbündel; es war lediglich in eine Stoffwindel gewickelt und schlief und sah wirklich aus wie Haut, in die man Knochen geworfen hatte, welche diese graue Haut fast zu durchstoßen schienen. Kaum hob und senkte die Brust sich beim Atmen. Der junge Mann bedeckte das Kind mit einer leichten Decke und wischte ihm den Schweiß von der Stirn. Ferdinand war von Angst erfüllt – Angst um dieses Knochenbündel. Er zeigte mit der Hand darauf, ohne jedoch ein Wort hervorzubringen.

»So kommen sie manchmal her. Nicht immer ist es so schlimm. Aber manchmal. Er hier – Andrés heißt er – ist schon zum dritten Mal da. Dabei war er schon fast fett, als er vor ungefähr zwei Monaten entlassen wurde.«

»Aber«, sagte Ferdinand und verstummte wieder.

»Ob er auch diesmal davonkommt?«, sagte der Mann unbestimmt und irgendwie gleichgültig.

Ferdinand starrte ihn an, und sein Gesicht verzog sich. Wie konnte man nur so sprechen? So sprechen, als wäre es ein Tier, kein menschliches Lebewesen, das da festgebunden vor ihnen lag und dessen Atem kaum existierte. War von einem, der so sprach, auch nur irgendeine Hilfe zu erwarten? Nein, von einem solchen war keine Hilfe zu erwarten. Vollkommen selbstverständlich war ihm, dass er, Ferdinand, sich dieses Kindes annehmen musste. Etwa dreißig Betten gab es in dem großen, hohen und etwas dunklen Raum, fast alle waren belegt. Etwa die Hälfte der Kinder schlief, auf dem Rücken liegend und mit Schweißperlen auf der Stirn. Diejenigen, die wach waren und in ihren Betten standen oder saßen, verhielten sich still. Es war früher Nachmittag.

»Begleitest du mich auf einen Kaffee?«, fragte der Mann.

»Aber die Kinder«, sagte Ferdinand irritiert – sollten sie etwa alleine bleiben?

Der Mann lachte und sagte: »Wir bleiben nicht lange aus.«

Sich noch mehrmals umblickend, verließ Ferdinand den Saal und ging hinter dem Mann her quer durch das ganze Spital und hatte längst vergessen, dass er wegen der Dollars gekommen war, die ihm fehlten.

7

Innerhalb sehr kurzer Zeit war er zu einem der landesweit führenden Fachmännern auf den Gebieten Bodenbearbeitung und Fruchtfolge geworden. Ja, dieser Weg – immer wieder von kleinen Triumphen gesäumt – hatte ihm Freude gemacht, oft sogar große Freude, trotzdem war diese immer nur eine mit Pflicht verbundene gewesen. Nicht dass diese Pflicht von irgendeinem Außen auferlegt gewesen wäre – sie war innen, in ihm. Etwas in ihm hatte ihm vorgegeben, was zu tun war, und er hatte es mit Eifer getan. Nur selten in seinem Leben war das Äußere nicht von zumindest einem Anschein von Pflicht begleitet gewesen. Damals etwa, als er die Heimat seines Vaters, den Goldbergerschen Hof in Rosental, sechzehnjährig entdeckt hatte und von da an dort geblieben war. Dann, als er Susanne kennengelernt hatte. Und dann, als er sie wiedergetroffen hatte. Und nun empfand er noch einmal eine von jeder Pflicht ferne reine Freude. Sie erfüllte ihn, und das Mitgefühl, das sie auslöste, samt allen anderen nun wieder möglichen Gefühlen, erstreckte sich weit über die kleinen Kinder hinaus. Hin und wieder erinnerte er sich nun an die Vergangenheit, und auch sah er, was er in Santa Cruz schon gedacht hatte: Es hatte sich etwas vollzogen, etwas war zu Ende gebracht worden. Nichts hätte er ändern können; es war alles gekommen, wie es kommen musste. Den Abstand seiner Umwelt gegenüber behielt er trotzdem bei: Als sich ihm einmal eine Krankenschwester auf recht deutliche Art näherte, wies er sie barsch ab: Sie solle ihm bloß vom Hals bleiben. Gewisse Gerüchte entstanden deshalb, die sich aber bald zerstreuten. Das Mitgefühl hatte ihn sehen lassen, dass etwas geschehen war, was der Verstand nicht begreifen und deshalb auch nicht akzeptieren konnte – allein das Mitgefühl vermochte sowohl das eine wie das andere.

Inzwischen arbeitete er auf der Station mit. Die beiden Österreicher – Boris und Philipp – übernahmen abwechselnd Früh- und Spätschicht: Einmal arbeitete der eine von sieben bis dreizehn Uhr und der andere von dreizehn bis neunzehn Uhr, dann war es wieder umgekehrt, und in ihrem Wechsel war keine rechte Regel erkennbar. Ferdinand aber half den ganzen Tag über und ging nur am Mittag in seine Pension, aß etwas und schlief eine Stunde, bevor er sich wieder auf den Weg ins Krankenhaus machte. Das ging ein paar Wochen, bis das Kind – Andrés – starb und von seiner Mutter in einer Kartonschachtel weggetragen wurde. Von da an aß er im Spital zu Mittag, hastig und schneller als der Hungrigste, und blieb nun auch während der Mittagsstunden bei den schlafenden Kindern, und sogar nachts, wenn eine Krankenschwester aus der an die Station angrenzenden Abteilung ab und zu nachsah und um Mitternacht Fläschchen verteilte und Windeln wechselte, kam er fast immer, half mit und setzte sich danach, wenn wieder alle schliefen, an eines der Gitterbetten und sah dem Schlafenden in völliger Stille zu.

Im Grunde verstand niemand im ganzen Krankenhaus, weshalb die beiden Österreicher hier waren und etwas machten, was jeder Einheimische ebenso gut, wenn nicht besser, machen konnte. Aber man nahm es hin. Man nahm es sogar hin, als man erfuhr, dass ihnen dafür der Dienst an der Waffe im eigenen Land erlassen wurde. Hinter vorgehaltener Hand wurde manchmal ein wenig über sie gespottet: Was waren das für Männer? Als nun Ferdinand dazukam, war man längst an die Ausländer gewöhnt. Und Philipp und Boris wiederum nahmen

Ferdinand hin, wie sie selbst hingenommen wurden. Die beiden wohnten in einem kleinen, unweit des Krankenhauses stehenden weißen Haus, das mit den hierzulande üblichen hellroten Mönch-und-Nonnen-Ziegeln gedeckt war. Von Zeit zu Zeit luden sie Ferdinand ein, mit ihnen zu grillen oder Bier zu trinken, und von Zeit zu Zeit nahm Ferdinand die Einladung an, blieb jedoch kaum einmal lange, weil es ihn auf die Station zog. Boris und Philipp nahmen dann wieder das Schachbrett und stellten die Figuren auf – oder nahmen ein kürzlich unterbrochenes Spiel wieder auf. Boris war seit einem dreiviertel, Philipp erst seit knapp einem halben Jahr hier. In ihrer ersten gemeinsamen Zeit hatten sie ständig wegen allem Möglichen gestritten. Jedes Gespräch war zur Diskussion, jede Diskussion zum Streit ausgeartet. Bald ging man sich aus dem Weg. Irgendwann war Philipp nach Hause gekommen und hatte Boris vor einem Schachbrett gefunden – er war dabei, gegen sich selbst zu spielen. Philipp fragte: »Du spielst Schach?« Seither hatte es keinen Streit mehr gegeben. Auch wenn sie ihn hinnahmen, blieb Ferdinand ihnen rätselhaft. Sie wussten wenig über ihn, weil er kaum etwas von sich erzählte. Und wenn: Konnte man überhaupt sicher sein, dass stimmte, was er sagte? Er heiße Goldberger, sagte er, dabei war in der Krankenakte der Name Ferdinand Wolf gestanden. Wenn er bei ihnen war, wollte er nur über die Kinder reden, für alles andere interessierte er sich nicht. Und wenn er nicht bei ihnen war und sie nicht Schach spielten, unterhielten sie sich über ihn, darüber, wie es an diesem Tag auf der Station mit ihm gewesen war, oder noch einmal über den Tag, nachdem Andrés gestorben und an dem Boris mit ihm an den See gegangen war.

Das Kind war in der Nacht gestorben. Als Ferdinand am Morgen den Saal betreten wollte, kam eben eine Frau heraus und ging, etwas wie einen größeren Schuhkarton in den Armen, stumm an ihm vorbei. Ferdinand schaute ihr nach – eine Unbekannte, wohl die Mutter eines der Kinder; manche Eltern kamen oft, man kannte einander, manche kamen sehr selten oder gar nie. Er sah ihren aufrechten Gang, hörte, wie sie nachlässig die Sandalen über die Fliesen des Flurs zog, leise schnalzten sie. Dann drehte er sich um und betrat den Saal, in dem es noch recht dunkel war, und machte Licht. Die meisten Kinder waren bereits wach, standen in ihren Betten und warteten darauf, herausgehoben zu werden.

»Ja, ja«, murmelte Ferdinand beruhigend, »gleich, gleich …« Schon hörte er ein Schlurfen sich nähern, und wenig darauf stand Boris neben ihm. »Guten Morgen«, sagte Ferdinand. Boris antwortete nicht und starrte irgendwohin. »Ich hole die Milch«, sagte Ferdinand und ging davon, um einen Topf heißer Milch und Brot aus der Spitalsküche zu holen. Als er wiederkam, summte er vor sich hin.

Boris hatte sich auf die Kommode gesetzt. Er wollte etwas sagen, gähnte stattdessen aber nur und winkte ab. Ferdinand grinste. Boris schüttelte sich und fragte dann: »Wo ist Andrés?«

»Ist er nicht hier?« Ferdinand sah sich um. »Vielleicht hatte Juana Dienst und hat ihn in der Nacht nach drüben geholt. Du weißt ja, sie –« Plötzlich verstummte er, erschauderte und legte sich die Hand auf die Stirn. »Nein«, sagte er, »bitte nicht.«

»Was denn?«, fragte Boris besorgt und rutschte von der Kommode.

Ferdinand stellte den Topf und den Brotkorb ab und eilte davon; aber es schien nur, als eilte er, seine Körperhaltung war die eines Eilenden, dabei kam er kaum vom Fleck.

Boris fand ihn eine Viertelstunde später in der Waschküche, wo er an einem Trog saß und dem aus einem großen Messinghahn schießenden Wasser zuschaute. Inzwischen hatte er erfahren, dass Andrés gestorben war.

»Die Kinder warten«, sagte Boris und drehte den Wasserhahn ab, und wieder, wie schon einmal, starrte Ferdinand ihn mit verzerrtem Gesicht an. Doch schien er sich zu besinnen, erhob sich und folgte Boris müden Schrittes. Kein Wort war an diesem Tag von Ferdinand zu vernehmen. Alles machte er wie automatisch und mit leichter Verzögerung. Mittags fragte Boris ihn, ob er ihn an den See begleiten wolle. Ferdinand zuckte mit den Schultern. Nach dem Essen aber ging er in seine Pension und kam nicht wieder. Boris übergab an Philipp, erzählte ihm von dem Vorgefallenen, ging dann nach Hause, zog sich um und begab sich zu der Pension am Hauptplatz. Ferdinand saß im Innenhof unter einem Baum und trank Bier. Als er Boris sah, leerte er die Dose, nahm die schwarze Plastiktüte zu seinen Füßen, stand auf und kam Boris entgegen.

Der Weg war weit, und es war heiß zu der schattenlosen Stunde. Die Straße unter ihren Füßen staubte, und der Staub vermischte sich mit dem Schweiß an den Fußsohlen in den Plastiksandalen. Hin und wieder, wenn er den Gurt richtete, schepperte es in Boris' Rucksack. Endlich kamen sie an den aus Steinen und Erde aufgeführten Damm und überquerten ihn. Von hier aus konnte man weite Teile des Sees überblicken. Da und dort ragten schwarze tote Bäume oder Baumstämme aus der still daliegenden, aber den Himmel kaum widerspiegelnden Wasseroberfläche. Einmal überholte sie laut hupend und rumpelnd ein Pickup, dann ein Militärfahrzeug. An der anderen Seite angelangt, verließen sie den Damm und folgten einem mäßig ausgetretenen Pfad, der hart am Ufer entlangführte, bis sie nach etwa zehn Minuten an einer kleinen sandbestrandeten Bucht anlangten, in der ein umgestürzter Baumstamm lag. Hier blieben sie. Boris öffnete den Rucksack und holte zwei Angeln – in der Sonne blitzende Blechbüchsen, um die eine Nylonschnur gewickelt war – hervor. Bald schon stand er bis zur Hüfte im Wasser und warf wieder und wieder die Leine aus, während Ferdinand auf dem Baumstamm saß und Bier trank. Sardellen bissen an, die kleinen warf er zurück ins Wasser, die größeren in die nicht verwendete, mit Wasser gefüllte Büchse. Als von einer

Sekunde auf die andere der Regen einsetzte, wickelte Boris die Leine auf, packte den Rucksack im Vorbeilaufen und rannte unter das Dach der Bäume, durch das kein Tropfen drang. So sehr er Ferdinand zurief, dieser bewegte sich nicht und blieb auf dem Baumstamm hocken, ganz so, als bemerkte er nichts um sich. Später, als der Regen vorbei war, machte Boris ein Feuer in dem nassen Sand und stellte sich wieder ins Wasser. Er fing weitere Sardellen. Einige davon briet er, andere zerstückelte er, um sie als Köder zu verwenden. Es gab schwarze Piranhas im See, und er wollte unbedingt einen fangen, solange er hier war. Sämtliche Bierdosen waren leer, und die Sonne war schon tief gesunken, als Ferdinand sagte: »Man kann es nicht ändern, nicht wahr?«

Boris warf ihm einen fragenden Blick zu. »Nein«, sagte er vage.

»Mein Vater hat hier gelebt«, sagte Ferdinand. »Deshalb bin ich hergekommen. Es hätte auch ein anderer Ort sein können. Wäre er nach Papua-Neuguinea ausgewandert – ich wäre jetzt dort.«

»Dein Vater?«, fragte Boris.

»Nicht weit von hier, auf einer Farm ... einer Estanzia. Das wollte ich noch sehen, weißt du? Das noch ... Deshalb bin ich hergekommen.«

Boris konnte nicht folgen, hörte aber gespannt zu und merkte nicht, dass ein Fisch an seinem Haken zupfte. Als er es bemerkte, riss er an der Leine, wie man etwa an einer Hundeleine riss, wenn man wollte, dass das Tier zu zerren aufhört – zornig, ärgerlich.

»Aber dass sie ihn in einer Schuhschachtel wegträgt!«, rief Ferdinand plötzlich aus und legte das Gesicht in die Hände. »Alles kann ich verstehen, nur das nicht.«

Von da an schwieg er wieder.

Die Sonne ging unter, rasch wurde es dunkel, und auf der anderen Seite des Sees gingen die Lichter und vereinzelt Straßenlaternen an. Nur über dem Hauptplatz lag ein deutlicher gelber Schimmer. Der See verschloss alles Licht in sich. Sie ließen das Feuer niederbrennen, überschütteten die rauchenden Reste mit feuchtem Sand, packten die Sachen zusammen und verließen den Ort.

Darüber also sprachen Boris und Philipp manchmal, immer nur davon, dass Ferdinand gesagt hatte, dass er das noch sehen wolle. Noch, was bedeutete das? Sie fanden es unheimlich und beängstigend. Und doch festigte sich in ihnen mit jedem Mal, da sie darüber sprachen, der Gedanke, ihm bei seiner Suche nach dem Ort und beim Erreichen desselben helfen zu wollen – denn um von hier auf eine der Estanzias zu gelangen, musste man die Wege kennen, und nicht jeder kannte sie. In der Regenzeit waren die meisten nur mit Pferden passierbar. So schmiedeten sie Pläne für nach der Regenzeit.

8

Auch für Ferdinand wurde, was er am See zu Boris gesagt hatte, mit der Zeit zur Erklärung für seinen Aufenthalt in dem fremden Land: Er wollte kennenlernen, wo sein Vater gelebt hatte, deshalb war er hergekommen. War es das nicht allemal wert, das Bisherige – im Grunde nur die Arbeit im Ministerium – hinter sich zu lassen? Dass er jenen Ort nicht aufsuchte, nicht einmal herauszufinden versuchte, ob sich jemand finden ließe, der ihn hinbrächte, bekümmerte ihn nicht. Ständig war er von der Sorge um das Wohl der Kinder erfasst, sodass er für anderes keine Gedanken hatte. Was gewesen war, hatte er nicht vergessen. Wie hätte er irgendetwas vergessen können? Doch er hatte nun einen Nutzen hier, der alles andere in den Hintergrund treten ließ und sein Inneres in ein Gleichgewicht brachte. Einmal schrieb er eine Karte und schickte sie an seine Verwandten in

Rosental. Sorgfältig verzeichnete er seine Postanschrift darauf. Ansonsten hielt er mit niemandem Kontakt, obwohl es neuerdings ein Internetcafé gab – er ging nicht hin. Auch im Dorf – es kam ihm nicht als die Stadt vor, die es eigentlich war – mied er alle Kontakte. Die einzigen, mit denen er sich unterhielt, waren die Witwe und seine beiden Landsmänner. Und die Unterhaltungen mit der Witwe waren allereinfachster Natur, denn Ferdinand konnte immer noch kaum Spanisch sprechen, er beherrschte lediglich die für die Arbeit notwendigen Wörter: Windel, Gehschule, Suppe, Schuhe, Fieber, Gewicht, Badezuber, Durchfall, Durst, Schweiß ... und dazu eine Handvoll Verben.

Ende Februar regnete es schon nicht mehr alle Tage, und Anfang März war die Regenzeit vorbei. Boris und Philipp hatten Luis, den Hausmeister und Mann-für-Alles des Spitals, für ihr Vorhaben gewonnen; es gab nichts Überzeugenderes als ein paar grüne Scheine. Nur: Wo wollten sie eigentlich hin? Schon wollten sie Ferdinand davon erzählen und von ihm Näheres erfahren, als Philipp bei einem Marktgang von einer Alten angebettelt und gleich darauf, weil er nichts gab, beschimpft wurde: Sie, die Weißen, brächten Unglück, und das, seit sie denken könne. Schon vor Jahrzehnten habe es begonnen. Philipp blieb stehen und fragte, was sie meine. Da erzählte sie von einem Weißen, der sich als Prediger ausgegeben, in Wahrheit die Leute aber verhext habe – auf La Unión habe er gelebt, weit von der Stadt entfernt. Jetzt gab Philipp ihr ein paar Münzen, die sie in der Hand hin und her schob. Sie hörte zu schimpfen auf. Wo dieses La Unión sich befinde, fragte er. Weit von hier entfernt, antwortete die Alte nur wieder und deutete irgendwohin, viele Leguas. Ansonsten war von ihr nichts zu erfahren. Philipp erzählte Boris davon, und sie waren sicher, dass es sich dabei um den gesuchten Ort handeln musste. Tags darauf stellte sich heraus, dass Luis ihn kannte. Auch ihm war irgendetwas von einem weißen Hexer bekannt, der dort draußen sein Unwesen getrieben hatte. Man müsse aber noch warten, die Wege seien noch nicht wieder befahrbar. Doch wollten sie überhaupt noch fahren? In drei oder vier Wochen habe er eine Fahrt, die in die Nähe führe, er müsse Arbeiter hinbringen und eine Kuh abholen – da könnten sie mitfahren. Freudig willigten sie ein.

Am Abend desselben Tages kam Ferdinand zu ihnen. Sie saßen in ihren nebeneinander aufgespannten Hängematten, das Schachbrett auf einem Stuhl zwischen sich. Boris schaukelte leicht, ohne die Füße vom Boden zu heben. Ferdinand nahm einen Stuhl von der Terrasse, setzte sich und sah ihnen zu. Hin und wieder sog er scharf Luft ein, dann blickte ihn derjenige, der gerade am Zug war, erschrocken an – und Ferdinand lachte: Er wollte ihn ja bloß erschrecken. – Endlich kam der Moment, in dem das Spiel entschieden war. Boris legte mit leichtem Zögern den König um.

Philipp klatschte und sagte: »Gut, dass du es eingesehen hast. Hättest ihn auch schon vor drei Zügen umlegen können …«

Boris antwortete nicht. Er war nicht zornig wie sonst, wenn er verlor.

»Wer weiß«, sagte er zerstreut. »Hast du ihm schon etwas erzählt?«

»Nein«, antwortete Philipp.

Schweigen trat ein. Grillen zirpten. Ferdinand blickte in den weiten, flach wirkenden Himmel über ihnen. Je länger er schaute, desto mehr drehte sich das Firmament. Hin und wieder knarzten die Seile, an denen die Hängematten aufgespannt waren. Man konnte ein Geräusch hören, das einem leisen Rieseln, wie von Zucker, gleichkam – das waren die Blattschneiderameisen, deren Straße quer durch den Garten führte. Tagsüber sahen sie ihnen oft zu, wie sie eckige Blattteilchen auf ihren roten Rücken trugen und damit in ihrem unterirdischen Bau verschwanden. Manchmal hoben sie eine zwischen zwei Fingern hoch, und manchmal, wenn sie nicht achtgaben, bluteten sie danach am Finger. Ferdinand hörte das Geräusch und dachte dabei an Flusskrebse – auch deren Fortbewegung musste ähnlich klingen ... Philipp und Boris hatten sich in ihren Hängematten zurückgelegt.

»Früher habe ich immer gegen mich selbst gespielt«, sagte Philipp, in den Himmel blickend. »Wenn es vorbei war, war ich schrecklich wütend – weil ich verloren hatte. Ich wusste schon, wie verrückt das ist, aber ich konnte es nicht ändern.«

Niemand antwortete darauf.

»Es ist nicht gut, allein aufzuwachsen«, sagte endlich Ferdinand. »Vielleicht ist es auch nicht gut, alleine zu leben ... Na, egal.« Er streckte sich durch, stand auf und streckte sich noch einmal durch.

»Warte«, sagte Philipp, »wir müssen dir noch etwas erzählen.«

»Was denn?«

»Ja«, sagte Boris und richtete sich auf. Ferdinand machte Anstalten, sich wieder zu setzen.

»Was denn?«

Sie erzählten es ihm.

Auf unerklärliche Weise fühlte er sich überrumpelt, und es widerstrebte ihm, jetzt eine solche Reise zu unternehmen. Er wusste nicht, wie er es erklären sollte. Es sei nicht der richtige Zeitpunkt, murmelte er. Die beiden redeten auf ihn ein, was ihn nur noch widerwilliger machte. Er verabschiedete sich und ging nach Hause, nicht ohne zuvor noch eine Runde auf der Station gedreht zu haben. Bis zum Morgengrauen grübelte er, was ihm daran so widerstrebte. Hatte er nicht erst vor kurzem Boris gegenüber verlautet, nur aus diesem Grund hierher gekommen zu sein? Endlich schlief er ein und kam am folgenden Morgen zum ersten Mal zu spät zur Arbeit. Auch dort überlegte er, vormittags wie nachmittags, und auch dort kam er nicht dahinter.

Abends aß er alleine auf der Terrasse eines Lokals unweit des Hauptplatzes gegrilltes Huhn mit Gemüsereis. Als er dabei war, die Knochen abzunagen, bemerkte er in einiger Entfernung ein paar Jungen unter einer Laterne stehen, über der sich radgleich ein Mückenschwarm drehte. Der Kellner, der eben aus der Tür trat, rief ihnen zu, sie sollten verschwinden. Sie bewegten sich nicht. Ferdinand schob den Teller ein Stückweit von sich. Sobald der Kellner weg wäre, würde einer der Jungen sich nähern und fragen, ob er die Knochen bekomme ... Ferdinand rief dem Kellner zu, er solle zwei weitere Portionen bringen, er solle sie einpacken. Er nickte in Richtung der Laterne. Die Jungen waren schmutzig und recht dünn, sahen aber nicht krank aus. Ferdinand erinnerte sich an seinen Krankenhausaufenthalt. Eine Weile später kam der Kellner mit zwei Plastiktüten, stellte sie auf den Tisch und verschwand.

»Los«, rief Ferdinand den Jungen zu und zeigte auf die Tüten, »los, nehmt es!«

Sie stießen sich mit den Ellbogen an und grinsten einander und verschämt auch Ferdinand an. Der Größte wagte sich endlich, war mit wenigen Schritten an dem Tisch, fasste mit einer Hand die Tüten und mit der anderen die abgenagten Knochen von dem Teller und stand bereits wieder zwischen den anderen. Einige Sekunden verstrichen, bevor er einen Dank murmelte, und gleich darauf liefen sie davon, schon nach wenigen Metern laut rufend und lachend, und sie verloren sich in der Dunkelheit.

Immer noch und mehr denn je erfüllte ihn die Arbeit mit den Kindern. Es war schrecklich, wenn eines starb, aber umso größer war die Freude über die, und das waren die allermeisten, welche von Tag zu Tag kräftiger und lebendiger wurden. Er hatte nicht vergessen, was zu seinem Krankenhausaufenthalt geführt hatte, aber seit langem nicht mehr daran gedacht. Als nun Boris und Philipp erzählt hatten, ein Lastwagen würde sie dorthin bringen, wo sein Vater gelebt hatte, fühlte er sich an jenen Zustand erinnert, und instinktiv fürchtete er, er könnte sich wieder einstellen, wenn er nun das tatsächlich Letzte, was ihm fehlte, sähe. Diesen Überlegungen nachhängend, verbrachte er einige besonders zurückgezogene Tage. Die Erinnerung war sehr stark. Jetzt erst wurde ihm bewusst, wie knapp er damals davor gewesen war, einfach zu verlöschen wie eine Kerze – zu verlöschen durch den Wind der Gedanken, Empfindungen.

Nach Ablauf dieser Tage – die Erinnerung ließ ihn jetzt los – nahm er wieder Anteil an den Gesprächen auf der Station, und noch bevor eine Woche vergangen war, willigte er ein, mit den beiden zu fahren. Erfreut, überrascht und vor allem erleichtert nahmen Boris und Philipp den Wandel zur Kenntnis; sie hatten befürchtet, mit ihrem eigenmächtigen Plan eine Grenze überschritten zu haben. Man legte einen Tag für die Abfahrt fest – drei Nächte wollten sie wegbleiben – und kümmerte sich um eine Vertretung während der Abwesenheit und verbrachte die verbleibende Zeit in leicht aufgeregter Vorfreude.

9

Aus ihnen nicht näher bekannten Gründen wurde die Abfahrt zweimal aufgeschoben, und so war es Mitte April, als sie endlich aufbrachen. Für die nicht einmal hundertdreißig Kilometer benötigten sie über elf Stunden. Zwei- oder dreimal hielten sie in irgendwelchen kleinen Siedlungen namens Florida oder Fraternidad, luden irgendwelche Säcke ab und irgendwelche Säcke auf. Neben den dreien hockten fünf Einheimische auf der Ladefläche und kauten Koka. Wie sich herausstellte, hatten die Männer Schulden beim Krankenhaus und wurden nun auf irgendeine Estanzia verfrachtet, wo sie sie abarbeiten sollten. Zu Beginn waren alle in aufgekratzter Stimmung, mit den Stunden wurden sie ruhiger und belebten sich nur hin und wieder, wenn gehalten wurde – einmal etwa, um einen noch nicht ausgewachsenen Kaiman zu erlegen, der später auf der Ladefläche herumgereicht wurde. Boris knipste ein paar Fotos: Jeder legte sich das Reptil einmal um die Schulter und posierte.

Die Dämmerung war bereits angebrochen, als sie ein großes Tor durchfuhren, über dem eine Holztafel prangte, in die »Los Cielos« eingebrannt war. Man sagte Ferdinand, das bedeute »Die Himmel«, und er nickte. Der Zufahrtsweg war gesäumt von kleinen dunklen Teichen, Wasserlöchern, an denen Kühe standen und soffen. Etwa zehn Minuten fuhren sie auf diesem Weg, bevor sie an den Gutsgebäuden ankamen. In der Mitte stand unverkennbar, groß und imposant mit seiner weitläufigen Veranda, das Haupthaus. Daneben standen je zwei weitaus kleinere, eingeschossige Gebäude – eher Hütten als Häuser, zugleich auch sie als Wohnhäuser erkennbar. Vielleicht zweihundert Meter von der Rückseite des Haupthauses entfernt, lag ein weiteres Wohnhaus, an das ein langer offener Schuppen anschloss, unter dessen Dach eine Reihe Maschinen und ein orangefarbener Traktor – Ferdinand erkannte auf den ersten Blick das finnische Fabrikat – zu sehen waren. Zu diesem Gebäude fuhr der Lastwagen über einen holprigen braunen Weg und hielt davor. Die Männer nahmen ihre Rucksäcke oder Seesäcke, warfen sie über die Bordwand und kletterten ihnen hinterher. Sämtlich standen sie unschlüssig herum, sahen sich um, ohne sich dabei weiter als ein paar Schritte von dem mit schnellem, lautem Ticken auskühlenden Lastwagen zu entfernen. Endlich stieg auch der Fahrer aus. Er streckte sich durch und rollte das Leibchen über den kugelrunden gelblichen Bauch hoch und trommelte mit den flachen Händen darauf. Dann stieß er, weitertrommelnd, die Tür zu dem Haus mit dem Fuß auf und machte den anderen ein Zeichen, ihm zu folgen.

Es war ein einziger großer, sehr hoher Raum, in dem sich ein Herd befand und, gleichmäßig verteilt, runde Holzpfosten, die in etwa eineinhalb Meter Höhe mit rundumlaufenden, tiefen Einkerbungen versehen waren. Im hinteren Bereich fand sich noch ein einfacher Tisch, und darunter eine Reihe Schemel. Die Männer schlangen Seilstücke um die gekerbten Pfosten, zogen sie fest und hängten ihre Hängematten auf. Nur Luis spannte keine auf, ebenso wenig wie sein Gehilfe, sie würden im Fahrerhaus und auf der Ladefläche des Lastwagens schlafen. Nach einer Weile, in welcher der Gehilfe Feuer im Ofen gemacht hatte, tauchte eine alte Frau auf, unterhielt sich, ihn immer wieder am Arm berührend, auf fröhliche und vertraute Art mit Luis, nickte auch den anderen freundlich zu und verschwand dann. Eine halbe Stunde später kehrte sie mit einem Tablett voller Essen zurück. Sie stellte es ab, und Luis überreichte ihr den toten Kaiman. Sie unterhielten sich noch eine Zeitlang, bevor sie wieder ging. Die Männer setzten sich zu Tisch, aßen das Gericht – Reis mit sehr salzigem Trockenfleisch –, tranken stark gesüßte Zitronenlimonade und blieben noch ein wenig sitzen, bevor sie sich in die Hängematten begaben und die Lichter löschten.

Am nächsten Morgen waren die drei unter sich. Keiner von ihnen hatte bemerkt, dass die anderen aufgestanden waren. Niemand war zu sehen, sogar der Lastwagen war verschwunden. Noch ehe sie beratschlagen konnten, was sie tun sollten, stand ein vielleicht Fünfzehnjähriger vor ihnen – in der einen Hand einen Krug mit Milch, in der anderen einen Korb mit Brötchen. Er stellte die Dinge auf den Tisch und räumte das noch vom Vorabend herumstehende schmutzige Geschirr auf das Tablett. Dann ging er von Hängematte zu Hängematte, löste je ein Ende vom Seil und hängte es zum anderen dazu, sodass der Raum wieder offen wurde. Darauf sagte er etwas und ging davon.

»Was hat er gesagt?«, fragte Ferdinand.

»Dass er uns in einer Stunde abholt – er bringt uns nach La Unión.«

»Ah ja«, sagte Ferdinand.

Sie aßen ein wenig und tranken die Milch. Danach spannten Philipp und Boris ihre Hängematten wieder auf und legten sich gähnend hinein, während Ferdinand nach draußen ging, Ausschau hielt und auf und ab ging. Er kaute an seinem Daumennagel, betrachtete ihn zwischendurch zerstreut und biss dann von Neuem darauf herum oder steckte die Hand für einen Moment in die Hosentasche, um sie gleich wieder herauszuziehen und weiterzukauen. Wieder hatte ihn die Furcht erfasst – die Furcht davor, dass danach nichts mehr bliebe. Zugleich war er schlicht ungeheuer aufgeregt. Unzählige Male hatte er sich jenen Ort vorgestellt. All die Postkarten, die Sabine ihm irgendwann gezeigt hatte – jene Sätze, die er auswendig wusste –, die einzigen, die er von seinem Vater hatte. All dies stürzte auf ihn nieder, und er konnte nicht auseinanderhalten, was Furcht, was Aufregung und was Vorfreude war. Endlich kam hinter einem der Nebengebäude ein Wagen hervor. Unendlich langsam trottete das eingespannte Pferd dahin. Ferdinand ging dem Gefährt entgegen und stieg auf, als er es erreicht hatte, und setzte sich neben den Jungen auf den roh gezimmerten Bock. Der Junge sagte etwas, Ferdinand antwortete jedoch nicht. Bald darauf, verwundert, Ferdinand auf dem Bock zu sehen, stiegen Boris und Philipp auf und machten es sich auf dem Wagen neben dem Futtersack einigermaßen bequem. Das Gefährt wendete, und bald – das Pferd, schien es Ferdinand, griff nun weiter aus – hatten sie die Gutsgebäude hinter sich gelassen.

Nahezu vier Stunden lang waren sie unterwegs. Sie fuhren auf zum Teil kaum erkennbaren Pfaden und wurden ziemlich durchgerüttelt. Immer wieder versperrte ihnen ein Gatter den Weg, und der Junge musste anhalten, absteigen, das Gatter öffnen, es passieren und wieder anhalten, um es zu schließen. Gleich nach einem der ersten erbot Philipp sich, jeweils abzuspringen, aber der Junge lehnte kurz angebunden ab. In kaum etwas unterschied die Landschaft sich von der, die sie am Vortag durchfahren hatten, nur dass sie kein einziges Mal an einer Siedlung oder auch nur einer einzelnen Hütte vorbeikamen, und die Geschwindigkeit war eine noch viel langsamere. Trotz dieser nur kleinen Unterschiede war es, als führen sie durch unbekanntes Land, und alle drei waren sich später einig, überrascht gewesen zu sein, dass ihre Fahrt fast vier Stunden gedauert haben sollte, denn ihnen kam es anders und viel kürzer vor.

Schon von weitem sah man die Gebäude in der leintuchflachen Gegend. Auch hier war das Hauptgebäude leicht auszumachen, zumal es nur zwei Häuser gab: Ein großes längliches, das eigentlich, wie man beim Näherkommen feststellte, aus zwei Häusern unter einem durchlaufenden Dach bestand; in der Mitte war ein torähnlicher Auslass, der bis unter das Dach reichte. Das zweite Gebäude stand etwas abseits, war ebenfalls eingeschossig, aber kleiner und quadratisch, und es hatte eine mit Fliegengitter umschlossene Veranda, die dem anderen Gebäude fehlte. Sowie sie auf ein paar hundert Meter heran waren, sprang Ferdinand ab und ging, sich ein paarmal die Beine reibend und klopfend, auf das kleinere Haus zu.

»Ich habe hier ein kleines, fast quadratisches Häuschen für mich.« Zuerst blieb er davor stehen. »Oft liege ich in der Hängematte auf der Veranda, höre den Vögeln zu und lese.« Er machte einen Schritt auf das da und dort zerrissene grüne Fliegengitter zu und berührte es. »Oder ich schreibe irgendetwas auf.« Er wandte sich ab und ging um das Haus. Dort stand ein hölzernes Häuschen mit ausgesägtem Herz in der Tür. »Manchmal gibt es eine Menge Abwechslung, dann ist es wieder monatelang recht eintönig hier.« In der Zwischenzeit waren die anderen vom Wagen gestiegen und sahen sich bei dem größeren Haus um. Ferdinand, immer noch das Holzhäuschen betrachtend, hatte sie völlig vergessen. Er hörte nichts als hin und wieder leise raschelnde Sträucher, die neben dem Häuschen wuchsen. Oft hatte er von diesem Ort geträumt – ohne dabei Bilder zu sehen –, geträumt in dem reinen, durch die Postkartensätze in ihm entstandenen Gefühl für den Ort. Es machte ihn glücklich und kraftlos zugleich, festzustellen, dass sich ineinanderfügte, was er geträumt hatte und was er nun sah. Einen Moment lang wurden ihm sogar die Knie so schwach, dass er sich auf einen Mauervorsprung setzen musste. »Manchmal sitze ich auch unter der Tamarinde vor meinem Haus. An den Stamm gelehnt – ach, ihr müsstet diesen Baum sehen!« Ferdinand stand wieder auf und näherte sich dem Baum. Er berührte die Rinde. Legte sein Gesicht daran. Machte einen Schritt zurück. Jetzt erst sah er, dass neben dem Baum, ebenso kahl wie die Erde ringsum, ein kleiner Hügel aufgeworfen war. Reste von etwas, das einmal ein Kreuz gebildet haben mochte, staken in der Erde, und gleich daneben, verschüttet und ebenfalls im ersten Moment kaum zu sehen, ein in die Erde eingelassenes rundes Glasbehältnis. Irgendwann mochten darin frische Blumen gestanden sein. Ferdinand sank vor dem Grab auf die Knie. Auf einmal weinte er, und gleichzeitig lachte er, es kam von einem Ort so tief in seinen Eingeweiden, dass es wie jenseits alles Körperlichen war. Er wusste nicht, was diese Gefühlsaufwallung zu bedeuten hatte. Und doch begriff er es, ebenso wie er es zuvor hinter dem Haus begriffen hatte. Das Glück, seinen Vater gefunden zu haben, und der Schmerz, ihn verloren zu haben – diese unnatürliche Reihenfolge –, das war es, was ihn bewegte. Boris hatte seine Hand schon länger auf Ferdinands Schulter, als dieser es bemerkte. Ferdinand kam wieder etwas zu sich und erhob sich.

»Hier liegt er«, sagte er und fuhr sich über das Gesicht. »Unweit der beiden Fliedersträucher, wie es der Pater geschrieben hat.«

»Fliedersträucher?«

»Sie müssen irgendwo in der Nähe wachsen ... irgendwo hier in der Nähe ...«

Obwohl sie suchten, fanden sie keine derartigen Pflanzen. Nicht einmal etwas Ähnliches fanden sie. Lediglich am Eingang zu dem Häuschen, wo zwei einander ähnelnde, allerdings nicht zu wachsen scheinende, blattlose Stauden mit schwarzer Rinde standen, überlegten sie, ob es sich dabei um das Gesuchte handeln könne.

Dann aber beschloss Ferdinand: »Das ist keiner, nein. Das hätte ihm ja das ganze Licht genommen. Außerdem sind diese Pflanzen schwarz, Flieder hat aber eine helle Rinde.«

Später sahen sie sich in dem Häuschen um, das leergeräumt war. Ferdinand fielen noch viele Sätze von den Postkarten ein. In dem einen großen, nach Osten gehenden Raum fand sich in der Mitte etwas wie eine kreisrunde Rinne in der Erde. Sie war zwei Finger breit und noch ein wenig tiefer. Wofür sie wohl gedient hatte? Sie rätselten vergebens, und bald verließen sie das Gebäude; wieder in der Sonne, fröstelten sie für eine Sekunde. – Sie spazierten zu dem größeren Gebäude hinüber. Ferdinand sah, was die anderen schon gesehen hatten. Der Junge saß unbeteiligt unter dem Dach im Schatten, zerbrach Zweige, die er in Reichweite fand, in winzige Stücke und rief, vor sich hin schauend, manchmal dem Pferd etwas zu. Auch die Räume des Hauptgebäudes waren leer und verwaist. Was noch da war, war kaputt. Durchgerostete Töpfe, Stühle, denen ein oder mehrere Beine fehlten, zerrissene Säcke, ein Häufchen kurzgeschnittenes Binsenstroh, dem Herd fehlten Türchen und Platte. Hinter diesem Haus befand sich ein großer Pferch; es musste noch zumindest einen weiteren gegeben haben – davon sah man zwar nichts, aber ein Satz von einer Postkarte Pauls legte das nahe. An einem Pflock war ein dünner, brüchiger Lederriemen befestigt. Ferdinand nahm ihn ab und verbarg ihn, nachdem er ihn lange befühlt hatte, in seiner Hosentasche. Noch einmal ging er ans Grab. Ja, alles stimmte, nur eines nicht: Er hatte sich immer vorgestellt, dass er, einmal vor dem Grab stehend, seinem Vater alles Mögliche erzählen würde – ihm von sich, seinem Sohn, erzählen würde. Doch jetzt hatte er nicht das geringste Bedürfnis, etwas zu erzählen. Noch einmal ging er in das Häuschen, stand auf der Veranda, fand sogar die Löcher im Holz, in denen die Haken für die Hängematte gesteckt waren. Bald darauf pfiff Boris nach dem Jungen, der eingedöst war, und sie fuhren durch die jetzt sengende und lautlos flüsternde Hitze zurück nach Los Cielos.

10

Nach dem Abendessen, das ihnen wieder in die Hütte gebracht worden war, warfen sie sich wie abgesprochen alle zugleich in die Hängematten. Sie waren zu dritt, die Arbeiter waren auf eine noch weiter entfernte Estanzia gebracht worden, wo sie einige Wochen lang bleiben und arbeiten würden; erst am nächsten Abend würde der Lastwagen zurückkommen, und erst am darauf folgenden Tag könnten sie in die Stadt zurückkehren. Die sich vor ihnen ausbreitende leere Zeit an diesem unbekannten Ort erfüllte sie mit Behagen und Ruhe. Sie wurden versorgt und mussten sich um nichts kümmern. Boris und Philipp wussten nicht einmal, ob sie es bedauern sollten, das Schachspiel nicht mitgenommen zu haben. Fern von Arbeit und Spiel fehlte ihnen auch jegliches Gesprächsthema. Alle fühlten sich schwerelos – das war beinahe das einzige, was sie einander mitteilten.

Wie spät es war, als es gegen die Tür klopfte, konnten sie in Ermangelung einer Uhr nicht sagen. Es war der Junge. Er trat ein und sagte etwas. Boris antwortete. Was er wolle, fragte Ferdinand. Boris antwortete, er habe gefragt, ob sie auf Kaimanjagd mitgehen wollten. Er habe ihm abgesagt.

»Nein«, rief Ferdinand, »er soll warten! Ich komme mit!«

Überrascht sahen die beiden ihn an, die selbst nichts als liegen wollten. Hatte Ferdinand denn keine Kopfschmerzen von allzu viel praller Sonne? Boris sagte etwas zu dem Jungen, der nickte und verschwand. Rasch zog Ferdinand sich um und trat, eine Taschenlampe in der Hand, vor die Tür. In dem dünnen aus der Hütte fallenden Licht konnte er neben dem Jungen drei Männer zwischen dreißig und vierzig Jahren ausmachen. Schon gingen sie los. Ferdinand schaltete die Taschenlampe an und folgte ihnen. Sie marschierten sehr lange, und es war etwas ganz Eigenes, in diesem gelben, warmen, grillendurchzirpten Tunnel zu gehen und dabei immer die braunen, nackten, wie Zylinderkolben stampfenden Waden seines Vordermannes zu sehen. Plötzlich aber bewegten diese Waden sich nicht mehr – Ferdinand bemerkte zu spät, dass die Kolonne stehen geblieben war und lief in den Vordermann hinein. Die Männer lachten. Sie hielten sich unter jungen, verhalten rauschenden Bäumen auf. Das Gras stand sehr trocken büschelweise da. Jemand hielt Ferdinand eine große dunkelgrüne, etikettlose Plastikflasche hin. Ferdinand nahm sie, roch daran und nahm einen Schluck. Fast augenblicklich wurde ihm schwindlig, als hätte ihm jemand einen schweren Fausthieb auf den Kopf versetzt. Die Männer, obwohl sie still standen, drehten sich von ihm weg, aber auch er selbst drehte sich, obwohl er still stand. Jemand nahm ihm die Flasche aus der Hand. Er hörte Stimmen und Lachen wie von sehr weit entfernt. Auf einmal hatte der Tross sich wieder in Bewegung gesetzt, und er, den Blick starr auf die nun rollenden Waden geheftet, folgte ihnen und stolperte mehrmals. Bald kamen sie in ein sumpfiges Gelände. Ihr Tempo verlangsamte sich. Die Kolben gingen nun langsamer auf und ab, und der erste klare Gedanke, den Ferdinand wieder fassen konnte, war, dass es keine Kolben, sondern Waden waren, dass jedoch auf ihnen, gerade wie auf wirklichen Kolben, kein einziges Haar zu entdecken war. Dieser Gedanke ließ ihn auflachen, doch gleich darauf mahnte ihn ein Laut zu schweigen. Sie stapften durch nun bis weit über die Knöchel reichendes warmes Wasser. Ferdinands Schuhe waren längst durchnässt. Von den anderen trug niemand Schuhe, nur einer trug Sandalen, die er jetzt in der Hand hielt. Nach einigen Minuten in dem tieferen Wasser hielten sie erneut, und ein paar der Lampen wurden ausgemacht. Ferdinand sah, wie sich ein Lichtball entfernte. Er hörte das Platschen des Wassers. Plötzlich sah er kein Licht mehr, stattdessen hörte er jetzt einen dumpfen Laut – es klang, als hätte eine Axt in morsches Holz geschlagen. Darauf erscholl ein Ruf, weitere Rufe antworteten und gingen in Gelächter über. Platschenden Schritts eilten sie hinterher. Als sie ankamen, hatte der Jäger, den silbernen Stab der Taschenlampe zwischen den Zähnen, sich seine Beute bereits irgendwie über die Schulter gehievt. Sämtliche Lampen tasteten mit unterschiedlich großen und unterschiedlich hellen Lichtkegeln den gewiss zwei Meter langen reglosen Kaiman ab. Im Gürtel des Jägers steckte eine Machete, und erst jetzt sah Ferdinand, dass alle mit einer solchen bewehrt waren. Der Jäger, von keinem zweiten unterstützt, als gehöre das zum Jagdritual, schleppte seine Beute irgendwohin, um kurz darauf zu der Gruppe zurückzukehren. Die Taschenlampe hielt er nun in der Hand. Sie machten sich wieder auf und pirschten noch eine ganze Weile durch das hier seichtere, dort tiefere Wasser, bis sie es aufgaben, den auf einer trockenen Erhebung abgelegten Kaiman holten und ihn, nun gemeinsam, nach Hause trugen. Einmal noch machten sie Halt, um die Flasche reihum gehen zu lassen. Ferdinand nahm diesmal sogar zwei Schlucke, und wieder war es, als fahre eine gewaltige Faust auf seinen Schädel nieder und nehme ihm jeden Verstand. Alles drehte sich, und alles war leicht, und beim Blick in den sterndurchschossenen mondlosen Himmel hatte er das Gefühl, in ihn gesogen zu werden, und in ihm war Gelächter. Auf einmal stand er wieder vor der Hütte – die Männer hatten ihn zurückgebracht. Er wollte irgendetwas zu ihnen sagen, doch schon hatten sie sich lautlos in der Dunkelheit aufgelöst. Plötzlich allein, kam Ferdinand einigermaßen zu sich. Er wartete einen Moment, bevor er das Gebäude betrat. Philipp und Boris schliefen leise schnarchend in den Hängematten. Ferdinand legte sich umständlich in seine eigene und versuchte zu schlafen. Es war nicht daran zu denken. Da wurde ihm klar, dass er gar nicht schlafen wollte. Leise erhob er sich und ging auf Zehenspitzen nach draußen, wo er sich auf einem gegen die Mauer gelehnten Schemel niederließ. Das Gelächter war nicht mehr in ihm, er hörte es nicht wieder, wenn er in den Himmel blickte und das Kreuz des Südens betrachtete.

Bis zum Schluss war doch etwas von der Befürchtung geblieben, es könnte ihm Unglück bringen, den Ort zu sehen, das Grab zu sehen. Wie grundfalsch das gewesen war! Manche Geschichten hatte er über seinen Vater gehört, dann gab es jene Postkarten, und er, Ferdinand, hatte doch selbst in Rosental in dem Zimmer gelebt, welches früher Pauls gewesen war. Dennoch war dieser Mensch – Vater, Paul – immer ein Phantom für Ferdinand gewesen, ungreifbar, ja unnahbar. Nicht länger. Endlich waren sie zusammengekommen. Und dass man ihn auf die Jagd mitgenommen hatte, wie man früher vielleicht auch den Vater mitgenommen hatte, festigte die so lange gesuchte und ersehnte Verbindung. Er musste auf dem Schemel sitzend eingeschlafen sein, denn auf einmal riss es ihn und es war ihm sehr kalt. Er stand auf und rieb sich die Glieder. Rasch ging er ins Haus, warf sich eine Decke um und legte sich hin. Es dämmerte bereits, als er sich einigermaßen aufgewärmt hatte und Schlaf fand.

11

Der folgende Tag stand ganz zu ihrer Verfügung. Ferdinand erwachte erst gegen Mittag, fühlte sich zerschlagen und sehr müde und nicht im Geringsten ausgeschlafen. Philipp und Boris hatten den Vormittag genutzt, um die Umgebung zu erforschen, und waren erneut schläfrig, als Ferdinand aufwachte. Nach dem Mittagessen – man brachte ihnen neben gebratenem Huhn und Reis auch ein wenig Fleisch von dem Kaiman, Fleisch vom Schwanz, das nach Fisch und Huhn zugleich schmeckte – erzählte Ferdinand auf Drängen der Freunde von dem nächtlichen Abenteuer, und nun bereuten die beiden doch, nicht dabei gewesen zu sein. Das Getränk, das Ferdinand getrunken hatte, war ihnen bekannt. Es hieß Bombita – kleine Bombe. Ferdinand fand den Namen treffend. Es war ein Gemisch aus Pulverfruchtsaft und fast reinem, aus Zuckerrohr hergestelltem Industriealkohol – der billigste Rausch, den man sich besorgen konnte.

Boris und Philipp taten gar nichts. Dabei wurden sie schlafbedürftiger und träger denn je. Sie legten sich in ihre Hängematten und dösten. Ferdinand indes machte einen langen Gang, der ihn weit von den Gutsgebäuden entfernte. Er begegnete großen Rinder-, Schaf- und Pferdeherden, manchem Wasserloch und vielen einzeln stehenden Bäumen, die Rinde häufig voller Tierhaare, die die kleinste Windbewegung anzeigten. Das sumpfige und unter Wasser stehende Gebiet fand er nicht wieder. Erschöpft und immer noch von dem Glück des Vortags erfüllt, kehrte er zu dem Haus zurück. Die Dämmerung war nicht mehr fern. Zum Abendessen gab es den landestypischen Eintopf, der von den Österreichern immer mit Misstrauen gelöffelt wurde – allzu stark war der Verdacht, die Reste der vergangenen Woche vorgesetzt zu bekommen. Die Alte hatte das Essen gebracht und war wieder verschwunden. Eine Stunde später klopfte es erneut. Aber nicht sie stand in der Tür, sondern der

Junge. Er räumte den Tisch ab. Der Lastwagen war noch nicht zurück; Boris fragte den Jungen, ob er wisse, wann er komme.

»Gleich«, sagte der Junge. Bevor er ging – er stand schon in der Tür –, sagte er wie nebenher etwas. Philipp fragte etwas, sehr kurz. Der Junge antwortete in mehreren Sätzen und ging. Ferdinand fragte, was er gesagt habe.

Philipp antwortete: »Er hat gesagt, ›er‹ wolle dich sehen. Ich fragte, wer ›er‹ sei. Da antwortete er, es handle sich um den Gutsbesitzer. Er möchte dich sehen. Er hat deinen Vater – Don Pablo, sagte er – gekannt.«

Ferdinand überlegte keine Sekunde. »Aber du musst mitkommen. Ich verstehe doch nichts. Und der Mann wird nicht Englisch sprechen … nicht wahr?«

»Boris soll mitgehen. Er spricht besser Spanisch als ich. Und hier reden sie ja noch einmal verwaschener als in der Stadt … als dort … Ich verstehe den Jungen gerade eben so …« Es war ihm anzumerken, dass er gerne mitgekommen wäre.

Kurz darauf gingen Ferdinand und Boris schweigend über das stellenweise schon jetzt, kurz nach der Regenzeit, wieder krachtrockene Gras zu dem Hauptgebäude hin, wo in einigen Fenstern Licht schimmerte. Es war ihnen nicht bang, nicht dem einen, nicht dem anderen, doch dass sie so gar nicht wussten, nicht einmal ahnten, was sich ihnen in jenem Licht zeigen würde, machte sie zumindest schweigsam. Bald standen sie an der Schwelle, und da Ferdinand keine Bewegung machte, klopfte Boris fest an das Fliegengitter.

12

Der Junge öffnete die Tür und führte sie durch das Haus in einen rückwärtigen salonartigen Raum, in dem in einem tiefen samtbezogenen Sessel zwischen hohen Bücherschränken in dem schwachen Schein einer Petroleumlampe ein alter Mann saß. Der Junge bat sie mit einer Geste, sich zu setzen. Sie taten es zögernd, ließen sich auf einfachen Stühlen an einem langen, in der Mitte des Salons stehenden Tisch nieder. Der Alte sagte mit rauer, wie ein wenig erkälteter Stimme etwas, und der Junge verschwand. Sie sahen, dass der Alte ein Teeglas in der Hand hielt. Jetzt schenkte er sich aus einer am Boden neben seinen Füßen stehenden tönernen Kanne nach. Der Junge erschien mit einer Karaffe und zwei Gläsern, die er auf dem Tisch abstellte und einschenkte. Es war Tamarindensaft: Die dunklen Flocken der Fruchtstücke wirbelten in den Gläsern wie Blätter im Wind. Der Junge ging und schloss die Tür hinter sich.

Ein paar Minuten verstrichen, dann begann der Alte, der sich als Manfredo Rocha vorstellte, zu sprechen, und erst nachdem Boris ihn unterbrochen hatte, um ihm zu erklären, dass Ferdinand nicht verstehe und er, Boris, mitgekommen war, um zu übersetzen, machte er in regelmäßigen Abständen Pausen. Boris übersetzte dann alles, wie er es gehört hatte, und ließ nur weniges beiseite.

»Er hat es mir vielleicht sogar erzählt, wer weiß. Ich habe nur mitgekriegt, dass irgendwer ein paar Nächte hierbleiben wollte. ›Solange sie mich bloß in Ruhe lassen, kannst du bringen, wen du willst‹, sagte ich in das Funkgerät – oder schrie: man muss schreien, damit es verstanden wird. Das Haus steht leer, dem Ofen schadet es nicht, einmal wieder geheizt zu werden. Hier in diesem Zimmer, ja hier in diesem Stuhl bringe ich meine allermeiste Zeit zu. Percy – der Junge, den ihr ja kennt – kümmert sich um alles. Er lebt schon lange hier … Es gibt noch ein paar andere Helfer, alles Junggesellen. Bis auf die Alte – Percys Großmutter … Also hier verbringe ich die Zeit. Ich bin ja nicht mehr jung, nein, das bin ich bei Gott nicht mehr. Manchmal stehe ich an einem der Fenster, am liebsten an diesem – von dem man die Hütte sieht, in der du … in der ihr wohnt. Gerade gestern, recht früh, stand ich wieder dort. Percy war eben bei mir gewesen und hatte mir gesagt, er würde mit den Gringos wegfahren – und wie ich so hinüberschaute, glaubte ich meinen Augen nicht zu trauen, und im selben Moment habe ich alles begriffen – ich habe begriffen, wen Lucho gebracht hat und wohin Percy fahren wollte. Auch aus der Nähe – jetzt sehe ich es – bist du ihm zum Verwechseln ähnlich. Da bist du auf und ab gegangen, gerade wie er, das eine Mal, als er zu Weihnachten hier war, oder waren es zwei Mal? Ich musste mich erst einmal setzen. Als ich nach einer Weile wieder aufstand, sah ich gerade noch den Wagen davonfahren. Ihr seid rübergefahren nach La Unión. La Unión! Es klingt jetzt wie Spott. Der Name, meine ich ... Es stimmt, was Percys Großmutter mir vorwirft: Ich lebe in der Vergangenheit ... Aber auch die Erinnerung richtet es sich angenehm ein ... man lebt in etwas wie erfundener Erinnerung, zumindest zum Teil ... zurechtgedreht ... Als ich dich dort drüben sah, war all diese Erinnerung weg; für einen Moment nur, aber sie war weg. Deinen Vater hat man umgebracht – erschlagen hat man ihn, aus Aberglauben. Das war weit entfernt von hier. Ich habe nie etwas davon gehalten, dass er in jene Siedlungen reiste, um zu predigen. Besser, man hätte ihnen einen Lehrer geschickt, der ihnen Verstand in ihre Köpfe eingetrichtert hätte! So bringen sie sich gegenseitig um ... Du hast das Grab gesehen, sagt Percy. Ich habe an der Beerdigung teilgenommen. Mir war nicht entgangen, wie sehr sie an ihm hingen, wenn sie zu Weihnachten da waren. Aber was ich da, bei der Beerdigung, miterlebt habe, ließ sogar mir die Tränen in die Augen steigen. Wenn zum Teil auch – das verhehle ich nicht –, weil mir klar wurde, dass nicht ein Mensch auf der ganzen Welt mich so liebte, wie alle hier diesen Pablo geliebt hatten. Vor allem die Jungen. Vielleicht ging der Große – Javier heißt er – dann nur deshalb in die Stadt und wurde Priester, weil er nicht mehr sein wollte, wo Pablo – Don Pablo nannten ihn alle – nicht mehr war.

Denn er hatte sich eigentlich schon dagegen entschieden – gegen das Angebot der Mönche, ihm in der Stadt eine gute Ausbildung zu ermöglichen. Weiß Gott! Wäre das nicht geschehen, würde er noch leben – es wäre alles anders gekommen. Wie ich dich da gestern auf und ab gehen sah, tat mein Herz einen Sprung: für einen Moment hoffte es, es hätte nur einen bösen Traum gehabt ... nichts wäre wahr und alles ginge weiter, wie es in den guten Zeiten war. Was für eine einzigartige und merkwürdige Situation: Hoffnung, obwohl man es tausendmal besser weiß! Man ist immer bereit für das andere, nicht wahr? Ich schweife ab. Ja. Ich will nicht sagen, dass ich irgendetwas geahnt habe, denn das habe ich nicht. Vielmehr war es offensichtlich, dass der Tod Pablos eine Lücke reißen würde, schon gerissen hatte. Niemand konnte es glauben ... ich selbst glaubte es ja nicht: solch ein sinnloser Tod.«

Jetzt legte er eine längere Pause ein und nahm einen Schluck aus der Tasse.

»Ich bin herzkrank«, sagte er und lächelte entschuldigend. Er goss sich aus der Kanne nach und stellte das Glas zuerst auf seinem Unterschenkel, dann auf der Armlehne des Sessels ab. Nach ein paar Minuten redete er weiter, und Boris übersetzte rasch und ohne etwas auszulassen.

»Sie waren nicht verheiratet. Domingo – mein ... mein Schwiegersohn – war der Einzige, der davon wusste. Meine Tochter, Julia, auch ich, haben selbstverständlich geglaubt, Juan und Sol wären verheiratet. Sie hatten dann ja auch eine Tochter, das Baby Magdalena. Juan war Domingos Cousin – ihm allein hatte er es unter dem Siegel der Verschwiegenheit anvertraut. Und Domingo, dem war es wohl auch ganz gleichgültig ... er war da irgendwie modern, und er war auch nicht schnell im Verurteilen. Das hat Julia gefallen an ihm. Jetzt, da ich alt bin, imponiert es auch mir. Damals hielt ich es für Schwäche ... Charakterschwäche. – Wer weiß, vielleicht wusste es auch Don

Pablo. Ja, vielleicht war die Einzige, die es nicht wusste, Julia. Sie hätte nämlich darauf bestanden, dass sie heiraten – hätte es abgelehnt, mit in wilder Ehe Lebenden unter demselben Dach zu wohnen. Oft genug hat sie über Unverheiratete geschimpft oder zumindest gelästert. Gut. Dort, wo Sol herkam, hatte jemand ihr nachgestellt – schon sehr lange, schon seit sie dreizehn oder vierzehn Jahre alt war. Er war eine ... eine große Nummer – sagt man noch so? – im Drogengeschäft. Hatte sein eigenes Flugzeug. – In seiner Heimat wagte man nicht, ihn zu belangen, aber als er einmal auf Reisen war – in einem Bus und nicht, wie sonst, in seinem eigenen Jeep; er hatte einen der ersten Hummer im Land! –, flog er bei einer Routinekontrolle auf und kam hinter Gitter. Der Paragraph 1008 – die meisten hier kennen ihn auswendig. Schon der geringste Verdacht, irgendetwas mit Drogen zu tun haben, reicht aus, um eingesperrt zu werden ... Und bei ihm war es nicht bloß irgendein Verdacht ... Ja, so war es. In der Zwischenzeit – sie war etwa achtzehn – lernte Sol Juan kennen. Er arbeitete damals auf dem Markt, einmal für diesen, einmal für jenen, als Träger, Bote, Aufpasser, irgendetwas. Da erhielt er Nachricht von seinem Cousin Domingo, der über Nacht Besitzer einer Estanzia geworden war – meiner Estanzia –, durch die Heirat mit Julia. Jetzt brauchte er, um das Ganze führen zu können, einen Helfer, und er wandte sich an Juan. Sol und Juan überlegten nicht lange und zogen nach La Unión. Sie waren ein wenig streitsüchtig, aber nach allem, was ich gehört und selbst erlebt habe, ging es ihnen gut dort. Kinder wollten sie zwar, aber noch nicht gleich, erst später. Viele Jahre vergingen. Bestimmt dachte sie längst nicht mehr an den Mann, der Baron genannt wurde. Oder nicht öfter oder anders als an irgendeinen der anderen, die ihr den Hof gemacht hatten – sie war wirklich sehr schön ... Irgendwo muss ein Foto herumliegen ... dort hinten ... Irgendwann kam dann das Kind, Baby Magdalena, da wurde sie noch schöner. Dann das Unglück mit Pablo ... Don

Pablo. Alle, sogar ich, waren noch in einer Art Schockstarre, als eines Tages ein Mann, den keiner von ihnen kannte, angeritten kam. Wer es war, woher er kam, er sagte es nicht. Nur Sol erkannte ihn plötzlich doch und verließ, das Kind an sich raffend, das Haus. Als sie viel später zurückkam, war er nicht mehr da. Er hat Sol gefordert und gesagt, er würde seit fünfzehn Jahren oder noch länger auf sie warten. Sie wäre sein, seit er sie dort und da gesehen habe … Wie eben Leute reden, die seit allzu langer Zeit Macht haben, welcherart auch immer. Sofort hatte es großen Streit gegeben, es war aufgeflogen, dass Domingo ihr Geheimnis kannte, nicht verheiratet zu sein. Plötzlich hat der Fremde aufgehört, sie zu fordern, und gesagt, wenn sie innerhalb einer Woche heiraten würden, gäbe er seine Werbung auf. Das erzählte man Sol, als sie mit dem Kind zurückkam. Juan sagte, er hätte nichts gegen eine Heirat – er liebe sie aber auch ohne. Den Baron schien man während des Gesprächs zu vergessen, und am Ende war es Julia zuliebe, dass sie sich dafür entschieden. Auf das hin kamen sie zu mir – hier, in diesem Raum besprachen wir alles, hier sollte die Trauung stattfinden, drei Monate später. Keine Rede von einer Woche! Ich wollte mich um alles kümmern, und es war für mich, als heirateten meine eigenen Kinder – beide waren mir, zumindest in dem Moment, so nahe wie leibliche Kinder, und das Baby Magdalena war mein Enkelkind … So war alles besprochen, und sie fuhren wieder. Zehn Tage, nachdem der Baron bei ihnen gewesen war, kam er wieder. Wieder kam er zu Pferd. Diesmal wurde er sofort erkannt, obwohl er das weiße Gewand eines Priesters trug. Domingo sah ihn als erster und nahm sofort sein Gewehr in die Hand. Aber der Baron ritt um das Haus herum und rief: ›Was ist? Hat die Hochzeit stattgefunden? Hat sie stattgefunden? Oder gehört sie nun endlich mir?‹ Juan, ein Hitzkopf, ein Dummkopf!, lief aus dem Haus rieb sich den Mittagsschlaf aus den Augen und schrie: ›Komm runter von deinem Pferd! Ich prügel dich nach Hause!‹ Der Baron schrie: ›Was, immer noch nicht verheiratet? Kann das wahr sein? Ich werde euch verheiraten!‹ Damit zog er seine Pistole und erschoss Juan. Sol stürzte aus dem Haus und warf sich auf Juan, und noch ehe der seinen letzten Atemzug getan hatte, rief der Baron: ›Auch du sollst ja sagen!‹, und erschoss auch sie. Das geschah alles innerhalb kürzester Zeit. Zu spät feuerte Domingo seinen Schuss ab, der den Baron in den Hals traf und ihn vom Pferd fallen ließ. Alles war nun still, ja totenstill, nur das Kind im Haus begann zu weinen.

Sie brachten die Leichen mit dem Pickup in die Stadt. Als sie zurückkamen, haben sie hier Halt gemacht. Da habe ich längst gewusst, dass alles vorbei war. Aber es vergingen noch ein paar Monate, bis Domingo kam und mir erzählte, Julia wäre gegangen und er könnte nicht länger bleiben. Alles ging in meinen Besitz zurück. So war es. Hin und wieder ruft einer an, auch die Jungen manchmal. Sie wissen noch von früher, dass ich den Funk immer zwischen sieben und acht am Abend angeschaltet habe. Wenn ich in der Stadt bin, einmal im Jahr, dann sehe ich sie.

Und als ich dich gestern gehen sah – ich glaube, für eine Sekunde war das alles wirklich nicht geschehen. Das war ein Glück.«

Hier verstummte er. Er hatte gesagt, was zu sagen ihn gedrängt hatte. Nach einer Weile lachte er kurz auf und sagte noch etwas. Boris übersetzte: »Daran werde ich mich erinnern.«

Keine der Fragen, die ihn beschäftigten, stellte Ferdinand. Was hieß, sein Vater sei umgebracht worden? Und wo war jetzt dieser Javier, der Priester geworden war? Wo konnte man ihn finden? Er atmete schwer und beschleunigt, fragte nicht. Nach langem Schweigen sagte er: »Es ist spät.«

»Es tut mir leid, wenn ich euch aufgehalten habe. Ich danke euch für eure Zeit. Ihr könntet noch hierbleiben ... reiten oder im Teich schwimmen – ich habe einen anlegen lassen, habt ihr ihn nicht gesehen? Aber ich verstehe, dass es hier für euch langweilig sein muss. Ihr seid noch so jung …«

Die beiden erhoben sich.

»Wir brechen morgen früh auf.«

»Ja. Danke, dass ihr meiner Einladung gefolgt seid.«

Ferdinand trat auf den im Halbdunkel Sitzenden zu und hielt ihm die Hand hin. Der Alte nahm sie, hielt aber Ferdinands Blick nicht stand und wandte sein Gesicht ab. Ferdinand spürte den Händedruck fester und zugleich etwas zittrig werden. Dann entzog er dem Alten die Hand, und sie gingen ohne ein weiteres Wort.

Philipp schlief bereits, als sie zurückkamen, und auch sie legten sich unverzüglich schlafen.

In der Morgendämmerung weckte sie das Hupen des Lastwagens. Sie sprangen aus den Hängematten, lösten die Seile, packten ihre Sachen zusammen und kletterten auf den Lastwagen, der sofort anfuhr. Die Ladefläche war nun abgeteilt, und in das kleinere rückwärtige Abteil eingepfercht stand eine knöcherne, falbe Kuh.

Am späten Nachmittag erreichten sie die Stadt, die in goldenem Licht schwamm.

13

Monate schon blieb Boris über die Zeit hinaus. Er tat es, um keine Lücke entstehen zu lassen, bis sein Nachfolger den Dienst anträte, zudem wartete zu Hause nichts auf ihn: Das beinah abgeschlossene Studium der Politikwissenschaft interessierte ihn nicht mehr, und er hatte nicht vor, die verbleibenden Prüfungen zu absolvieren. Die überzogenen Monate waren eine Art Galgenfrist, während der er Entscheidungen vor sich her schieben konnte. Aber der Tag, an dem der Neue kommen sollte, stand fest, und damit auch das Datum von Boris' Abreise. Es gab nur zwei Zimmer in dem Haus.

Am Abend vor der Abreise lud er zu einem Grillfest in ihrem Garten. Einige Krankenschwestern kamen, ein paar Ärzte und noch andere, fast alle davon Krankenhausangestellte. Boris hatte am Nachmittag gemeinsam mit Ferdinand auf dem Markt Fleisch und einen Sack violetter Hühnerherzen gekauft, Philipp hatte sich um die Getränke gekümmert. Ferdinand stand die meiste Zeit über an dem gemauerten Grill und versorgte die Gäste mit Essen. Er selbst aß hin und wieder ein kleines Stück; er war wehmütig und hatte keinen rechten Appetit. Aber nicht nur er, auch die anderen schienen irgendwie gehemmt, irgendwann saßen die meisten nur noch schweigend da. Und als endlich jemand – ja, Boris selbst war es – vorschlug, noch in einen Karaokeclub zu gehen, ging etwas wie ein erleichterter Seufzer durch den Garten. Man erhob sich und war innerhalb weniger Minuten bereit zum Aufbruch. Ferdinand sagte, er komme nach, wolle noch das übriggebliebene Fleisch wegbringen und das Feuer löschen. Jetzt ein wenig belebter, bewegte sich die Gruppe davon, und bald schon war sie nicht mehr zu hören. Ferdinand brachte das Fleisch ins Haus, sammelte die überall verstreuten Gläser ein, stellte sie in die Spüle und ließ Wasser ein. Dann löschte er das Feuer mit einem Eimer Wasser und warf zuletzt noch ein paar Schaufeln Sand auf den rauchenden schwarzen Haufen. Er schloss das Haus ab, legte den Schlüssel in den Tontopf, in dem die Agave wuchs, und ging Richtung Spital, um nach den Kindern zu sehen. Schwach sich von dem übrigen Dämmer absetzende Lichtvierecke, die von den kleinen, hoch in den Mauern eingelassenen Fenstern herrührten, lagen auf Betten und Boden. Barfüßig ging er von Bett zu Bett und betrachtete die schlafenden, bisweilen schwitzenden Kinder. Keines war wach, keines war in bedenklicher Verfassung. Zurück an der Tür, schlüpfte er in seine Sandalen und verließ das Gelände.

Seit einer knappen Stunde schon waren die anderen in dem Karaokeclub. Sie riefen und grölten ihm entgegen, als er eintrat. Er grinste über manches betrunkene Gesicht, setzte sich an einen der kleinen runden Tische und bestellte ein Glas Bier. Billie Holiday lief – ein Wunsch von Boris, der leise ins Mikrofon sang. Ferdinand fing etwas wie eine Unterhaltung an – neben ihm saß die Krankenschwester, die einmal versucht hatte, ihm nahezukommen. Sie hieß Marbel. Jetzt fand er Gefallen an ihrem fröhlichen Reden, von dem er kaum etwas verstand und das dennoch immer weiterging. Später überredete sie ihn, zusammen ein Duett zu singen, und als sie an der Reihe waren und die Bühne betraten, klatschte und pfiff das ganze Lokal, und während ihres Auftritts kam es, vor allem wegen Ferdinands abenteuerlichem Spanisch, immer wieder zu Gelächter und Rufen, von denen sich die Sänger aber nicht verunsichern ließen. Langsam und sicher sangen sie die Schnulze, die täglich mehrmals im Radio lief. »Blaue Augen ... blau wie der Himmel ...« Mancher summte oder sang im Hintergrund mit. Sie wurden gefeiert, als sie wieder an dem Tisch Platz nahmen, jeder wollte mit ihnen anstoßen, und sogar von anderen Tischen kamen welche heran und klopften Ferdinand auf die Schulter. Einer schlug fast – da wandte Ferdinand sich um und blickte in ein großes, lachendes Gesicht, das ihm irgendetwas völlig Unverständliches entgegenschrie. Ferdinand blickte auf die Tischgenossen des Mannes; sie schienen alle ebenso heillos betrunken; auf ihrem Tisch lag eine schwarze Pistole. Ferdinand nickte, bedankte sich und drehte sich wieder um. Auf einmal packte er sein Glas und brachte, den Kopf in den Nacken gelegt, einen Trinkspruch aus. Noch viele solcher Sprüche wurden ausgebracht, noch oft wurde auf alles mögliche und vor allem auf Boris angestoßen, und es wurde spät, bis man sich endlich – nicht nach und nach, sondern alle gemeinsam – aufmachte. Vor dem Lokal verabschiedete man sich und verabredete sich für den folgenden Abend – alle wollten dem Bus nachwinken, den Boris nehmen musste.

Und wirklich kam, wer nur konnte. Ferdinand und Philipp hatten Boris' Gepäck getragen und im Bauch des Autobusses verfrachtet, wo ein Junge hockte und all die bunten Taschen und Säcke und Koffer, nachdem er sie mit einem Stück roten Wollfaden versehen hatte, in irgendeine Ordnung brachte. Längst lief der Motor und ließ die Blechverkleidung erdröhnen und bisweilen scheppern. Boris verabschiedete sich von allen, nahm manches Geschenk entgegen. Er war ein wenig blass. Zuletzt verabschiedete er sich von Ferdinand und Philipp. Allen war ihnen unwohl, und sie wussten nichts Rechtes zu sagen. Philipp fragte, wann der Flug gehe; Ferdinand versuchte einen Witz. Endlich riss Boris sich los und stieg nach kurzer Umarmung in den Bus. Bald erschien sein Gesicht in einem der Fenster, er klopfte und winkte – nun gar nicht mehr wehmütig, sondern schelmisch. Bald darauf stiegen die Letzten ein, die Türen schlossen sich, und der Bus fuhr an und davon. Sie liefen ihm ein Stück weit nach, winkten und riefen und sahen, als sie stehen blieben, die kreisrunden roten Heckleuchten davonschweben.

14

Keine Woche später kam frühmorgens der Neue an. Er hieß Patrick und stammte aus Südtirol, war aus bestimmten komplizierten Gründen aber nicht in Italien, sondern in Österreich wehrpflichtig. Er war groß und blond und von einem gewinnenden heiteren Wesen. Innerhalb kürzester Zeit gewöhnten sich alle an ihn, und kaum einer sprach mehr viel von Boris. Patrick war erst neunzehn Jahre alt. Eine Gesetzesänderung hatte es unmöglich gemacht, den Dienst, wie bisher mühelos möglich, aufzuschieben.

Auch Ferdinand gewöhnte sich rasch an ihn. Zusammen mit Philipp wies er ihn in die Arbeit auf der Station ein. Dass er ein wenig schlampig war und des Öfteren zu spät erschien – Ferdinand schrieb es dem Alter zu und fand es, ebenso wenig wie sonst jemand, nicht weiter schlimm. Seltener als früher besuchte er nun das Haus, in dem die beiden wohnten. Patrick spielte nicht Schach, und so war Ferdinand um das Zusehen gebracht, das ihm mehr und mehr Freude gemacht hatte. Ein wenig war dieses Zusehen wie das Hören der spanischen Sprache gewesen: Es gefiel ihm, aber er verstand kaum etwas und versuchte auch nicht, etwas zu verstehen. Umso öfter verbrachte er die Abende in seiner Pension bei der Witwe, die inzwischen sehr an ihn gewöhnt war und oft zu ihm sprach, wie sie zu einem Hund oder sonst einem Haustier gesprochen hätte: voller Vernunft und ohne auf Antwort oder auch nur eine richtige Reaktion zu warten. Ja, Patrick war schlampig und kam oft zu spät. Dennoch hatte er Boris abgelöst. Als Ferdinand sich von seiner Krankheit erholt und auf der Station zu arbeiten begonnen hatte, war es ihm vorgekommen, als sei er – seine Anwesenheit – notwendig. Und sein unermüdlicher Einsatz war oft belohnt worden und hatte ihm recht gegeben: Er war notwendig. Im Lauf der Monate hatte diese Überzeugung sich abgeschwächt, besonders in enttäuschenden Momenten oder wenn eines der Kinder starb. Trotzdem war sie immer geblieben. Jetzt aber erfuhr er gewissermaßen aus zweiter Hand, dass es Einbildung gewesen war. Boris wurde einfach so ersetzt ... Und wer sagte, dass nicht auch er ersetzbar war, fast gleich, von wem?

Einen Monat nach Einsetzen der Regenzeit reiste auch Philipp ab. Sein Nachfolger hieß Richard – Ricardo nannte man ihn. Ferdinand ging nun überhaupt nicht mehr zu dem Haus seiner Landsleute. Anfangs empfand er es als Verlust, dann nicht mehr. War er nicht gerade deshalb hierhergekommen, fragte er sich, wenn die Witwe irgendetwas erzählte, weil er nichts verstand und nichts verstehen wollte? Dann war er sogar froh, nicht mehr zu jenem Haus zu gehen und mit Patrick und Richard nur das wenigste zu tun zu haben abseits der Arbeit. Doch irgendwann sah er ein, dass der ursprüngliche Grund nicht mehr existierte. Immer noch genoss er es, fremden Menschen zuzuhören, als wäre es Regen. Doch er hatte auch die Stunden mit Boris und Philipp genossen, wenn sie nach einer Schachpartie über irgendetwas sprachen, manchmal auch von der Heimat. Und dann hatte er gern an zu Hause gedacht und sogar an Susanne. Erneut empfand er es als Verlust, die Abende nicht mehr bei seinen Landsleuten zu verbringen. Trotzdem ging er nicht wieder hin, er konnte sich selbst nicht erklären, weshalb nicht.

Nach wie vor tat er die Arbeit gewissenhafter als irgendein anderer, nach wie vor arbeitete er von sieben bis sieben, und nach wie vor drehte er nachts eine oder bisweilen zwei Kontrollrunden. Doch er tat das alles nicht länger in dem Bewusstsein, benötigt zu werden. Es verbitterte ihn nicht, im Gegenteil machte ihn dieses Wissen sogar froh: Diese Kinder waren nicht verloren, wenn nur irgendeiner sich ihrer annahm. War es nicht vermessen, wofür er sich gehalten hatte? Es war erklärbar mit dem Zustand, in dem er sich befunden hatte. Noch viel mehr als die Kinder ihn brauchten – hatte er sie gebraucht, und vielleicht hatte er das insgeheim doch gewusst und sie aus diesem Grund umsorgt, als wäre er ihr Vater.

Gegen Ende des Jahres, das mit kleinen Plastikweihnachtsbäumen geschmückt war, dachte Ferdinand zum ersten Mal daran, wieder nach Österreich zurückzukehren. Ganz allgemein dachte er, fast so, als hätte er durch Boris und Philipp erst erfahren, dass es möglich war, zurückzukehren. Aus dieser Vorstellung folgte nicht irgendetwas Näheres, aber er ahnte, dass er, weil sie sich überhaupt einstellte, irgendwie über den Berg war, wie es hieß – und das freute ihn. Dass er es vielleicht wieder aushielte, alles zu verstehen, was aus Mündern und Lautsprechern und von Plakaten kam. Dass zwischen ihm und den Dingen einfach so, auch ohne irgendetwas Fremdes dazwischen, wieder der richtige Abstand wäre und kein Ekel ihn mehr ergreifen würde, der ihm den Atem nahm. Dennoch dachte er nicht daran, den hiesigen Ort oder das Land zu verlassen. Es war eher eine Art Erweiterung; er hatte sich zurückgezogen in dem Gefühl, in einen unbekannten Raum zu gehen, von dem er nicht wissen konnte – nicht: wie groß, sondern: wie klein er war, in dem Gefühl, dass dieser Raum jedoch abgeschlossen war; nun aber hatte jemand dem Raum Ausgänge verliehen: Die Schlüssel steckten in den Schlössern, und es lag an Ferdinand, die Türen oder bloß eine davon aufzustoßen. Manchmal überkam ihn diese Vorstellung, wenn er etwa unten am See stand und nach Sardellen fischte, und dann machte sie ihn sprachlos und froh. Wenn ihm die Vernunft sagte, er müsse doch konkret sein, nicht so ins Blaue hinein leben und nicht so vagen Gedanken nachhängen ... dann murmelte er in sich hinein: »Ja, in drei, vier Jahren ... dann fahre ich zurück ... in ein paar Jahren ...«

Da er im Vorjahr abgesagt hatte, wäre es allzu unhöflich gewesen, es erneut zu tun, als man ihn zu einer Feier auf die Estanzia eines der Oberärzte einlud, um den Jahreswechsel zu begehen. Er sagte zu.

Schon am Nachmittag fuhr man hin, schwamm in einem kleinen See, machte Ausritte und spielte Trinkspiele, sodass die ersten schon bei Einbruch der Dunkelheit betrunken in ihren Hängematten schliefen. Ferdinand trank wenig und genoss das Schwimmen und Reiten, bei dem es ihn, kaum fiel das Pferd unter ihm in Trab, durchrüttelte und er sich einmal in die Zunge biss. Die Frauen badeten in T-Shirts, und als Richard völlig nackt ins Wasser ging, kreischten sie und lachten und schrien und wandten sich, die Hand mit gespreizten Fingern über die Augen gelegt, aufgeregt ab. Später wurde gegrillt, getanzt und gesungen, und zu Mitternacht wurden Leuchtraketen abgefeuert, und alle wünschten sich ein gutes neues Jahr. Ferdinand, nur wenig angetrunken, ging mit Marbel an den See, wo sie sich küssten und dann nebeneinander auf der Wiese lagen und in den klaren, nur da und dort von tief ziehenden Schleierwolken verdeckten Himmel schauten. Je länger sie lagen, desto fester drückte Ferdinand sie an sich, und je fester er sie an sich drückte, desto leichter wurde ihm.

»Wie schade«, murmelte er einmal, »wie schade, Marbel, dass du verheiratet bist«, und fuhr ihr durch ihr dichtes blauschwarzes Haar. Irgendwann schliefen sie ein. Als sie aufwachten, dämmerte es. Das Licht schien in Einzelteilen vom Himmel herab und aus der Erde und aus der Luft selbst herauszusickern. Sie froren und standen auf und schlichen sich ins Haus und legten sich voneinander entfernt schlafen.

Ferdinand wurde von Lärm geweckt. Er schlug die Augen auf und sah eine schwarz-weiß gescheckte Kuh mitten im Raum stehen, umringt von lachenden und rufenden und immer noch oder schon wieder Betrunkenen. Einer nach dem anderen versuchte sich im Melken. Kaum war ein wenig Milch in dem emaillierten Blechtopf, goss jemand Singani, einen klaren Traubenschnaps, dazu, und der Melker trank die schäumende warme Mischung. Auch Ferdinand wurde lautstark aufgefordert, es zu versuchen, doch er weigerte sich, wälzte sich aus der Hängematte und spazierte an den kleinen See, auf dem nun ein Boot kreuzte. Er setzte sich neben die Stelle, wo er mit Marbel gelegen war und ihre Abdrücke in dem kurzen Gras noch zu erkennen glaubte, und sah auf den See hinaus.

Zu Mittag wurde noch einmal gegrillt, es gab Bier zu trinken, und bald darauf machte man sich zur Abfahrt bereit.

15

Obwohl mit Marbel sich nichts wiederholte – sah man von den lächelnden, zustimmenden Blicken ab, die sie ihm alle paar Tage zuwarf, wenn sie sich auf irgendeinem Flur begegneten –, beeindruckte dieses Erlebnis ihn stark. Er wurde leichtfüßiger, heiterer – als wehte ihn beständig warmer Wind von hinten an und erleichterte ihm jeden Schritt und sogar jedes Wort.

Schon einmal waren nur sieben oder acht Kinder auf der Station gelegen, und schon damals hatte man ihm angeboten, Urlaub zu nehmen und zu reisen … Er hatte abgelehnt und war geblieben, und an seiner Stelle war jemand anderes in Urlaub gegangen. Jetzt waren es nur sechs Kinder, und als man ihn diesmal fragte, ob er nicht ein paar Tage oder auch Wochen freihaben möchte, sagte er ohne zu zögern zu. Er lief sofort zu dem Büro des Busunternehmens und kaufte eine Fahrkarte. Nein, dachte er, während er das dämmerige, bis obenhin mit Gepäck vollgeräumte Büro verließ, die Türen waren nicht länger versperrt. Er lief nach Hause, packte rasch, arbeitete bis zum Abend noch auf der Station und fuhr um acht Uhr Richtung Santa Cruz ab.

Der Bus erreichte die Stadt nach zwei Reifenplatzern gegen sieben Uhr morgens. Ferdinand ließ sich von einem Taxi in die Herberge fahren und nahm dort ein Zimmer für eine Nacht. Immer noch war es derselbe Gehilfe, der dort seinen ereignisarmen und zugleich pausenlosen Dienst versah, er schien Ferdinand aber nicht wiederzuerkennen. Ferdinand kaufte sich in der Nähe des Hauptplatzes eine Karte des Landes und machte sich bei einem Kaffee auf der Balkonterrasse eines Irish Pubs einen Plan für eine Rundreise zurecht. Von Zeit zu Zeit blickte er auf den Hauptplatz hinab und betrachtete ein an den Stamm einer Palme geklammertes Faultier. Nachdem er von dem Gehilfen erfahren hatte, dass auch die Busse in das Hochland über

Nacht fuhren, ließ er sich wieder an den Busbahnhof bringen und löste eine Fahrkarte nach Cochabamba noch für denselben Abend. Er vertrödelte den Nachmittag, besuchte den Mercado Florida, um einen Fruchtsalat zu essen, kaufte eine Flasche Rotwein für die Fahrt, holte seine Sachen aus der Herberge und nahm abends den Bus, der sich aus der Ebene in die Yungas, die bewaldeten Andenhänge, hochmühte.

Er blieb eine Woche in der »Stadt des Ewigen Frühlings«. Das angenehme Klima behagte ihm, und es behagte ihm, seit so langem wieder einmal Pullover und Jacke zu tragen. Er traf auf Touristen und unterhielt sich mit manchen auf Englisch oder auch Deutsch. Bisweilen wurde er eher für einen verschrobenen oder verstoßenen Angehörigen der hiesigen Oberschicht als für einen Ausländer gehalten, so sehr hatte er sich in Gesten, vor allem aber der Kleidung schon an die Einheimischen angenähert. Einmal wanderte er weit über die Stadtgrenze hinaus und gelangte in ein Dorf, das vom Koka-Anbau zu leben schien. Er besichtigte die Plantagen inmitten des unendlichen, in blauem Grün leuchtenden Waldes, sah Frauen und Männer und Kinder bei der Arbeit und Unmengen von auf Jute trocknenden Kokablättern, und jemand brachte ihm etwas zu trinken, was er dankend annahm. Er wanderte wieder zurück, eine Handvoll Erde in der Tasche.

Dann, wieder über Nacht, fuhr er weiter nach La Paz, das zwar Regierungssitz, aber nicht Hauptstadt war, wie er der Karte entnahm. Die dünne Höhenluft machte ihm, der sich durch den Aufenthalt in Cochabamba auf zweitausendfünfhundert Metern Seehöhe schon daran gewöhnt hatte, nur zu schaffen, wenn er die steilen Wege und Gassen schnelleren Schritts bergan ging. Manchmal trank er Kokatee, von dem man sagte, er heile die Höhenkrankheit. Täglich betrachtete er eine lange Zeit die schneebedeckten strahlenden Gipfel des Illimani, der mächtig über der Stadt thronte. Der Berg zog Ferdinands

Blick gleichsam magnetisch an. Noch mehr als in Cochabamba tummelten sich hier Touristen, vor allem auf dem sogenannten Hexenmarkt. An vielen Mauern standen Sprüche, die Ferdinand nach und nach entzifferte und die auf den »Schwarzen Oktober« anspielten, in dessen Folge der Präsident aus dem Land hatte fliehen müssen. Es kam nun vor, dass Ferdinand jemanden fragte, was dieses oder jenes Detail zu bedeuten habe, und er bemerkte, dass er doch manches verstand, wenn er sich Mühe gab. Er erfuhr, dass der Übergangspräsident dabei war, Wahlen vorzubereiten, und dass das Volk große Hoffnungen in einen Kandidaten indigener Abstammung setzte. Mit Verwunderung stellte Ferdinand fest, dass ihn die Geschichte dieses Landes, dieses Volkes – das gespalten war in ein hochländisches und ein tiefländisches – interessierte und beschäftige. War es ihm, als er selbst noch im Ministerium gearbeitet hatte, nicht in höchstem Maße gleichgültig gewesen, ob dieser oder jener eine Wahl gewann, dieser oder jener Minister war, blieb oder wurde? Alles schien mit der Zeit langweilig zu werden.

Es war kalt in La Paz, und hatte er die kühle Luft Cochabambas erfrischend gefunden, sehnte er sich nun nach heißer, trockener Luft, und anstatt wie geplant an den Salzsee von Uyuni zu reisen, nahm er einen Bus nach Arica, Chile. Am Grenzübergang hatte er große Schwierigkeiten zu gewärtigen – die noch größer wurden, als er sie mit ein paar grünen Scheinen zu lösen versuchte. In seinem Pass stimmte rein gar nichts – es fanden sich darin zwar eine Menge Aus- und Einreisestempel, doch sämtliche von bolivianischen Behörden, kein einziger von einem der Nachbarländer. Sein Gepäck wurde ausgeladen und durchsucht, der Bus fuhr ohne ihn weiter. Eine gute Stunde ließ man ihn auf einer schmalen, lehnenlosen Holzbank in einem Flur warten, bevor er in das Büro des Grenzpostenchefs gerufen wurde. Erst eine weitere Stunde später konnte er das Büro wieder verlassen und mit einem der nächsten durchkommenden

Busse weiterfahren. Und als wüssten die Passagiere, dass er festgehalten worden war, beäugten sie ihn irgendwie ängstlich – hielten ihn vielleicht für einen Drogenhändler oder etwas Ähnliches. Das Licht veränderte sich stetig, während sie bergab auf den Pazifik zufuhren. Ferdinand zählte das verbliebene Geld und betrachtete die neuen Stempel.

Kaum angekommen, lief er an den Strand, zog sich aus und warf sich ins Wasser. Er schwamm weit hinaus, warf sich auf den Rücken und ließ sich treiben. In Arica hatte er ein bisschen das Gefühl, zurück in Europa zu sein. Die Menschen sahen so anders aus als in Bolivien, er fiel nicht länger auf. Im Hotel gab es einen Fernseher, vor dem er viele Stunden verbrachte. Oft ging er an den Strand, schwamm oder saß einfach da und sah in die endlose, beständig ihre Farben wechselnde Weite hinaus. Nach einigen Tagen aber fühlte er sich auf einmal müde, wie eingeschläfert, als wären seine Sinne taub geworden. Er beschloss, abzureisen und zurück nach La Paz und von dort weiter zu dem Salzsee von Uyuni zu fahren. Doch durch die allzu rasche Überwindung des enormen Höhenunterschieds wurde er krank und hing vier Tage in La Paz fest. Sobald er wieder bei Kräften war, nicht mehr von Kopfschmerz und Schwindel geplagt wurde, nahm er einen Bus nach Uyuni – einer Mischung aus Geister- und Westernstadt auf dreieinhalbtausend Metern, über die scharfer Wind pfiff und den herumtreibenden Kindern rote Backen malte. Ferdinand nahm ein Zimmer und buchte an Ort und Stelle eine fünftägige Tour auf dem Salzsee. Anschließend kaufte er sich eine Sonnenbrille und verbrachte den Tag in eine Decke gewickelt auf der Terrasse des Hotels, trank Tee und sah den Leuten zu, wie sie kamen und gingen. Es waren fast ausschließlich Touristen aus Europa und den USA. Die Gruppe, mit der er fuhr, bestand aus vier Portugiesen; der Fahrer war ein Einheimischer. Strahlender Sonnenschein begleitete sie während der Tage, dennoch war es sehr kalt, und nachts kühlte es auf zwanzig Grad unter Null ab, sodass in den schlechten Unterkünften, in denen sie übernachteten, an Schlafen kaum zu denken war. Doch was sie tagsüber sahen, machte das Frieren wett: windgeschliffene, Skulpturen ähnelnde Steinformationen, Geysire, heiße Quellen, in denen manche sogar badeten, Schneefelder und immer der gleißende, schier grenzenlose, meterdick salzverkrustete See. – Nach dem Ende der Tour nahm Ferdinand den Zug nach Potosí.

Er blieb zwei Nächte in der Stadt. Einmal besichtigte er eine Mine des Cerro Rico. Mit jedem Meter wurde es heißer und stickiger in dem Stollen, und Ferdinand bekam es ein wenig mit der Angst zu tun und war froh, als er wieder draußen war und über eine Halde auf die Stadt hinabsehen konnte, die unter einem Schleier aus stumpfem Ocker fast unheimlich still dalag.

Danach fuhr er weiter nach Sucre. Hier fand er Gefallen an der schon satteren Luft, den schon anderen Farben und dem studentischen Treiben um den Hauptplatz. Er mietete sich direkt auf dem Hauptplatz ein und blieb eine Woche, in der er die Annehmlichkeiten eines zivilisierten Lebens an Ort und Stelle genoss: die tägliche Dusche und Rasur, regelmäßige warme und abwechslungsreiche Mahlzeiten, Kaffee, die Möglichkeit, eine Zeitung durchzublättern … In der Stadt – er hatte es auf einem Plakat in der Hotellobby gelesen – fand ein Filmfestival statt. Eines Abends ging er hin. Es fand in einem alten Palast im Kolonialstil statt, zeitgleich wurden mehrere Filme in unterschiedlichen Sälen des Gebäudes gezeigt. Nach dem Film stand er vor dem Palast und überlegte, ob er noch einmal ins Hotel zurück oder gleich in das Restaurant, das er am Nachmittag entdeckt hatte, gehen sollte. Da sprach eine junge Frau ihn an, ein Mädchen noch. Sie fragte, welchen Film er gesehen habe.

›Nada‹, nannte er den Titel. Nichts.

»Ich auch«, lachte die Frau, »ich habe auch ›Nichts‹ gesehen …«

Da musste auch Ferdinand lachen und konnte nicht mehr aufhören. Beide lachten sie, bis sie Tränen in den Augen hatten. Als sie sich gefangen hatten, gab das Mädchen Ferdinand einen Zettel mit ihrem Namen und ihrer Telefonnummer, er solle sie doch anrufen, sie könnten etwas trinken gehen. Ja, sagte er, gerne. Später, im Hotel, riss Ferdinand den Zettel in kleine Fetzen und ließ sie in den Papierkorb fallen. »Nichts habe ich gesehen«, murmelte er dabei. Nach Ablauf einer Woche verließ er die Hauptstadt und fuhr in das sehr heiße Tiefland hinunter. Eine Nacht blieb er in Santa Cruz. Der Gehilfe in der Herberge fragte: »Waren Sie schon einmal bei uns?«, und Ferdinand grinste und antwortete: »Nein, warum?«

16

Genau fünf Wochen nachdem er aufgebrochen war, kehrte er in die Stadt tief im Osten des Landes zurück. Buchstäblich von der ersten Stunde an wurde ihm, mehr oder weniger deutlich, mitgeteilt, wie sehr er sich in der kurzen Zeit verändert habe. Was mit ihm passiert sei, was er gemacht habe, wollte man von ihm wissen. Ferdinand freilich tat es ab und meinte, nichts sei passiert, bloß sie hätten ihn in der Zwischenzeit vergessen – hätten vergessen, wie er sei. Er selbst stellte keinerlei Veränderung an sich fest. Dass er sich leichter und freier fühlte, war schon Wochen vor der Abreise der Fall gewesen. Freilich, er redete nun manchmal mit der Witwe, ging alle paar Tage zu Patrick und Richard – aber hatte er das nicht auch zuvor schon hin und wieder getan? Vielmehr waren nun, nach seiner Abwesenheit, alle Leute freundlicher zu ihm, als hätten sie sich alle in liebenswerter Art und Weise verändert. Nur ein einziges Mal fragte er sich, ob sie nicht doch recht hätten. Er war auf dem Weg nach Hause von einer Grillfeier bei seinen Landsmännern. Er hatte viel getrunken, zuletzt Singani, und war noch geblieben, als der letzte schon gegangen war. Während Patrick ein paar Akkorde auf der Gitarre klimperte und Richard ein wenig Ordnung machte, begann Ferdinand unvermittelt und ohne dass er sie jemals zuvor erwähnt hatte, von Susanne zu sprechen. Kaum hatten sie die ersten Sätze gehört, legte Patrick die Gitarre vorsichtig beiseite und setzte Richard sich. Es war nicht viel, was er sagte, doch das Wenige genügte, um die beiden begreifen zu lassen, was geschehen war und weshalb Ferdinand hier war – und auch, dass sie die ersten waren, die davon erfuhren, denn ihre Vorgänger hatten es nicht gewusst. Sie hörten schweigend zu. Viele Minuten saßen sie dann wortlos zusammen, bevor Patrick wieder zur Gitarre griff und leise und langsam eines der wenigen Lieder zupfte, die er konnte. – Auf dem Nachhauseweg, mitten auf dem Platz, hielt Ferdinand inne und ließ sich auf einer der Bänke nieder. Das eben Gesprochene war ihm wieder eingefallen. In jenem Moment war es, dass er sich fragte, ob es nicht doch eine noch weitgehendere Veränderung in ihm gegeben hatte. Er konnte keine Antwort finden, erhob sich und machte die letzten Schritte, die ihn von seiner Wohnung trennten, wo die Witwe wie immer auf sein Eintreffen wartete, um hinter ihm das Tor zu verriegeln.

Während seines Urlaubs waren viele Kinder dazugekommen und einige entlassen worden: Nur noch zwei erkannte er wieder; sie hatten stark an Gewicht zugelegt. Eines der beiden hatte sofort die Hand ausgestreckt, als es ihn sah, hatte sie so gehalten und dann begonnen, sie langsam zu öffnen und wieder zu schließen, dabei sah es Ferdinand mit zur Seite geneigtem Kopf unentwegt an. Obwohl jetzt sehr viel Arbeit war, ließ Ferdinand sich in einer Mittagspause überreden, mit Patrick auf den städtischen Wasserturm zu steigen – der gesellige Südtiroler hatte während Ferdinands Abwesenheit jemanden kennengelernt, der ihnen Zutritt verschaffen würde.

Ohne sich umgezogen zu haben, liefen sie auf den Hauptplatz und hielten zwei Mototaxis an, die dort langsam ihre Runden drehten, und ließen sich zum Wasserturm fahren. Jetzt stellte sich heraus, dass der Bekannte, der direkt neben dem grauen pilzförmigen Turm wohnte, nicht zu Hause war. Aber nachdem Patrick ein paar Minuten gestenreich auf die Frau seines Bekannten eingeredet hatte, händigte sie ihnen, wenngleich zögerlich, den Schlüssel aus. Auch die weiße Kleidung mochte überzeugend gewirkt haben; überhaupt hielt man die jungen Österreicher oftmals für Ärzte, wenigstens für angehende. Die Mototaxistas hatten indes im Schatten des Turmes geparkt und dösten jetzt auf ihren Yamahas. Ferdinand und Patrick liefen an ihnen vorbei. Patrick schloss das Gatter in dem den Turm umgebenden hohen Zaun auf, dann eine Tür im Turm selbst, und schon stiegen sie, ein paarmal auf einer eingezogenen Plattform pausierend, die vielen Meter hoch, bis sie endlich oben auf dem Turm angelangt waren. Der Ausblick, der sich ihnen bot, war überwältigend. Das vielstufige, meist helle und ausgebleichte Rot der Ziegeldächer, das dunkle der sich kreuzenden Straßen, hier und dort das Weiß einer Hausmauer, aufschimmernd wie eine Lichtbrechung, und ringsum das gewaltige, wie auf die Stadt zudrängende Grün.

Möglicherweise haben sie doch recht, dachte Ferdinand. Ich habe alles hinter mir gelassen. Deshalb kann ich diesem Ganzen nun wieder begegnen, kann sogar vor anderen darüber sprechen. Einfach so habe ich von Susanne zu erzählen begonnen ... Fast blicke ich auf das Vergangene, wie ich auf diese Kleinstadt blicke. »Ich habe nichts gesehen« – stimmt das? Ich weiß es nicht. Vielleicht. Vielleicht konnte ich nichts mehr sehen – zu nah war alles. Und ich wollte auch nichts mehr sehen. Hielt es nicht mehr aus. Und bin in ein Dunkel ... in ein Dunkel hineingegangen. Aber jetzt ... jetzt sehe ich wieder ... Man ist immer bereit für das andere, hat der Alte gesagt ... Ist es so?

Solch Vages zog ihm durch den Kopf, als er auf einmal Patrick am Arm packte und sagte: »Verflucht noch einmal, was für ein Ausblick!«

Bald darauf stiegen sie wieder hinab und ließen sich, nachdem sie alles versperrt und den Schlüssel zurückgebracht hatten, zum Spital fahren, wo die Kinder mit Schweißperlen auf der Stirn schliefen.

Einige Wochen vergingen. Oft grillten sie, an den Wochenenden gingen sie zu Tanzveranstaltungen – Ferdinand lernte nun sogar Cumbia zu tanzen, sogar mit Lambada versuchte er es – oder zu irgendeiner der unzähligen Misswahlen: Miss Frühling, Miss Karneval, Miss der Stadt, Miss Bikini. Sie arbeiteten viel, und ebenso viel amüsierten sie sich, und Ferdinand fühlte sich manchmal an die Zeit in Wien erinnert, wenn er an den Wochenenden mit Anton, Michael und ein paar anderen bis zur Morgendämmerung von Club zu Club gezogen war. Manchmal ließen sie sich auch in eines der beiden Bordelle am Stadtrand fahren, wo Ferdinand immer nur trank und sich mit irgendeinem gelangweilten und müden Mädchen unterhielt, das man oft eigens geweckt hatte – denn wenn sie kamen, kamen sie meist erst sehr spät.

Eines Tages, als Ferdinand gerade dabei war, mit einem der Kinder Gehen zu üben, kam eine Schwester in den Saal gerannt und rief: »Telefon!«

Richard stellte den Packen Windeln, die er eben gefaltet hatte, ab und fragte, für wen es sei. Die Schwester sagte, das wisse sie nicht – für einen von ihnen, den Österreichern. Die beiden wechselten einen Blick, und Richard ging rasch los.

Ferdinand ging in die Hocke und flüsterte dem Kind zu: »Sag Papa, Liebes ... Pa-pa ...«, und das Kind machte irgendwelche Laute und klammerte sich fester an Ferdinands Hände.

Da ging die Tür wieder auf und Richard sagte: »Es ist für dich.«

»Für mich?« Unwillkürlich dachte er an das Mädchen in Sucre.

»Ja! Aber beeil dich doch – weißt du, was das kostet?«

Ferdinand packte das Kind und drückte es Richard in die Arme. »Eben hat es Papa zu mir gesagt«, sagte er, schlurfte davon und rief noch: »Ganz von alleine!«

»Don Fernando«, begrüßte der Portier ihn und wies auf das Telefon, das im rückwärtigen Bereich der Loge auf einem hohen, schlanken Holzkästchen stand; der Hörer lag neben dem veralteten Apparat. Er trat beiseite. Ferdinand nickte dem Mann zu und betrat die Loge. An dem Kästchen angekommen, durchfuhr ihn eine jähe Bewegung; er wandte sich nach dem Portier um und sah ihn eine Sekunde lang an, als wäre jener der Auslöser dafür gewesen. Der Portier lehnte bewegungslos in der Tür. Ferdinand griff nach dem Hörer. Schwer lag er in seiner Hand. »Weißt du, was das kostet?«, hörte er jetzt Richard noch einmal sagen. Das Mädchen in Sucre wusste nicht einmal seinen Namen. Wieder drehte er sich nach dem Portier um. Dann wandte er sich der Wand zu, senkte den Blick, legte die Hand schützend um die Muschel und meldete sich mit seinem Namen.

»Ferdinand! Bist du es?« Sabines Stimme war kaum wiederzuerkennen.

»Ja«, sagte er, und als sie darauf nichts antwortete: »Ja, ich bin es! Hörst du mich nicht?«

Er hörte nun gar nichts mehr und dachte, dass die Verbindung unterbrochen wäre, als er auf einmal ein sehr tiefes und dabei verhaltenes Lufteinziehen vernahm.

»Was ist passiert, Sabine?«

Jetzt hielt sie die Muschel nicht länger mit der Hand oder einem Tuch oder sonst etwas bedeckt, denn er hörte nun, wie sie schluchzte und immer wieder etwas zu sagen versuchte, es aber nicht vermochte.

Ferdinand begann zu sprechen, um sie, als wäre sie eines der

Kinder, die er eben verlassen hatte, zu beruhigen, er sagte, ihm gehe es gut, erklärte, wie das Wetter sei ... Dabei sah und hörte er sich selbst zu. All die Heiterkeit der vergangenen Zeit war mit einem Schlag aus ihm gewichen. Eine kühle, mechanische Nüchternheit erfüllte ihn stattdessen. Weder Mitgefühl noch Besorgnis waren in ihm. Als Ganzes war ihm jetzt kühl.

Noch einmal fragte er: »Was ist passiert, Sabine?«

Wieder ihr Schniefen und Schluchzen, das so laut über Tausende von Kilometern zu hören war, als existierten sie nicht. Plötzlich wurde es Ferdinand eiskalt, und der Schreck darüber ließ ihn ungehalten und laut werden.

»Gib mir Thomas – ich will mit ihm sprechen! Hörst du? Hol ihn her!«

»Wie denn?«, rief da Sabine fast, als müsste sie ihr eigenes Schluchzen übertönen. »Wie denn, wenn er im Gefängnis sitzt!«

Dritter Teil

Alles war schwarz. Für Augenblicke war alles schwarz, von einem Schattenflackern, bevor der Schwarm Saatkrähen sich wieder beruhigte und niederließ und weiter nach Regenwürmern und Engerlingen und sonstigen Insekten in dem ausgebrachten Mist suchte. Ab und zu stieß ein neuer Schwarm Krähen hinzu, und umso dunkler wurde der blasse Herbsthimmel, wenn sie beim Nahen des Traktors wieder aufflogen. Sie waren weit weg – jenseits der lediglich abgeernteten Goldbergerschen Felder – und wirkten doch riesenhaft und irgendwie unwirklich auf Ferdinand. Obwohl es so viele waren, schienen sie einander nicht in die Quere zu kommen und bewegten sich geschmeidig wie ein einziger Organismus.

Ferdinand wandte sich vom Fenster ab. Wie am Abend zuvor, als er angekommen war, dachte er jetzt wieder, während er die am Tisch Sitzende betrachtete: Leere ist es. Nicht Wut, nicht Zorn, nicht Enttäuschung – nichts als diese Leere ist geblieben. In uns beiden herrscht dieselbe Leere, die doch so etwas ganz anderes als das Nichts ist.

»Er hat ihn also erschlagen«, sagte er mehr zu sich selbst als zu ihr. »Leonhard ist tot.«

»Ja«, flüsterte Sabine, ohne den Kopf zu heben.

»Aber, Tante« – und auch hier bemerkte er die Leere, denn nie hätte er sie so genannt, und nie hätte sie sich so nennen lassen – »wie konnte es nur so weit kommen?«

»Woher soll ich das wissen? Sie haben sich immer weniger verstanden, das ja, aber es war doch ein Unfall – auch zuvor hatten sie schon ein- oder zweimal auf eine Weise gestritten, dass man fürchten musste ...«

»Erzähl, wie alles war. Erzähl mir alles von Anfang an, Tante.«

»Erzählen? Ich kann dir nichts erzählen. Außerdem weißt du doch alles ...«

Die Aufforderung Ferdinands hatte sie in Aufregung versetzt, sie war aufgestanden und ging in der Stube hin und her. »Erzählen!«, sagte sie einmal verächtlich. Doch dann setzte sie sich wieder, und nach einigen langen Minuten seufzte sie und fing schließlich an zu sprechen.

»Ich erinnere mich noch genau, als ich ihn zum ersten Mal herauffahren sah – als er zum ersten Mal dastand mit seinem blitzneuen Fahrrad. Ein paar Jahre lang war er nicht mehr gekommen, auf einmal, groß und stark geworden, mit dunklem Flaum auf der Oberlippe, stand er wieder da. Über der Vorderleuchte war ein schwarzes Gitter montiert, ein schwarzes Gitter aus Plastik – als Schutz vor Steinschlag vielleicht ... Erinnerst du dich an dieses Gitter? Erinnerst du dich denn nicht mehr daran?«

Obwohl ihr Ausdruck sich in keiner Weise verändert hatte, klang es, als weinte sie bei der Erinnerung an jenes schwarze Plastikgitter über der Fahrradlampe. Als Ferdinand keine Antwort gab, stieß Sabine angehaltene Luft aus und sprach nach einigen Sekunden melodielos weiter.

»Ja, ein paar Jahre lang war er nicht gekommen, und dann kam er wieder, und so wie ich gewusst habe, weshalb er weggeblieben war, wusste ich, weshalb er nun wiederkam. Fast war es wie eine Umkehrung ... Damals bist du gekommen, zu uns gezogen, und daraufhin ist er weggeblieben – dann bist du weggegangen, um zu studieren, und er kam. Nichts Kindliches war an all dem, an ihm nicht, an dir nicht, an Thomas schon gar nicht. Alles hat sich rein logisch bewegt, kühl männlich ... So kam es mir vor. Leonhard ist mir auch nie als Kind oder Jugendlicher vorgekommen, sondern immer schon als Mann, sehr viel jünger und mit weniger Erfahrung, aber im Grunde nicht viel anders als Thomas oder sonst ein Erwachsener. Es fiel mir so schwer, damit umzugehen. So wahnsinnig schwer. Du warst weg – das war das Schwerste. Wir konnten ja keine Kinder bekommen. Du warst uns dann ein solches Geschenk, Ferdinand, du warst uns ein vom Himmel gefallener Sohn. Ja, auch für Thomas warst du es. Damals, da war er noch anders. Und ich weiß nicht, ob es dein Weggehen war, wodurch er sich verändert hat, oder etwas anderes – oder ob es auch mit dir so geworden wäre …

Freilich hat Thomas es gelenkt, er hat Leonhard überredet, ja, ihn wieder hergelockt, wer weiß womit, vielleicht sogar mit Geld oder jedenfalls Versprechungen. Trotzdem ist Leonhard nicht überredet worden … nicht so, wie man sonst überredet wird – er hat nicht seinen Willen aufgegeben, sondern sein Wille war es eben, wiederzukommen. Ja, er rechnete wie ein Mann, dabei war er gerade erst vierzehn Jahre alt geworden.

Damals kam er also angefahren – gasen, hat er gesagt, bis zuletzt, anstelle von fahren: ›Ich gase noch geschwind nach Rosental‹, ›Ich musste dann nach Hause gasen‹ –, und augenblicklich begannen Thomas und er, zusammenzuarbeiten. Du und Thomas, das schien viel harmonischer, bei den beiden kam es von Anfang an zu Reibereien. Aber eben, ich sah bald, weshalb es mit dir harmonischer abgegangen war und dass es nur so ausgesehen hatte, als wäre es etwas Gemeinsames: Du hast dich gefügt, und alles war letzten Endes immer so gemacht worden, wie Thomas es wollte. Obwohl ihr doch alles mehr oder weniger besprochen habt … Mit Leonhard hat er kaum etwas besprochen, eigentlich gar nichts, und oft tat Leonhard die Dinge auf seine Art – ganz anders, als Thomas sich das vorstellte. Wirklich, sie haben sich manchmal ungeheuer aneinander gerieben – stumm freilich, nur manchmal platzte einem der beiden der Kragen –, dennoch schien aus dieser Reibung eine neue Kraft zu entstehen. Oder es war nur der Wille – Leonhards Wille, der dem von Thomas entsprach und der dem deinen so entgegengesetzt war – hör zu: ich spreche nur von damals, davon, was ich damals von dir sah, gesehen hatte, später machtest du ja Karriere und brachtest es zu etwas – jedenfalls brachte es der Betrieb zu nie gesehener Blüte. Ich glaube, das einzige, was Thomas' Freude darüber trübte, war die Teilnahmslosigkeit seiner Mutter – und die war nicht einfach das Desinteresse, das bei den meisten mit dem Alter kommt. Sie nahm ihn kaum noch wahr, auch mich übrigens nicht, und lebte nur auf, wenn du auf Besuch warst. Obwohl sie auch dann nicht mit dir sprach, oder nur ganz wenig, sie hat sich gefreut, dich zu sehen … Ich verstand das nie, hatte aber immer den Eindruck, Thomas würde es verstehen. Das ist aber vielleicht nicht wichtig.

In den ersten Jahren kam Leonhard nach der Schule, wie es eben so ging. Manchmal wunderte es mich, dass seine Eltern, dass meine Schwester nichts dagegen hatte – nicht dagegen, dass er bei uns war, meine ich, aber dass er kaum noch zu Hause war. Wer weiß, vielleicht war sie sogar froh darum? Thomas teilte die Arbeit ein – vormittags hat er das verrichtet, was sich allein machen ließ, und auf den Nachmittag und Abend hat er verschoben, wozu er Leonhard brauchte. Mich rief er nun kaum mehr – auch das war eine Veränderung. Vielleicht war es nicht nur, dass wir nun weniger wirtschaftliche Gespräche führten aus diesem Grund – vielleicht hat ihn auch der verschwiegene oder eher wortkarge Leonhard dazu gebracht – ob durch Gewöhnung oder durch die Einsicht, dass es ohne Reden genauso ging. Jedenfalls hat das Reden über Wirtschaftliches früher oft auch zu einer anderen Unterhaltung geführt – über etwas Persönliches vielleicht, über uns, also über ihn und mich – jetzt blieb beides so gut wie aus. Ich muss dir nicht sagen, dass ich darunter litt. War nicht das Haus eben noch irgendwie – wie auch immer, nicht immer angenehm! – lebendig gewesen? Jetzt war es wie ein geschäftiges Geisterhaus. Wenn ich darüber nur hätte zornig werden können! Aber ich wurde bloß müde. Ja, denn ich konnte Thomas gar keinen Vorwurf machen: Sprach ich ihn auf irgendetwas an, dann redete er schließlich ganz normal und wie früher. Nur von sich aus fing er nichts mehr an. Und dass immer ich den Anfang machen sollte, den Anfang zu etwas, wonach er sich ohnehin nicht gerade sehnte – das hat mich unsäglich ermüdet, und so zog auch ich mich irgendwie zurück.

Ich habe oft an dich gedacht – und war froh, dass du nicht mehr da warst. Versteh mich nicht falsch, Ferdinand: Ich war froh, dass du hier alles in allem eine gute Zeit erlebt hast. Damals begann eine schwierige Phase für die Landwirtschaft, auch hier gaben viele Betriebe auf. Und – das war das Merkwürdigste und eigentlich Unverständlichste, aber auch das hatte eine Logik – diejenigen, die übrigblieben, haben die freigewordenen Flächen aufgekauft oder gepachtet – die Pachtpreise stiegen immer weiter an –, und sie forderten, noch mehr müssten aufgeben … Nicht, dass es etwas Neues gewesen wäre, aber ich glaube, dass sich sehr lange nichts geändert hatte in den Betriebsgrößen – da hatte man sich damit abgefunden. Jetzt, so plötzlich und schnell, waren alle in Panik, auch irgendwann zu klein zu sein und aufgeben zu müssen … So eine Spirale war das. Uns hat sie dennoch nicht betroffen – nicht in der Art, wie sie alle anderen betraf. Thomas hatte eine derart gute Nachfrage, aus Kärnten, inzwischen auch aus der Steiermark und aus Salzburg und hin und wieder aus Tirol, dass ihn die Auswirkungen des EU-Beitritts nicht betrafen. Sie – als Zugezogene – hatten es nie leicht gehabt … da war der Alte, der alte Goldberger, der bei der Partei gewesen war, dein … dein Urgroßvater … das ist ihnen lange nachgegangen. Auch das mit Paul, ja. Dass Thomas ihn nach jenem Unglück mit Elisabeth, der … der Lebensgefährtin des Alten verstoßen hat, und er ausgewandert ist und in der Fremde sterben musste. Das wurde nie vergessen ... und die Blicke zu Allerseelen, wenn wir am Grab standen ... Und jetzt, in dieser aufgeheizten und nervösen Stimmung war derjenige, der in der größten Gelassenheit dahinwirtschaftete und die anderen auslachte, dieser Zugezogene ... Dabei waren auch andere zugezogen, muss man wissen, manche in den dreißiger Jahren, manche sogar erst nach den Goldbergers. Vielleicht hätte er einfach jammern sollen, unabhängig vom wirtschaftlichen Erfolg, aber er sagte immer nur, wenn einer forderte, es müssten weitere aufhören, weil der Kuchen ansonsten zu klein wäre und so weiter, dass dieser eine doch aufhören solle – er wäre ohnehin auf der Suche nach Pachtflächen. Anfangs hielt man das für einen Scherz, aber als er dann tatsächlich anfing, dazuzupachten, war es um das Lachen geschehen. Oft spürte ich Zorn, Neid, Missgunst – ich weiß nicht, was es wirklich war, wenn ich in Rosental etwas zu erledigen hatte. Es war so stark, dass ich schließlich kaum noch hinfuhr und die Einkäufe in Schwan oder sonstwo erledigte. Ich sage ›damals‹ – und dass ich froh bin, dass du es nicht miterleben musstest –, aber seither sind zehn Jahre vergangen, und es ist noch schlimmer geworden.

Leonhard kam also nach der Schule, aß hier zu Mittag ... Dann fing er eine Lehre zum Landwirtschaftsmechaniker an, möglicherweise hat Thomas ihm dazu geraten. Oh ja, ich weiß noch gut, wie das damals war. Aufgeregt erzählte Thomas es mir, ich schlief schon fast, und danach konnte ich nicht mehr einschlafen, weil ich darüber nachdachte, wie er die Leute herumschob – wie Spielfiguren, so kam es mir manchmal vor, eigentlich meistens. Aber wer weiß, vielleicht hat sich Leonhard auch eigenständig dafür entschieden; und im Grunde ist es unwahrscheinlich, dass es anders gewesen sein sollte, wo er doch in allem so ... war. Jedenfalls fing die Lehre an, in P. Zuerst fuhr er mit dem Fahrrad hin, bald schon mit dem Moped – Gott weiß, woher er das hatte. Niemand hat ihm verboten zu fahren, dabei besaß er keinen Führerschein. Ich sagte einmal, er solle doch wenigstens einen Helm aufsetzen – und welche Augen ich machte, als er ein paar Tage später tatsächlich einen trug. Einen beigefarbenen Helm mit verspiegeltem Visier. Ich glaube, das war das einzige Mal, dass er auf mich hörte – mir überhaupt zuhörte. Aber es kam nicht oft vor, dass ich etwas sagte. Was denn auch? Es war merkwürdig: In allem benahm er sich wie ein Mann, obwohl er doch noch ein Kind war – oder fast. Ich war mir sicher, dass er als Sechsjähriger nicht anders gewesen war – und dass es mir auch da schwer gefallen wäre, ihm Ratschläge oder gar Befehle zu erteilen. Nicht nur mir ging es so, daran besteht kein Zweifel. Hätte ihn die Werkstatt denn behalten, wäre es anders gewesen? Denn er ist gekommen und gegangen, wie es ihm passte, er hielt sich an keine Uhrzeit oder Vereinbarung. Aber er ließ nichts stehen, weißt du, er erledigte immer alles, und zwar gut. Einmal sagte sein Lehrmeister, es käme ihm vor, als würde Leonhard nicht bei ihm lernen, sondern nur dort arbeiten, als würde er einen Beruf ausüben, den er schon längst beherrschte. Ich glaube, das machte ihm wirklich Freude ... an irgendwelchen Eisenteilen herumzuschrauben, herumzuschlagen und zu schweißen. Ja, habe ich manchmal gedacht, das ist das Material, zu dem er gehört ...

Anders war es nur im Sommer, oder auch zu Ostern – immer wenn du länger da warst. Aber du schaust so ... Warum setzt du dich nicht?«

Ferdinand zog nach einigen Sekunden einen Stuhl ans Fenster und setzte sich.

»Wie hättest du es bemerken sollen? Du konntest es nicht sehen – von außen konnte man es nicht sehen. Niemand konnte es sehen. Ich glaube, es wäre anders gewesen – die Missgunst oder was es nun immer war, weniger ... Reibung, habe ich es genannt ... Nur ich weiß es besser als du, dass Thomas nicht teilen konnte. War nicht das der eigentliche Grund, dass du nach Wien gegangen bist? Dass du dahinterkamst, dass er alle nur benutzte ... dass es kein Miteinander gab? Ich habe immer das für den wahren Grund gehalten. Nein, er gab nichts aus der Hand, was er einmal hatte. Als junger Mann war er möglicherweise anders – ich weiß es aber nicht sicher, ich war selbst noch so jung. Ja, und dann aber Leonhard. Er nahm sich einfach, und anfangs war Thomas, der dergleichen schlicht nicht gewöhnt war, richtig verdattert. Wie oft er auf ihn schimpfte, ja ihn verfluchte, kaum war Leonhard ein paarmal hier gewesen. Ich verstand das gar nicht, natürlich nicht. Dann erst blickte ich langsam dahinter. Du warst da so ganz anders ... du ließest ihn tun, ließt ihm seine Art ... Leonhard war ihm am Ende vielleicht sogar ähnlich. Ja, anfangs verstand ich das Fluchen nicht, ich habe es erst verstanden, als es weniger wurde und schließlich fast ganz ausblieb: Und oft kam es mir von da an vor wie beim Seilziehen, bei dem sich scheinbar nichts bewegte, in Wirklichkeit aber Leonhard Zentimeter für Zentimeter Boden wettmachte. Und dass allein die Anstrengung, das Dagegenhalten Thomas am Fluchen und Schimpfen hinderte.

Ich habe gesagt, dass es uns nicht betroffen hat, dass wir keine Auswirkungen von dem EU-Beitritt gespürt haben. Aber das ist nicht ganz richtig. Auch wenn es den Betrieb nicht beeinflusste, merkten doch auch wir, wie stark die Getreidepreise fielen. Das wurde sogar von der Regierung – von dem damaligen Minister, ich habe nie angefangen, mir ihre Namen zu merken – als etwas Positives zu verkaufen versucht. Nun, es mag für manchen wirklich etwas gebracht haben, wir aber bekamen nichts mehr für unser Getreide, es war nichts mehr wert. Thomas hatte da erst wenig dazugepachtet, es blieb uns immer noch ein kleiner Gewinn. Was ihn aber ärgerte, war, dass die Bäckereien plötzlich andere Lieferanten vorzogen – es schien plötzlich viel vorteilhafter zu sein, anderswo einzukaufen ... Es ärgerte ihn, dass er sie nun fast bitten musste, sein Getreide zu kaufen – es war immer so anders gewesen! Umso weniger wollte es mir in den Kopf, weshalb er auf einmal begann, mehr und mehr dazuzupachten. Erst, als eines Tages ein großer Tiertransporter angefahren kam und ich aus dem Haus trat und den Geruch von Schweinedung in die Nase bekam, wusste ich es. Da wusste ich, warum er dazupachtete. Es waren elf junge reinrassige Mangalitza-Schweine – zum ersten Mal habe ich da solche Tiere gesehen, von denen ich davor kaum den Namen gehört hatte. Und eine Woche darauf kamen noch einmal zehn Stück, und von einem Tag auf den anderen hörte Thomas auf, die Bäckereien zu beliefern – du weißt ja, wir belieferten sie wegen ihrer begrenzten Lagermöglichkeit immer mit relativ kleinen Mengen. Das hat sie in Schwierigkeiten gebracht und ihn wahnsinnig gefreut – so sehr, dass er sogar wieder ins Wirtshaus ging und davon erzählte, dass er es sich nicht länger leisten könne, das Getreide billig an die Bäckereien zu liefern, denn er brauche es nun selbst, für seine Schweine. Und dann wird er so gelacht haben wie zu Hause, als er mir davon erzählte. Überhaupt sprach er von da an wieder mehr mit mir – einfach auch deshalb, weil ich nun wieder in die Arbeit draußen eingebunden war: Ich mistete alle zwei Tage die Ställe aus. Oh, wie habe ich diese elenden Biester verflucht, so viel Dreck … Der Schafstall wurde nur ein- oder zweimal im Jahr geräumt! Gut, ja, die Schafe waren viel draußen, auf der Weide, aber trotzdem. Thomas kaufte eine Mühle, mit der er das Getreide schrotete – das ganze gute Brotgetreide! Es kam mir in der ersten Zeit wie ein Frevel, ja wie eine Sünde vor. Freilich hatten wir auch davor immer ein paar Schweine gefüttert, aber eben immer bloß so, nebenher, für den Eigenbedarf und um die Küchenabfälle zu verwerten … Doch bald warfen die ersten Sauen, und als es dann zum ersten Mal ans Verkaufen ging, da staunte ich nicht schlecht, und rasch waren meine Bedenken zwar nicht zerstreut, aber in den Hintergrund gerückt: Es war ein sehr gutes Geschäft, das sage ich dir. Thomas war es trotzdem noch zu wenig, denn bald ließ er sich einen Eber bringen. Er wollte also selbst zu züchten versuchen. Die ersten Versuche schlugen fehl, und dann kam etwas anderes dazwischen: Die Mutter wurde krank.

Weißt du noch deinen Anruf? Du erzähltest ganz lang von Rumänien und vom Schwarzen Meer, und ich vergaß alles um mich herum. Was war es, eine Exkursion, eine Studienfahrt? Irgendetwas von der Universität aus … Und du hattest deinen Pincode für die Kreditkarte vergessen, der auf irgendeinem Zettel stand, der irgendwo bei uns herumliegen sollte. Das hast du erst ganz am Schluss gesagt, als wäre es völlig nebensächlich, dabei wart ihr vor der Weiterfahrt, und du konntest deine Hotelrechnung ohne diese Nummer nicht bezahlen. Wie verrückt habe ich dann in deinem Zimmer gesucht, bis ich endlich den Zettel fand und du wieder anriefst. Ja, dein Reden hat mich unbeschwert gemacht, und deshalb habe ich nur gesagt, dass die Großmutter krank wäre, dass es aber wahrscheinlich nichts Ernstes wäre. Dabei wusste ich, dass es ernst war. Trotzdem war, was ich sagte, keine Lüge – es war Hoffnung, Ferdinand, die durch dein Erzählen über all diese fernen, fremden, unbelasteten Dinge in mich gedrungen war. Ich habe mir oft vorgehalten, dass ich gesagt habe, es wäre nicht notwendig, die Reise abzubrechen. Sie war über Nacht so gelb geworden – überall gelb. Ohne etwas zu sagen, trat sie uns gegenüber, als sagte sie: Seht mich nur an! Was hat das zu bedeuten? Hat es etwa das zu bedeuten? Thomas brachte sie ins Krankenhaus. Man behielt sie da. Thomas ging, nachdem er wieder zu Hause war, in den Stall – ich sah es vom Fenster aus. Als er nicht wieder auftauchte, ging ich ihn suchen. Er saß im Stall auf einem Strohballen und starrte vor sich hin. Er hatte rote Augen … ›Etwas mit der Schilddrüse‹, sagte er nur. ›Hoffen wir das Beste.‹ Dann stand er auf und ging. Da wusste ich, dass es ernst war. Er musste geweint haben – und noch nie hatte ich ihn weinen sehen. Ich geriet in eine äußerst merkwürdige und unangenehme Verfassung, war erregt und irgendwie verwirrt – aber auch erfreut. Diese Freude konnte ich absolut nicht einordnen. Sie hat mich erschreckt – oder vielmehr war ich vor mir selbst erschrocken und behielt es für mich. Bis heute verstehe ich das nicht. Sieh dich nur an, ja, ich erwarte nicht, dass ausgerechnet du mir das erklären kannst. Es war wohl reiner Zufall, dass du noch einmal angerufen hast. Heute wäre alles anders – sogar ich habe mein Telefon immer dabei, aber damals … Dann hast du dich in den Bus gesetzt und bist hergekommen. Thomas wollte ihr Gelegenheit geben – weißt du, als es klar war, dass es schnell gehen würde, denn zuerst hatten ja auch die Ärzte gesagt, es könne vielleicht noch Monate dauern –, er wollte ihr Gelegenheit geben, sich von allen zu verabschieden. Dunkel habe ich mich dann erinnert, dass es bei seinem Großvater auch so gewesen war, er war da noch klein, sieben vielleicht oder acht, das musste starken Eindruck auf ihn gemacht haben. Mein Gott … Aber sie wollte das nicht. Eine Menge Leute war bei uns im Haus, aber sie wollte niemanden mehr sehen und trug Thomas auf, sie fortzuschicken. Am Abend schickte sie auch Thomas weg, mit einem so klaren und harten Ausdruck, wie er ihn nie an ihr gekannt hatte. Am nächsten Morgen fanden wir sie tot in ihrem Bett. Noch warm. Und am Abend kamst du, und vielleicht hätten wir uns alle leichter mit diesem Tod abgefunden, wärst nicht du gewesen. Ich frage mich, ob du dich überhaupt einigermaßen deutlich an jene Tage erinnern kannst, in denen du wie von Sinnen warst und umhergeirrt bist. Wir hatten große Sorgen um dich, und als du nach der Beerdigung im Wirtshaus endlich wieder gesprochen hast – immer nur von irgendwelchen schwarzen Augen, bis wir draufkamen, dass du von den Sonnenblumen sprachst, den riesigen Sonnenblumenfeldern Rumäniens –, da brummte Thomas, du wärst verrückt geworden. Er glaubte das wirklich eine Zeitlang. – Leonhard war in diesen Tagen wie vom Erdboden verschluckt und tauchte erst wieder auf, als sich alles ein wenig beruhigt hatte – und tat, als wäre nichts geschehen, nichts anders geworden. Es kam unsere bis dahin schwierigste Zeit. Nicht nur, dass wir nun sahen, wie viel die Mutter immer noch geleistet hat, ein paar Monate darauf wurde Leonhard zum Bundesheer eingezogen. Er kam zu den Panzerfahrern, wie er es sich gewünscht hatte, nach Wels. Du hörst schon recht: gewünscht. Solche Wünsche hatte der! Aber es hätte klar sein müssen, dass er mit der Hierarchie nicht zurechtkommen würde, vorsichtig ausgedrückt, und so verbrachte er die allermeisten Wochenenden im Arrest – und konnte nicht einmal dann auf dem Hof helfen. – Ich glaube, du hast es mir gegenüber sogar einmal geäußert, dass du seit dem Tod deiner Großmutter kaum noch Verbindung nach Rosental spürtest. War es so? Jedenfalls bist du von da an seltener gekommen, kein hier verbrachter Sommer, kein einziger hier verbrachter Sommermonat mehr. Ich glaube, es hatte mit ihrem Tod wenig zu tun. War sie dir denn so nahe? Du selbst sagtest doch oft, wie sehr dir ihr verrücktes Gerede auf die Nerven falle! Dieses biblische Gerede, das mit dem Fluch, dieser »Er-straft-bis-ins-siebte-Glied«-Schwachsinn. Ich glaube, du bist wegen Thomas weggeblieben. Vielleicht nicht, weil er dich – nur eine Zeitlang, hörst du! – für verrückt gehalten hat, sondern weil er dich auf einmal – zu Ostern, ein halbes Jahr nach Annas Tod und als Leonhard schon eingerückt war – so umgarnt hat. Aber ich habe ja selbst gesehen, wie er war, und ich wäre am liebsten selbst gegangen, Ferdinand.

Auch zu mir war er nun nämlich anders. Es war mir immer nur an Leonhard aufgefallen, dass er keine Freunde besaß – freilich ohne dass es mich gewundert hätte. Jetzt erst sah ich, dass auch Thomas keine hatte, nicht einen! Und ich? Hatte ich denn welche? Maria, irgendwann meine beste Freundin, war längst meine Schwägerin, und vielleicht hatte allein das die Freundschaft beendet – ich sah sie kaum je. Nur noch wir beide waren hier auf dem Hof. So war alles geworden. Ich war nicht enttäuscht, nur ernüchtert. Oder doch, ein wenig enttäuscht war ich schon. Dass Leonhards Militärdienst bald zu Ende ginge, würde nur dazu führen, dass Thomas ab da wieder ihn zu seiner Hauptbezugsperson machen würde. Aber eben, auch ich hatte niemanden – meine Schwester, die Kinder, Bernadette, Johannes – es gab keinen Kontakt mehr, seit sie diesem evangelikalen Verein beigetreten waren. Wohin hätte ich also gehen sollen? Es gab keinen Ort … Und irgendwann hört man auf, darüber nachzudenken, weil das Nachdenken schmerzhafter ist, als das Tatsächliche und schließlich Gewöhnte zu ertragen.

Seit langem war Marias altes Zimmer für Leonhard gedacht und eingerichtet. Nachdem der Militärdienst vorbei war – ich könnte aber, glaube ich, auch sagen: nachdem Anna tot war, oder: nachdem er gesehen hatte, dass du nicht mehr kamst –, ist Leonhard dort eingezogen. Er arbeitete wieder in der Werkstatt, allerdings nur noch ein paar Monate, bis er den Gesellenbrief in der Tasche hatte. Genauso hatte es Thomas gemacht, damals … Mit dem Tag seiner Rückkehr wurde es leichter für mich, die Arbeit teilte sich wieder anders auf, und die Freude darüber habe ich mit Sympathie verwechselt. Dem Anschein nach hatte er sich überhaupt nicht verändert. Bis dann eines Tages ein Viehhändler kam – Thomas hatte nach Leonhards Rückkehr sofort weitere Schweine bestellt, konnte es nicht erwarten, die Zucht weiter auszubauen. Der Viehhändler trug eine Kappe, so eine Schirmmütze. Er war kaum aus seinem Lastwagen ausgestiegen, als Leonhard auf ihn losstürmte und ihn umrannte. Wäre der Mann nicht ein solcher Bär, ein solches Ungetüm gewesen, es hätte für ihn, fürchte ich, nicht gut ausgesehen. So entstand aber nur ein Handgemenge, zu dem Thomas stieß, und kaum hatte er eingegriffen – er packte Leonhard von hinten –, flog auf einmal dem Viehhändler die Kappe vom Kopf, und im selben Augenblick ließ Leonhard von ihm ab. Besorgt erzählte Thomas mir davon. Ein paar Wochen später passierte etwas Ähnliches auf irgendeinem Zeltfest in der Gegend, auf dem Leonhard schwer betrunken jemanden attackierte – auch der trug eine Schirmmütze, wie Thomas auf der Polizeiwache erfuhr, von wo er Leonhard mitten in der Nacht abholte. Wenn wir versucht haben, mit ihm darüber zu sprechen, antwortete er nicht und ging einfach. Stell dir nur vor, Ferdinand, so etwas passiert in Wien oder auch nur in Linz! Das ist ein Vorteil des Landlebens: Niemand kam mehr auf die Idee, mit Schirmmütze auf dem Kopf bei uns aufzukreuzen, und erkannte jemand, der irgendwo gerade eine trug, Leonhard auch nur aus der Ferne, nahm er sie schnell ab.«

Ferdinand setzte sich anders hin, und Sabine warf ihm einen flüchtigen Blick zu.

»Es klingt verrückt, ich weiß. Ich glaube trotzdem, es hat einen Grund gehabt. Bei ihm war ja nie etwas grundlos … Die müssen ihm wirklich ganz schön zugesetzt haben in Wels. Irgendwie tat er mir leid, aber ich merkte bald, dass das verkehrt war, denn er selbst tat sich in keinster Weise leid und war noch einmal härter und sturer als früher geworden. Und bei der Arbeit noch zäher.

Die Monate, in denen er bereits damit hatte loslegen wollen, wo Annas Tod und dann die Abwesenheit Leonhards ihn daran gehindert hatten, hatte Thomas verwendet, um sich anhand von Zeitungen und Artikeln im Internet, sogar in solchen Foren trieb er sich herum, immer ganz anonym übrigens, über professionelle Schweinezucht zu informieren. Sobald Leonhard zurück war, begannen sie, diesen Betriebszweig rasant auszubauen, und ich bemerkte, wie Leonhard die vielen Ausdrucke von Thomas nun studierte, und bald waren sie auf demselben Wissensstand. Sie bauten fast alleine einen neuen Stall – das mit dem Viehhändler passierte, als dieser Stall bereits so gut wie fertig war. Oft habe ich mich gewundert: Beide waren sie ungemein … werteorientiert … und konservativ … Dabei braucht es doch eine Menge Mut, alles anders als bisher zu machen, anders als alle im Umkreis … Sehr rasch entwickelte sich das Geschäft, und bald lieferten sie sogar nach Süddeutschland. Je mehr Schweine sie hielten, desto mehr Flächen pachteten sie. Immer wieder kam es zu teilweise offen ausgetragenen Streiten mit anderen Bauern um Flächen, doch am Ende bekam Thomas sie fast immer – er war bereit, am meisten zu bezahlen. Ich weiß nicht, ob es sich immer rechnete, mir war manchmal, als hätte er irgendeine Idee, die er vor allen geheim hielt, als wollte er der größte Betrieb in der ganzen Gegend werden und würde allein deshalb so viel pachten – so viel, dass er am Ende doch auch wieder Getreide verkaufen musste; da waren die Preise allerdings schon wieder gestiegen. Andererseits, es wird sich schon gerechnet haben: Oft saß er abends noch am Computer und tippte und füllte irgendwelche Tabellen eines Rechenprogramms aus … Kalkulationen … Er führte genau Buch, wie früher schon immer. Der Aufwand war natürlich gewachsen. Hin und wieder bot ich ihm an, ihn dabei zu unterstützen, doch das lehnte er jeweils rundheraus ab: Er mache das schon … – Bald hatten sie also gut einhundert Hektar unter dem Pflug, dazu die eigenen Wiesen und das bisschen Wald. An Vieh achtzig Schafe samt Lämmern und jetzt schon sechzig Muttersäue. Kein Wunder, dass ich sie nur noch morgens, im Stall und bei den Mahlzeiten zu Gesicht bekam.

Thomas war immer auf Ausgeglichenheit, Gleichgewicht, ja Harmonie aus gewesen, zumindest nach außen hin, im Resultat – die Jahre ausgenommen, in denen er gegen Fellner, den Erben von Elisabeth, die ihm näher als sonstwer gestanden ist und die er Oma genannt hat, den Prozess geführt hat – davon weißt du noch gar nichts, und es ist auch nicht wichtig, dass du mehr davon weißt. Und jetzt? Jetzt schienen ihm die Streitigkeiten mit der halben Bauernschaft – unausgesprochen sogar mit der ganzen – Freude zu bereiten, und wenn er davon redete, bekam er einen hitzigen Blick und rote Ohren. Und dann grinste manchmal auch Leonhard, und ich fragte mich, was bloß geschehen war. Ja, wie viele Stunden ich darüber nachgegrübelt habe, was der Grund für diese Wesensveränderung sein mochte – und ich kam doch auf kein letztes Ergebnis. Und da ich irgendwann bemerkte, dass es zu nichts führte, und bei der Arbeit die Dinge schwerer wurden, die Gabel, der Besen, der Mist selbst, alles wurde schwerer, da habe ich es aufgegeben, nach einer Antwort zu suchen und beschränkte mich von da an auf die schwache Hoffnung, es auf irgendeine Weise schon einmal zu erfahren. Tatsächlich wurde es dann leichter, und die Niedergedrücktheit verschwand etwas. Ob es nun an dem Ende des Grübelns lag oder einfach Gewöhnung war, das war mir nicht wichtig – siehst du: Ich habe fast das Denken aufgehört, ich meine das Nachdenken. So vergingen viele Monate.

Oder, warte, doch, ein wenig habe ich vielleicht auch zu denken aufgehört. Gearbeitet habe ich wie automatisch. Dafür erinnerte ich mich nun oft an früher, weiß Gott, warum. Ich erinnerte mich oft an die ersten Jahre hier auf dem Hof, dann daran, wie es gewesen war, als du auf einmal dastandst und wir alle so aus dem Häuschen waren. Und wie du mir eines Tages wie nebenher und ohne mich anzusehen von einer Freundin erzählt hast, und als ich nachfragte – wie scheu du da ihren Namen aussprachst, fast flüsternd. Ja, nicht im Geringsten durch Denken, allein durch Erinnerung – das hat ja nichts miteinander zu tun! – wurde mir klar, dass nur der Ort einigermaßen gleich geblieben war, sonst nichts. – Möglich, dass mich auch nur dieses Erinnern wieder auf den Gedanken kommen ließ – vielleicht habe ich beim Erinnern verglichen –, dass Leonhard keine Freunde zu haben schien. Und dann, viel später, fiel mir auf, dass er nicht nur keine Freunde, sondern auch keine Freundin hatte. Irgendwie, denke ich, kann ich ihn gar nicht recht als Mensch, jedenfalls nicht als Mann … in dem Sinn betrachtet haben. So wenig, wie er mir in jüngeren Jahren als Kind erschienen war … Ich konnte ihn mir wohl in keiner Verbindung vorstellen, weil ich ihn nie in einer gesehen habe. So isoliert, wie er bei uns lebte, musste er überall sein – sogar in einer Zwangsordnung wie die einer Bundesheerkompanie war er nicht unterzubringen. Ihn gab es einfach nur alleine, und das wollte er ganz offenkundig selbst so. Bei uns war er bloß aus rein praktischen Gründen. Hätte er Geld gehabt, er wäre Einsiedler geworden oder in eine Großstadt gezogen, davon bin ich überzeugt. Auch Thomas sah ihn so – ich habe es in seinem Gesicht gelesen, als Leonhard eines Abends wegfuhr und schon eine Stunde später wiederkam und wir die Stimme einer Frau hörten, die fragte: ›Das hier – gehört das dir?‹, und keine Antwort erfolgte, nur das Knirschen von Schotter – damals war ja noch nicht asphaltiert.

Ich habe in meinem Leben keinen längeren Abend erlebt, nicht davor und nicht danach. Wir haben nichts weiter gehört, doch jetzt lag eine Spannung in Küche und Stube, zwischen welchen beiden Räumen ich in einem fort hin und her ging und irgendetwas tat, und die Spannung wartete auf Erlösung, die ausblieb. Die Zeit dehnte sich endlos, und hin und wieder ertappte ich Thomas, wie er mich merkwürdig starr ansah, oder er ertappte mich. Vielleicht hat es ihn an seine Überzeugung erinnert, dass du wegen einer Frau den Hof verlassen hast, und war deshalb verstört. Später, obwohl nichts mehr zu tun war, zog er sich noch einmal um und ging in den Stall hinaus. Ich bin schlafen gegangen und habe die Ohren gespitzt. Als Thomas sich später neben mich legte, rührte ich mich nicht, spürte aber nach einer Weile, dass auch er nicht einschlafen konnte oder gar nicht wollte. Ob auch er daran dachte, dass Leonhard seit einer Weile Eierkartons gesammelt und in sein Zimmer getragen hatte, ohne dass einer von uns eine Idee hatte, was er damit wollte? Ich jedenfalls dachte daran, als ich zwar immer wieder Geräusche aus einem der Ställe hörte, sogar das Rauschen des Nachttransits habe ich gehört – aber keinen einzigen Laut aus Leonhards Zimmer. Mit einem Mal bekam ich es mit der Angst zu tun, und ich sagte Thomas' Namen. Doch er reagierte nicht, obwohl ich genau wusste, dass er wach war. Es kam mir wie eine Ewigkeit vor, die wir so stumm und angespannt nebeneinander lagen und auf irgendein erlösendes Geräusch gewartet haben. Hatte ich mich denn nicht gewundert, was er mit all den Eierkartons in seinem Zimmer wollte? Nein, ich hatte mir nichts weiter dazu gedacht. Wenn einem jemand so lange schon undurchschaubar erscheint – man nimmt es irgendwann einfach hin, wie man es etwa bei einem Tier ganz selbstverständlich tut, und man versucht nicht mehr, ihn zu durchschauen. Es wa wirklich beängstigend, zum ersten Mal nicht zu wissen, was im eigenen Haus vorgeht. Versteh mich richtig, Ferdinand, ich habe mich nie darum gekümmert! Aber dieses Fehlen von jedem Geräusch – und dabei hatte er gerade zum ersten Mal eine Frau oder auch nur ein Mädchen hergebracht – wir hatten ja bloß ihre Stimme gehört und ihre Schritte auf dem Schotter. Es musste weit nach Mitternacht sein, als ich das Schnappen einer Türfalle hörte und mein Körper sich anspannte, dass die Bettfedern ächzten. Ich glaube übrigens, dass sich in dem Moment dasselbe mit Thomas vollzog: Auch auf seiner Seite krachten die Federn leise. Es dauerte ein paar Minuten, bis ich die nahen Geräusche wieder ausblenden konnte – und da hörte ich es: ein anhaltendes leises, aber unverkennbares Wimmern. Und sobald ich es erkannt hatte, konnte ich es nicht mehr hören. Denn Thomas begann zu schnarchen. Er schlief nicht, er schnarchte nur, um das Wimmern zu übertönen. Das traf mich wie ein Schlag und noch härter als das eben vernommene Gewimmer, und wie gelähmt hörte ich diesem gespielten Schnarchen bis ins Morgengrauen zu, in dem es dann von Vogelstimmen und einem Motoraufheulen und dem Davonbrausen von Leonhards Auto abgelöst wurde.«

Bei den letzten Worten war Sabines Stimme plötzlich sehr viel leiser geworden. Ferdinand sah seine Tante an. Der Ausdruck in ihrem Gesicht hatte sich nicht verändert, immer noch war es regungslos und irgendwie leer. Jetzt stand sie auf und ging in die angrenzende Küche hinüber und kam mit einem Wasserkrug und zwei Gläsern wieder. Sie schenkte ein und hielt Ferdinand ein Glas hin und setzte sich wieder.

»Das neue Jahrtausend war längst angebrochen, und ich begriff, dass niemand mir geblieben war. Das versetzte mich in Rastlosigkeit, ich war tagelang nervös und fahrig, wie übernächtig. Eines Tages setzte ich mich ins Auto und fuhr nach Schwan. Als ich vor Marias Haus stand, spürte ich starken Widerwillen, die Klingel zu drücken. Im Grunde wollte ich gar keinen Kontakt mehr mit ihr! Doch das andere war stärker. Das andere – was war es eigentlich? Ich schämte mich, so allein zu sein, und diese Scham war sogar noch größer als die Scham darüber, es überspielen zu wollen, vor mir selbst so zu tun, als wäre es anders. Und im Haus ging das Spiel weiter – zumindest von meiner Seite. Maria verhehlte nicht, dass sie sich nicht über den Besuch freute – ich hatte sie beim Fernsehen gestört. Wir saßen in der Küche, die Haushälterin machte uns Kaffee und stellte uns Kekse hin – Weihnachtskekse, merkwürdigerweise. Kaum, dass uns etwas zu reden einfiel. Sie fragte, was es Neues in Rosental gebe – ich sagte: ›Nichts. Nicht viel.‹ Und auch in Schwan gab es nichts. Erst als Christoph nach Hause kam, wurde es etwas lockerer – vielleicht auch wegen des Weins, den er fast mit dem Eintreten aufmachte. Gelber Muskateller war es, der nach Holunder roch ... Am Ende hatte der Besuch das Gegenteil von dem Beabsichtigten bewirkt, und ich kam mir noch verlassener vor. Ich sah ein, dass das keine Lösung war: zu Leuten zu fahren, mit denen ich doch nichts mehr anfangen konnte. Trotzdem bin ich ein paar Tage darauf zu meiner Schwester Elfriede gefahren. Als ich ankam, stand ich vor einer Menge Autos. Autos mit Kennzeichen von überallher, aus dem ganzen Bundesland, sogar eines aus Wien war darunter. Ich klopfte. Einmal, zweimal, dreimal. Niemand kam. Dabei hörte ich deutlich etwas, irgendein Geräusch, eine Art melodieloser Gesang. Warum wurde mir nicht geöffnet? Ich geriet in Wut und schlug den Ring fester an. Endlich öffnete sich die Tür, allerdings nur einen Spaltbreit. Elfriedes Gesicht erschien – bloß das Gesicht, sie streckte nicht einmal den Kopf heraus. ›Sabine‹, sagte sie, ›wir haben Bibelrunde.‹ Ich hörte sie kaum, so sehr nahm mich das monotone Gemurmel in Beschlag, das durch das ganze Haus zu wogen schien. ›Oder‹, kam ihr plötzlich eine Idee, und ihr Gesicht näherte sich dem Spalt und hellte sich ein wenig auf, ›oder hast du es dir überlegt? Möchtest du teilnehmen?‹ ›Nein‹, antwortete ich und versuchte, etwas zu sehen, was im Haus – in meinem Geburtshaus! – vorging, aber es war unmöglich. Ich hatte den Gedanken, man müsste das Gemurmel sehen können ... ›Nein‹, sagte ich, ›ich wollte nur mit dir reden.‹ ›Das geht jetzt nicht‹, sagte sie, ›ein andermal.‹ Dann hat sie gelächelt und die Tür geschlossen und den Schlüssel zweimal gedreht. – Daraufhin habe ich nicht weiter nach Anschluss gesucht. Wo auch? Sicher, dich hätte ich besuchen können, aber du warst ja in Wien. Erinnerst du dich nicht mehr? Zu der Zeit habe ich dich unter irgendeinem Vorwand immer wieder angerufen. Aber dann ließ ich auch das. –

Eines Tages bemerkte ich, dass es mit den Streitigkeiten vorbei war – zumindest hatte ich seit einer Weile von keiner mehr etwas mitbekommen. Weißt du, richtig anerkannt waren sie ja nie – schon der Alte nicht, zumindest ab Kriegsende nicht mehr. Thomas hat darüber nie etwas gesagt, es schien ihm gleichgültig zu sein. Nur Anna hat manchmal gesagt: ›Wir waren ja nie wer hier. Wir sind ja nie wer gewesen.‹ Völlig ohne Zusammenhang. Überhaupt war sie zum Schluss hin so … nicht wirr, aber nur noch mit sich beschäftigt, und hat mit sich selbst – oder mit jemandem, den sie sich vorgestellt hat – gesprochen, sodass man ihr schwer folgen konnte. Aber, ja, sie hatte recht. Sogar ich hatte es damals zu spüren bekommen, als bekannt wurde, dass ich Thomas heiraten würde. Dass man ihn kannte – und zwar als guten Arbeiter, mein Vater war ja mit dem Betreiber der Zimmerei, bei der Thomas angestellt war, bekannt –, das hat es erleichtert, und wäre er nicht so fleißig gewesen, mein Vater hätte uns nicht so einfach seinen Segen gegeben. Ich habe es später oft gemerkt, wenn er sich besorgt erkundigte, wie es denn bei den Goldbergers so sei … Er war ein Mann mit vielen Sorgen, immer schon. Aber ich schweife ab. Was ich sagen will, ist, dass diese … diese Sonderstellung kein Geheimnis war. Und jetzt – nach sechzig Jahren, sie waren ein Jahr vor Kriegsende hergekommen –, nach fast sechzig Jahren also, hat Thomas erreicht, was keiner vor ihm erreicht hatte. Und was wahrscheinlich – so stelle ich es mir vor, so halte ich es für natürlich – doch alle vor ihm auf die eine oder andere Weise auch hatten erreichen wollen: Die wie in irgendeinem unsichtbaren, aber allen bekannten Buch festgeschriebene Sonderstellung wandelte sich. Als hätte man einfach ein Vorzeichen ausgetauscht, wurde sie von etwas Schlechtem zu etwas Gutem.

Es gab nur noch eine Handvoll landwirtschaftliche Betriebe in Rosental. Alle anderen hatten das Handtuch geworfen, entweder weil es sie verdross, zu bloßen Almosenempfängern abgestempelt worden zu sein, oder weil es sich auch mit diesen Fördergeldern nicht mehr rechnete oder weil niemand sich gefunden hatte, der den Betrieb fortführen wollte. Das waren vor allem kleinere Betriebe, aber überraschenderweise auch manche größere und sogar – für unsere Gegend – ganz große. Denn um mithalten zu können, mussten alle mehr produzieren –

oder gar nicht um mithalten zu können, sondern einfach nur, um bei ständig fallenden Erzeugerpreisen ihre Ausgaben zu decken. Also haben viele ihre Ställe umgebaut, erweitert und so fort, und sich dabei stark verschuldet. Als dann die Fleischpreise anhaltend so niedrig blieben, das brach manchem das Genick. Die wenigen, die übrig geblieben waren, traten großspurig auf: wie Sieger. Dabei wusste jeder, dass auch sie bangten und auf steigende Preise hofften – beziehungsweise auf fallende: Der Diesel wurde immer teurer, und je mehr Flächen sie zu bewirtschaften hatten ... Aber wem erzähle ich das alles. Du weißt es ja. Aber es ist doch etwas anderes, es so aus der Nähe mitzuerleben. Und mitzuerleben, wie sie – fast schüchtern, fast wie Kinder – angefangen haben, Thomas zu diesem und jenem zu befragen, ja, und ihn damit anzuerkennen, freilich nicht als größten, aber als wirtschaftlich erfolgreichsten Landwirt weit und breit. Damit wurde mit einem Schlag klar – vielleicht erst auch ihnen selbst –, dass ihre Sicherheit eine aufgesetzte gewesen war, dass jedem von ihnen bewusst war, dass es auch ihn ›erwischen‹ konnte ... Und dass es Thomas, geschehe was wolle, nicht ›erwischen‹ werde. – Diese Einschätzung breitete sich dann auch in andere Gegenden aus. Kurz gesagt, nicht nur die Zeit der Streitigkeiten war vorbei, sondern auch die der Einsamkeit und das, ja, Gemiedenwerden. Wir erhielten nun Einladungen zu Veranstaltungen auf uns bis dahin gänzlich unbekannten oder lediglich dem Namen nach bekannten Höfen, und viele davon nahmen wir an – Thomas nahm sie an, und wir fuhren dann hin. Wir beide, auch er hatte das nicht gekannt, lernten eine völlig neue Gesellschaft kennen – wenn es etwas wie bürgerlich-bäuerlich gibt, dann war sie das. Landadel – der zwar wahrscheinlich nicht adelig war, sich dennoch deutlich von allem anderen abhob und zeigte, dass vieles weit unter ihm stand. Alle trugen eine so vornehme Tracht, wie ich sie gar nicht kannte. Überhaupt war mir Tracht fremd, am ehesten kannte ich sie noch von der Schwiegermutter, die solche Sachen getragen hatte. Aber sogar ihre besten Trachtenkleider hätten im Vergleich mit diesen wie Lumpen ausgesehen. Thomas wollte sich nun auch so einkleiden. Als er mich zu überreden versuchte, mit ihm zu kommen und auch für mich so etwas zu kaufen, und ich mich geweigert habe, da blitzte etwas in seinem Blick auf, etwas Feindseliges, und ich dachte, es würde nun zum Streit kommen. Aber ich irrte, auch hier war die Zeit der Auseinandersetzungen vorbei – oh ja, die hatte es gegeben, wenn sie auch oft nur mit den Blicken ausgetragen worden waren. Er verwandelte sich. Er wurde nicht wieder zu dem Mann von früher, aber er wurde ruhiger und zufriedener. Er wurde entspannter – obwohl es mehr Arbeit denn je war –, und da bemerkte ich erst, wie angespannt er all die Jahre gewesen sein musste. Jetzt stand er dort, wo er, vielleicht nicht schon immer, aber schon lange, hatte stehen wollen. Und das hat er unübersehbar genossen. Er genoss es, dass Landwirte von weither in großen Autos nun hin und wieder zu uns auf Besuch kamen. Noch mehr, wenn sie den Weg nicht kannten und zuvor im Ort fragen mussten. An sich interessierte ich mich wenig für diese Herrschaften; ich tat es ihm zuliebe. Bald konnte ich sie auseinanderhalten und wusste meistens, von wem er sprach, und ich erkannte sie wieder, wenn sie wiederkamen oder wir ihnen auf einer Veranstaltung über den Weg liefen. Oder wenn ich sie im Fernsehen sah. Viele von ihnen hatten nämlich zugleich irgendein Amt, politisch oder nicht. Würde ich Namen nennen, du würdest aufmerken, zumindest bei manchem. – Diese Bekanntschaften führten zu immer weiteren, der Kreis schien weit und immer weiter zu werden, und es ergaben sich neue Geschäftskontakte. Obwohl es kaum zu glauben war, fand Thomas Leute, die noch mehr als seine bisherigen Kunden zu zahlen bereit waren, und ohne das geringste schlechte Gewissen servierte er die alten für die neuen ab. So ist schließlich das Fleisch unserer Tiere in Haubenlokalen von Wien, München und sogar Mailand gelandet. Eigenartig, nicht wahr? Oft wunderte es mich, wie Thomas aufging in jener Gesellschaft, in die er einfach nicht passte. Ich war gehemmt und fühlte mich jeweils unwohl, aber er schwang Reden, lachte laut – und manchmal verhielt er sich wie einer von ihnen. Nun gut, trotz allem war das die Ausnahme, die allermeiste Zeit verbrachten wir schließlich doch alleine hier, aber es war mit ihm nun deutlich angenehmer als in den vielen Jahren davor. Das heißt: zumindest für mich.

An einer Front nämlich gab es noch Streit, und zwar ausgerechnet dort, wo es nie einen gegeben hatte, und es war mir vollkommen unbegreiflich, was zu der über Übliches weit hinausgehenden Spannung geführt hatte. Endlich sagte Thomas es mir: Leonhard verlangte mehr Geld, das er ihm verweigerte – er bezahlte ihm schon seit langem viel mehr als gewöhnlich, zudem hatte er hier Kost und Logis und so weiter. Mit Misstrauen hörte ich mir die Erklärung an. Dann sagte ich – oder nicht gleich, erst ein paar Tage darauf –, er solle ihm das mehr bezahlen, was er verlangte; und wenn er es nicht tue, würde ich Leonhard von meinem Geld die Differenz bezahlen. Um des Hausfriedens willen! Ah, wie missmutig Thomas da wurde! Wie er zu jammern begann! Ich musste fast lachen über seine Darbietung. Schließlich hat er eingewilligt und ihm von da an mehr bezahlt. Nur änderte das nichts.

›Front‹, habe ich gesagt, und das stimmte auch: Die beiden führten Krieg. Und wie echte Kriegsparteien kommunizierten sie zeitweise auch nur über einen Mittler: über mich. Es war sonderbar, zum ersten Mal mit Leonhard etwas wie Unterhaltungen zu führen – und dann waren es nur solche, die dazu gedacht waren, eine andere zu vermeiden. Dieser Krieg begann irgendwann im Winter 2002 … und bis zum Frühsommer 2003 wurde er immer unerbittlicher geführt. Ich erspare dir die Einzelheiten, nur so viel: Es war kaum auszuhalten. Nicht nur einmal befielen mich die schlimmsten Befürchtungen … – Aber du trinkst gar nichts! Soll ich dir etwas anderes bringen? Willst du Bier?«

Ferdinand nahm das Glas und trank es leer. Sabine stand auf, schenkte ihm nach und setzte sich wieder. Für den Moment – ohnehin war es bereits dunkler geworden – wurde es in dem Raum fast finster. Sabine warf einen zornigen Blick zum Fenster hin.

»Leonhard hat manchmal welche geschossen und sie an den Füßen aufgehängt – das hielt die Biester fern.«

Sie sprach von den Krähen. Ferdinand hob das Kinn an und ließ es nach einigen Sekunden wieder sinken; er sah seit einigen Minuten nicht mehr die Tante an, sondern betrachtete eine ovale Stelle am Boden, die dunkler als ihre Umgebung war und sich, immer ihre Form wahrend, einmal auszudehnen, dann wieder zusammenzuziehen schien. Sabine fuhr sich mit der flachen Hand über die Stirn und betrachtete sie dann, als sähe sie darin ihre Anstrengung. Schließlich wischte sie die Hand an ihrer eng anliegenden, ausgewaschenen Jeans ab, die an einem Knie aufgerissen war, und begann erneut zu sprechen.

»Es war wegen eines Gerüchts, das in Rosental umlief. Es … es hieß, Leonhard tue Mädchen etwas zuleide … er tue ihnen weh, verstehst du? Thomas hatte es irgendwo aufgeschnappt, und sofort ging er zu Leonhard und befahl ihm, das abzustellen. Ja: er hat es befohlen! Als wüsste er nicht längst, dass es das Verkehrteste war, was man bei Leonhard tun konnte! Manchmal wunderte ich mich wirklich über ihn, ach was rede ich: ich war einfach fassungslos und konnte nicht verstehen, wie es zusammenging, in wirtschaftlicher Hinsicht sehr gut und genau mit Menschen umgehen zu können, im rein Privaten aber absolut gar nicht. Und hier spielte ja sogar das Wirtschaftliche hinein. Ich glaube nämlich nicht, dass ihm die Mädchen, von denen geredet wurde, leidtaten, sondern dass er bloß um seine neu errungene gesellschaftliche Stellung fürchtete. Ganz sicher sogar. Ich dachte an den Moment, als er das Schnarchen vorgetäuscht hat ... Der Witz war ja, dass Leonhard seit diesem einen Mal nie wieder jemanden mitgebracht hatte. Und trotzdem forderte Thomas ihn plötzlich auf, das zu unterlassen ... Leonhard äußerte sich nur ein einziges Mal dazu, und zwar unmittelbar auf Thomas' Aufforderung. Er sagte, Thomas sollte das zurücknehmen. Er würde ihm einen Tag Zeit geben, um das Gesagte zurückzunehmen. Das war im Dezember ... darauf begann dieser ... unerträgliche Krieg. Es war wirklich unerträglich, und es quälte mich mehr und mehr. Damals – ich hatte die finstersten Gedanken. Einmal hörte ich – oder habe ich es irgendwo gelesen? sogar in der Landwirtschaftszeitung stehen ja nun manchmal solche Artikel –, Depressionen könnten eine Folge von geringer Gehirnaktivität sein. Sicher hatte ich damals eine solche Verstimmung – etwas, was ich bis dahin nicht gekannt hatte –, aber es war ganz gewiss keine Folge von zu geringer Gehirnaktivität. Mich hat unablässig beschäftigt, was im Haus, was zwischen Thomas und Leonhard vor sich ging – und schließlich habe ich ja auch irgendeine Rolle dabei gespielt. Aber was immer ich auch zu einem der beiden sagte, wie sehr ich in manchen Augenblicken auf sie einzuwirken versuchte, es blieb doch immer folgenlos.

Wie gesagt, es wurde immer schlimmer, und der Höhepunkt war, als die Gerstenernte bevorstand. Sie brüllten sich an, dass sogar ein Nachbar anrief und fragte, ob alles in Ordnung sei. Wie sie sich beschimpften und dabei nur über die nächsten Arbeitsschritte stritten ... Das launische Wetter machte nichts besser – es regnete fast jeden Tag, es gab Abendgewitter. Wenn ich sie draußen sah, kam es mir vor, als sähe ich einen fremdsprachigen Film – ich verstand einfach nicht, was los war. Irgendwie brachten sie die ganze Gerste nach Hause – Gott weiß, wie sie das geschafft haben. – Erinnerst du dich: Du bist einen

Tag gekommen, nachdem alles eingebracht war. Als du deine … Verlobung bekannt gegeben hast. Noch am selben Tag, kaum warst du weg, wurde es besser, als wäre Friede eingekehrt. Zuerst meinte ich, es wäre wegen der glücklich eingebrachten Ernte, auch der Ertrag war so reich. Dann dachte ich, es wäre wegen der Freude über deine bevorstehende Hochzeit. Ich wunderte mich eigentlich, dass Thomas nichts sagte, dass er dir nicht riet, dir Zeit zu lassen, nichts zu übereilen … wir fanden es ja beide übereilt … Aber als er dann immer öfter von dir sprach – von dir und Rosental, nach und nach auch von dir und dem Hof –, da habe ich begriffen, dass der Krieg mit Leonhard aus einem einzigen Grund vorbei war: Thomas hatte beschlossen, dir einmal alles zu übergeben und Leonhard zu übergehen.

Der Betrieb hätte nicht besser laufen können. Einmal, im Frühherbst, war sogar ein Fernsehteam da, ein ganzer Kleinbus, fünf Personen, die extra aus Wien angereist kamen, um einen Beitrag zu machen … Es ging um Nischenproduktion, Auswege aus der Krise der Landwirtschaft, so Sachen – das war das Thema der Sendung. Sie haben eine ganze Menge gefilmt, ständig musste Thomas von hier nach dort gehen, immer wieder, und sogar mich filmten sie, dabei war ich nur nach draußen gegangen, um irgendwelche Küchenabfälle auf den Kompost zu werfen. Ich musste lachen wie ein dummes Huhn, das weiß ich noch, dabei habe ich mich eigentlich geärgert! Ich weigerte mich aber standhaft, ein Interview zu geben. Das hätte gerade noch gefehlt. Thomas: ganz im Gegenteil. Er redete und redete, tat groß und gab mächtig an. Leonhard hielt sich im Hintergrund, einmal erwischte ihn der leitende Redakteur trotzdem. ›Und Sie? Sind Sie der Betriebsnachfolger?‹, hat er ihm aus der Ferne zugerufen. Leonhard hielt inne, warf Thomas einen Blick zu und nickte und ging weiter und zeigte sich dann nicht mehr. Thomas aber – du hättest sein verschlagenes Grinsen sehen sollen, als Leonhard genickt hat!

Dass es so gut lief – das war ein angenehmes Leben. Nachdem der Beitrag im Fernsehen gebracht worden war, bekamen wir viele Anrufe und Anfragen, und Thomas saß abends oft noch lange an diesem Tisch hier, rechnete und überlegte, wen er noch beliefern könnte und so weiter. Bei Tisch besprach er sich sogar manchmal mit Leonhard darüber, das war früher nicht vorgekommen, und ich, die ich bereits den schweren Verdacht hatte, dass Leonhard für ihn gar nicht mehr infrage kam als Erbe, als Nachfolger, fand es ungeheuerlich, wie er mit den Menschen umging. Spielfiguren waren sie für ihn, waren wir alle für ihn! Nichts weiter. – Nun gut. Manchmal fragte ich mich freilich auch, ob nicht Leonhard längst wusste, was vor sich ging. Nicht, weil er ein großer Menschenkenner gewesen wäre – das heißt, vielleicht war er einer, ich weiß es nicht --, aber weil er Thomas so ähnlich war. Sogar im Aussehen, er sah aus wie ein Goldberger, dabei war er keiner. Einige Monate blieb es so, und meine Freude und Erleichterung über den eingekehrten Frieden waren so groß, dass es alles andere überlagerte und ich mich nicht vor dem Augenblick gefürchtet habe, in dem Leonhard draufkommen würde, was Thomas' Pläne waren – oder bis er einfach sagen würde, dass er sie schon kannte. Später dachte ich oft, es gebe eine Parallele zu dir ... der du in Wien warst und ... und an eine Zukunft mit Susanne geglaubt hast. Nicht nur für dich war ihr Selbstmord ein Einschnitt und eine völlige Wende, auch für uns hier. Verzeih es mir, Ferdinand, wenn ich vergleiche, wo es eigentlich nichts zu vergleichen gibt. Gott weiß, wie ich geweint habe, als ich davon erfuhr. Du hast ja keinem von uns erlaubt, für dich da zu sein. Aber auch das kann ich verstehen oder zumindest nachvollziehen. Das nur sollst du wissen.

Jedenfalls – du bist weggegangen, wohin, das wusste niemand, auch nicht dieser Dr. Steiner, der uns bald nach deinem Verschwinden besucht hat. Er war wohl wirklich dein Vorgesetzter? Irgendwie merkwürdig, ich habe mir dich nie so vorgestellt – unter einem Vorgesetzten ... Aber wir ahnten doch – Thomas war sich sicher, dass du in das Land gegangen warst, in dem Paul ... in dem Paul gelebt hat und wo er begraben liegt. Ich gab die Hoffnung nie auf, dachte nie daran, sie aufzugeben, nur Thomas hatte sie bereits am ersten Tag fahren lassen und nicht daran geglaubt, dass du je zurückkommen würdest. Seine Pläne lösten sich in Luft auf. Es tut mir weh, das zu sagen, aber so war es. Da erst habe auch ich sie gesehen, diese Pläne, nur eine Sekunde lang, und dann, wie sie sich vor Thomas' Augen auflösten. Und ich konnte es hören, wenn er murmelte: ›Aber diese verfluchten Gerüchte ... dieses Gerede ...‹

So friedlich war das Leben gewesen. Und eine Zeitlang blieb es das noch. Oh ja, eine lange Zeit. Es ist mir im Nachhinein fast unbegreiflich, dass es noch so lange friedlich blieb. Eines Tages aber war es mit diesem Frieden vorbei. An dem Tag forderte Thomas Leonhard erneut auf, dafür Sorge zu tragen, dass die Gerüchte sich zerstreuten. Spätestens da musste Leonhard alles durchschauen. Er sagte lange nichts, dann sagte er, Thomas solle wiederholen, was er gesagt habe. So hat Thomas es mir erzählt. Ich fasste ihn am Arm und fragte: ›Und – hast du?‹ ›Ich habe gezögert und es dann wiederholt‹, hat er gesagt. ›Und er hat nur gelächelt. Was für ein schräger Vogel!‹ Da habe ich seinen Arm losgelassen. ›Es wird ein Unglück geben‹, habe ich gesagt. Aber Thomas lachte mich nur aus. Wirklich, dazu musste man doch kein Hellseher sein! Und weshalb Thomas das nicht klar war, wollte mir nicht in den Kopf.

Bald darauf fand ich in der Tenne, wo wir das Altpapier sammeln, eine Menge Eierkartons. Ich dachte mir nichts dabei. Doch noch am selben Tag ging ich an Leonhards Zimmer vorbei, die ansonsten immer verschlossene Tür war weit offen. Die Wände sahen aus wie riesige Schachfelder – er hatte nicht alle Eierkartons abgenommen, worin ich keinen Sinn erkennen konnte. Eigentlich war es erstaunlich, dass es mich auch nur einen Moment beschäftigte, denn normalerweise machte ich mir über Leonhards Privatsphäre gar keine Gedanken. Gewiss war es nur die unverhofft offene Zimmertür – zuletzt war ich in dem Zimmer gewesen, als wir es für ihn eingerichtet hatten … nachdem du nach Wien gezogen warst. Ja. Und dann habe ich es auch gleich wieder vergessen. Bis ich an einem Abend, als wir bereits im Bett lagen, die Haustür hörte und kurz darauf ein Geräusch, das ich nicht sofort erkannte – weil es nie vorkam, dass jemand auf Stöckelschuhen durch das Haus ging. Ich hörte die Tür zu Leonhards Zimmer ins Schloss fallen – und dann nichts mehr. Ich dachte aber nicht an die Eierkartons, auch nicht an das Gewimmer … das Gewimmer von damals, von dem ich bis heute nicht weiß, ob es von einer Frau oder von einem Mann stammte … nein … ich dachte plötzlich nur an meine eigenen Worte, dass es ein Unglück geben werde. Dass Thomas wach lag, wusste ich. Als dann die ersten … ja, Laute zu hören waren – weißt du, eben nicht das Übliche, sondern etwas anderes – widerwärtige Laute, Schmerzensschreie, da musste ich voller Angst zu Thomas sehen. Er lag mit weit aufgerissenen Augen auf dem Rücken und war totenbleich, und ich glaubte sogar ein Zittern in seinem Gesicht zu erkennen, vielleicht war es aber nur mein eigenes. Mir waren die Eierkartons eingefallen, und dieses Bild – die wie riesige Schachbretter aussehenden Wände –, das machte mir noch mehr Angst als die abscheulichen Laute, und es ängstigte mich immer noch, als danach eine elendiglich drückende Stille eingekehrt war. Immer noch lag Thomas mit weit aufgerissenen Augen neben mir. Er hatte sich keinen Millimeter bewegt. Weißt du, dieses Schachbrettbild. Es war ja nur ein Bild, vielleicht hat es sich beim Abnehmen der Kartons rein zufällig so ergeben; aber ich hatte das Gefühl, als wäre die Partie nun eröffnet, nachdem man lange so getan hatte, als gäbe es sie nicht, – zugleich aber war klar, dass nur mehr die letzten Züge fehlten … Es war verwirrend …

Einmal habe ich im Fernsehen einen Bericht über ein Gefangenenlager gesehen. Wo es war, weiß ich nicht mehr. Womöglich war es auch etwas aus der Vergangenheit. Aber es wurde über Folter berichtet – das habe ich mir gemerkt, über Foltermethoden. Eine der Methoden war, einem Gefangenen Wasser auf den Kopf oder die Stirn tropfen zu lassen – Wassertropfen für Wassertropfen, in regelmäßigem Abstand von ein paar, ich weiß nicht mehr, Sekunden oder Minuten. Stell dir das doch einmal vor! Ich glaube, Gewalt, ich meine Schmerzen, das ist leichter zu ertragen als etwas so – Lästiges und dabei doch Harmloses. Denn was tut es denn, körperlich? Nichts. Es tat uns ja auch nichts, dass Leonhard von da an alle zwei Wochen, immer Freitagabend, mit einer Frau oder einem Mädchen nach Hause kam und sich dasselbe abspielte. Ich hörte es an den ... an den Schreien, dass es immer andere waren. – Was ist? Willst du das etwa nicht hören? Aber so war es. Was kann ich dagegen machen? So war es ...

Diese viele Monate andauernde Wiederholung, die immer nur eines sagte: so – und so – und so wird es bleiben, bis in alle Ewigkeit ... Thomas hat es jedenfalls verrückt gemacht. Vor Gericht – ich konnte nicht lügen und behaupten, er hätte nie davon gesprochen, ihn umzubringen. Natürlich war das aber nur Wut und kein Plan, den er gefasst hatte, wie es bei der Verhandlung so verkehrt dargestellt wurde. Ich war so unglücklich, aber das waren wir alle, jeder auf seine Weise. Und am deutlichsten zeigte sich das an jenem verfluchten Hochsommertag.

Merkwürdig. Auf einmal – jetzt – klingt es wie eine Geschichte, dabei war es nichts als ein Tag an den anderen gereiht ...

Es war ein Hochsommertag wie so viele davor. Die Gerste und auch der Weizen waren abgeerntet, manche Felder bereits umgebrochen und mit Zwischenfrüchten bestellt. Das bisschen Hafer, die Ackerbohnen und die vielen Hektar Mais standen noch. Ja, auch die beiden pflanzten nun sehr viel Mais, wie es ja alle machen. Auch hier – ich weiß eigentlich immer noch nicht recht, wieso. Wegen des Ertrags? Wegen der zehn oder mehr Tonnen, die das Hektar abwirft? Es wird wohl so sein, dass man deshalb kaum noch etwas anderes wachsen sieht. – Nein, erklär' es mir jetzt nicht, Ferdinand. – Früh, gar nicht weit nach acht Uhr, ist Thomas losgefahren, um einen weiter entfernten Acker umzubrechen. Ich habe ihn davonfahren sehen, und allein daran, wie er fuhr, war zu erkennen, dass er zornig war. An tausend Dingen konnte ich es ablesen, wie seine Stimmung war! Und der Pflug wippte in der Sonne blitzend auf und ab, die Scharen schlugen fast auf den Asphalt, so wild fuhr er! Am Vortag hatte Leonhard – zu früh, wie Thomas meinte – das Heu eingebracht. Wie immer hat er Hilfe dabei abgelehnt. Weißt du, er konnte mit Maschinen umgehen wie kein Zweiter. Alle wussten das, noch von seiner Lehrzeit her. Sogar Thomas hat das eingestanden und offen bewundert. Nicht nur, dass er sie reparieren konnte, wenn sie kaputt waren, er wusste oft schon, welches Teil als nächstes kaputtgehen würde. Mit Tieren konnte er nicht umgehen, aber mit den Maschinen konnte er es. Er hatte einen Sinn dafür. Und keine Maschine widersetzte sich Leonhard. Es kam vor, dass Thomas zum Beispiel eine Schraubenmutter nicht lösen konnte, trotz aller Kraft und aller Hebel nicht, und wenn er dann Leonhard zu Hilfe holte und der es versuchte, ging sie ganz leicht ab. Das waren die seltenen Momente, in denen man Leonhard lachen sah. Er sagte dann oft: ›Du musst es mit Liebe machen …‹ Mit Liebe! Gerade er! Aber ja, dachte ich dann, gerade er. Das war sein Bereich, Maschinen, Metall, Öl – Lebloses. Nur mit einem Gerät hatte er seit jeher Schwierigkeiten: mit dem Ladewagen. Jedes Jahr brach er zumindest ein Mal, an immer derselben Stelle. Und immer reparierte Leonhard ihn – fluchend und schimpfend, weil er nicht verstand, nicht sah, weshalb es jedes Mal wieder zu diesem Schaden kam. An jenem Tag war er, kaum war Thomas abgefahren, auf dem Vorplatz damit beschäftigt, den Ladewagen zu reparieren. Thomas hatte es geahnt, dass Leonhard den Schaden vom Vortag – diesen unwichtigen Schaden! den Ladewagen würde man nicht brauchen in den nächsten Tagen! – sofort beheben würde und dafür alles andere, weitaus Drängendere stehen und liegen lassen würde. Als er zu Mittag nach Hause kam, sagte er noch nichts. Schweigend wurde gegessen. Als er aber am Abend nach Hause kam – staubig war er und hatte gerötete Augen und schwarze Schweißspuren am Hals –, da kniete Leonhard immer noch auf der Ladefläche, fluchte und schimpfte. Dann sagte Thomas etwas. Ich habe nie aus ihm herausbekommen, was er gesagt hat – jedenfalls hob Leonhard darauf den Kopf, legte das Werkzeug beiseite und stieg von der Ladefläche. Das sah ich vom Stubenfenster aus – von da hinten, dort bin ich gestanden, das feuchte Geschirrtuch in den Händen. Ich hatte gerade das Fenster aufgemacht und wollte ihnen zurufen, dass sie zur Jause hereinkommen sollten. Sie müssen wohl irgendetwas zueinander gesagt haben, aber ich hörte es nicht, vielleicht sprachen sie aber nicht laut. Ich sah, wie eng, wie unnatürlich eng sie sich gegenüberstanden, und wie Leonhard auf einmal die Hand hob. Weißt du, er hob sie nur, jäh, aber kontrolliert, es war keine Bewegung zu Thomas hin. Ich zuckte trotzdem zusammen und sah, dass auch Thomas zusammenzuckte und fast in derselben Bewegung – als wäre es ein und dieselbe gewesen! und als wollte er die eine mit der anderen aufheben – zuschlug. Leonhard stürzte mit dem Kopf gegen eine Schiene des Kratzbodens, fiel zu Boden und blieb reglos liegen. Er muss, das sagten sie später, auf der Stelle tot gewesen sein.«

Vielleicht hockten die Krähen, die Köpfe eingesteckt, bereits in den Kronen ihrer Schlafbäume, vielleicht waren sie immer noch auf den Feldern und suchten nach Gewürm und Käfern und Larven, jedenfalls war nur noch das regelmäßige Verdämmern des Lichts zu bemerken, und es gab keine jähen Lichtwechsel mehr. Lange Zeit herrschte Schweigen in dem weiten Raum, bis sich auf einmal, ganz langsam, Sabine die Hand auf den Mund legte.

»Mein Gott«, sagte sie. Ferdinand legte die Stirn in Falten und sah zu ihr hin. Sabines Hand glitt nach unten. »Mein Gott, in meinem ganzen Leben habe ich noch nie so viel geredet.«

Sie wirkte nahezu erschüttert. Wieder war langes Schweigen. Es war nun kaum mehr etwas zu erkennen, auch die Stelle am Boden nicht. Weder Sabine noch Ferdinand machten Anstalten, das Licht anzustellen; bewegungslos saßen sie auf ihren Plätzen. Er sah nur noch das Weiß ihrer Augäpfel.

»Sag ihm, ich mache es. Aber er muss mir den Hof überschreiben. Und wenn er freikommt, kann er nicht mehr hierher zurückkommen. Er wird hier kein Wohnrecht bekommen. Das sind die Bedingungen. Er soll es sich überlegen. Eine Woche gebe ich ihm Zeit. Falls nicht … na, das kann ihm ja gleichgültig sein, was ich dann anfange.«

Vierter Teil

1

»Verflucht«, murmelte er, »verflucht noch einmal.« Sogar in dem schwarzen Spiegel des Displays war zu erkennen, wie grau sein Bart geworden war. Eine Weile noch starrte er das dunkle, schattenartige Spiegelbild an, bevor er das Telefon in seine Hosentasche gleiten ließ und sich gegen die kalte Hausmauer lehnte. Der eichene Hackstock unter ihm ruckelte bei der Bewegung. In der Ferne, auf dem Magdalenaberg, waren Lichter zu sehen, dabei war es noch nicht dunkel. Längst dehnten die Tage sich wieder, und täglich war das Nahen des Frühlings deutlicher zu spüren. Die Weiden hatten bereits ausgeschlagen … »Verflucht«, murmelte er noch einmal und seufzte.

Eine Angewohnheit. Ein anderer hätte vielleicht »Mein Gott« oder »Herrgott« oder auch bloß »Ach« gesagt. Oder ausgespuckt. Denn es bedeutete nichts. Es war einfach seine Art, einen Gedanken zu beschließen, und täglich sprach er Dutzende Male jenes Wort aus, ohne im Mindesten etwas dabei zu empfinden. Eine Angewohnheit. Manchmal fiel sie ihm auf, dann kam es vor, dass er lächelte – oder das Wort noch einmal aussprach.

Es war der vierte Frühling, seit er wieder hier war. Woran hatte er sich nicht alles gewöhnt, und was hatte er sich noch alles angewöhnt? Wenn er überlegte, fiel ihm vor allem anderen ein, dass er jeden Abend, sommers wie winters, auf diesem Hackstock saß, ein Glas trank und nach Süden schaute.

Oft freute er sich während der Arbeit, vor allem bei besonders anstrengender, auf den Moment, in dem er sich niederlassen und in einen Zustand jenseits des allzu Bekannten, in einen Zustand fast des Nichtseins verfallen konnte. Kein Gedanke plagte ihn dann, keine Empfindung, kein Gestern und kein Morgen. War es kalt, zog er nach einer Weile den Mantel aus und legte ihn sich als Decke um den Körper, und das warme Lammfell, mit dem der Mantel gefüttert war, machte es noch angenehmer. Manchmal kam es vor, dass er bei diesem ruhigen Sitzen eindöste. Wenn er dann aufschreckte, weil ihm das Glas beinah aus der Hand gefallen wäre, war die gute Stimmung vorbei; den Schlaf nämlich fürchtete er. Damals, als er nach seiner Abwesenheit Sabine gegenübergestanden war, hatte er begriffen, dass nichts als Leere in ihm geblieben war. Freilich erinnerte er sich an alles Gewesene; aber das Erinnern geschah ausschließlich mit dem Verstand. Nichts Erinnertes bewegte ihn, es war ihm etwas Fremdes. Ein anderer hätte darüber einen Schrecken bekommen, hätte sich gefragt, wie so etwas geschehen konnte – zumal er sich in Südamerika noch in eine ganz andere Richtung verändert hatte und er, mit einem Mal sichtbar nach seinem Urlaub, aus etwas aufgetaucht war. Ferdinand aber war von Anfang an froh darüber. Er sah die Dinge – mehr denn je – ohne Färbung, und zu allem nickte er und sagte: »Ja, verflucht noch einmal.« Nur nachts war es manchmal anders – manchmal, sehr selten, träumte er von der Vergangenheit, und alles ansonsten Abgestorbene wurde in ihm wieder lebendig, als finge eine Partitur zu einem Stück, das man nicht nur nicht hören möchte, sondern einfach nicht hören kann, auf einmal zu klingen an. Und nach solchen Nächten war Ferdinand tagelang in keiner guten Verfassung. Deshalb verflog seine gute Stimmung jeweils augenblicklich, wenn er eingedöst war.

Auch jetzt fuhr er zusammen, und seine Miene verfinsterte sich, während er nur einen Lidschlag später feststellte, kein Traumbild gesehen zu haben. Etwas kam, blinkend und blendend, mit jeder Sekunde näher auf ihn zu. Ferdinand stellte das

Glas ab, warf sich den Mantel um und erhob sich. Fingernagelgroße, in den kleidartigen Überwurf eingenähte silberne Plättchen waren es, die im Licht blinkten. Hatte er sie sich so vorgestellt? Solch helle Haut, solch dunkle Augen und Haare? Sie blickte zu Boden und lächelte, während sie immer noch näher kam. Nur einen Moment lang sah er sie an, von da an starrte er über sie hin. Das Gebirge verlor seine Konturen. Endlich näherte sie sich nicht mehr. Sie stand still vor ihm.

»Ferdinand?«, fragte sie, »Ferdinand Goldberger? Ich bin Judith.« Er zeigte keine Reaktion. »Oder haben Sie meine Briefe nicht bekommen? Ich habe Ihnen zweimal geschrieben.« Sie stieg von einem Bein auf das andere.

»Ich habe sie bekommen«, sagte Ferdinand nun doch.

»Das heißt also, Sie können mir nicht helfen?«

»Nein«, sagte Ferdinand, und es klang, als spreche er lediglich ihre Worte nach, »ich kann Ihnen nicht helfen.«

»Ich hatte gehofft, Sie könnten. Das ist sehr schade«, sagte die junge Frau.

»Ja, schade.«

Es war kühl geworden. Ferdinand zog sich die Jacke enger um die Schultern.

»Papa war sicher, dass …«, fing sie an, doch Ferdinand unterbrach sie.

»Ich kann Ihnen nicht helfen, wirklich nicht. Bitte – bitte, gehen Sie jetzt.«

Die junge Frau legte den Kopf ein wenig zur Seite und betrachtete Ferdinands Gesicht, das zu zittern schien. »In Ordnung«, sagte sie dann und zog die Schultern hoch. »Ich hatte nicht die Absicht, Sie zu belästigen. Verzeihen Sie!«

Sie drehte sich um, machte ein paar Schritte, bevor sie erneut innehielt und, nun wieder leicht lächelnd, rief: »Ach ja, ich soll Ihnen Grüße ausrichten!« Die silbernen Plättchen kamen nicht zur Ruhe, jagten nach Licht.

Ferdinand nickte. »Grüßen Sie auch ihn.« »Danke.«

Erst als sie hinter dem Hügelrücken verschwunden war, löste er seinen Blick von den Lichtern am Magdalenaberg. Er ließ sich auf den Hackstock nieder, seufzte, legte das Gesicht in die Hände und murmelte: »Verflucht. Verflucht noch einmal.«

2

Thomas war keine Wahl geblieben, als Ferdinands Angebot zuzustimmen. Ein in K. ansässiger Rechtsanwalt, den Thomas von früher kannte, wurde hinzugezogen, mit ihm als Thomas' Bevollmächtigtem begab Ferdinand sich zum Notar. Gewiss wäre es auch anders gegangen, hätte nicht Ferdinand jeden direkten Kontakt mit seinem Onkel abgelehnt. Anfangs versuchte Sabine noch, ihm etwas von Thomas auszurichten, wenn sie von einem ihrer beiden wöchentlichen Besuche im Welser Gefängnis zurückkam, doch bald schon ließ sie es; allzu deutlich war, dass Ferdinand davon nichts wissen wollte.

Weit über einhundert Hektar hatten Thomas und Leonhard bewirtschaftet und damit die Versorgung der Schaf- und Schweinezucht und -mast sichergestellt. Selbst wenn Ferdinand jene Wirtschaftsweise fortzuführen imstande gewesen wäre, wenn er die dafür erforderliche körperliche Kraft und das praktische Wissen gehabt hätte, hätte er getan, womit er am Tag nach dem Notartermin begann: Ein Tier nach dem anderen zu verkaufen, und zwar zu den üblichen schlechten Marktpreisen. Entsetzt, aber unfähig einzuschreiten, sah Sabine dabei zu. Sie, die einzige, die ihm hätte Rat geben können – sie wusste keinen. Alles war immer nur von Thomas und Leonhard ausgemacht worden, und jetzt erst zeigte sich, dass sie, was den Betrieb betraf, im Allgemeinen zwar eine Menge, im Detail aber rein gar nichts wusste. Sie wusste nur, wo die Verträge über die Pachtflächen verwahrt waren, und vorausahnend holte sie sie hervor und legte sie Ferdinand in sein kaum möbliertes Zimmer.

Bald darauf suchte Ferdinand die Flächen auf, ging sie sämtlich ab und grub hier ein wenig, dort ein wenig. Anders als sonst in jenen Tagen war er auf diesen Rundgängen zerstreut und wusste selbst nicht genau, was er da tat. Dann sammelte er sich und suchte, einen nach dem anderen, die Eigentümer der Pachtgründe auf.

Der erste war ein gewisser Karl Mayer. Nachdem Ferdinand – ganz in der Art und Weise, wie er es damals als Angestellter des Ministeriums mitunter gemacht hatte: rasch, unpersönlich und ein wenig wie desinteressiert – sein Anliegen vorgebracht hatte, starrte Mayer ihn lange an, bevor er sich abwandte und ins Haus schlurfte. Ein kurzes Zögern, dann folgte Ferdinand ihm und schloss die Tür hinter sich. Es war kalt und dunkel in dem Haus, auch in der Küche war kein Licht, und kein Feuer lodert in dem wassergrün gekachelten Ofen. Mayer war, fiel Ferdinand da auf, warm angezogen, trug sogar Fäustlinge, und seine Augen glänzten.

»Wo muss ich unterschreiben?«, fragte er.

»Nirgendwo. Das« – Ferdinand hielt das Papier in der Hand – »ist der aktuelle Vertrag. Ich komme nur, um Ihnen zu sagen, dass ich ihn nicht zu verlängern gedenke.«

»Ah ja.«

»Weshalb haben Sie ihn übrigens nur über ein Jahr abgeschlossen? Das ist unüblich.«

»Er wollte es so. Er hat es mit allen so gemacht. Gott weiß, warum. Ich weiß es nicht. Weiß der Teufel, warum er es so gemacht hat.«

»Wenn Sie rasch einen neuen Pächter finden, kann er vielleicht noch eine Begrünung anpflanzen – das Unkraut nimmt ganz schön überhand.«

»Hast du denn nichts angebaut?«, fragte der Alte verwundert.

Als Ferdinand nichts antwortete, setzte er nach: »Es ist schon November ...«

»Aber noch kein Frost ... Man sollte es wagen ...« Unversehens hatte Ferdinand sich belebt.

»Ja, vielleicht finde ich jemanden. Warum auch nicht? Wo doch alle verzweifelt suchen ... Das tun sie doch immer noch, oder? Ja ... Aber nicht mehr in diesem Jahr.«

Er wies auf einen Stuhl. Ferdinand setzte sich. Ihm fiel die hinter Glas gerahmte Fotografie einer alten Frau an der Wand ins Auge. Mayer warf ihm einen nahezu schüchternen Blick zu, dann sagte er: »Vier Jahre ist es her. Ich hätte es auch alleine noch geschafft, aber ich wollte auf einmal nicht mehr.«

Ferdinand wurde unwohl, er faltete den Vertrag zusammen.

»Nein«, sagte der Alte und rieb sich unter der Nase, »ich suche keinen neuen Pächter. Goldberger ... dein Onkel hat gut bezahlt ... Ich werde es verkaufen. Wo doch keines der Kinder es will. Und dann sterbe ich, ohne ihnen einen verschuldeten Hof zu überlassen, der doch nur zum Streitfall würde. Es sind ja Schulden drauf. Ja«, sagte er und wischte über den Tisch, »so werde ich es machen.«

Er verrückte eine Tasse. Ferdinand meinte, die Augen des Alten glänzten stärker als noch zuvor. Bedrückt verabschiedete er sich von dem alten Bauern. Die Bedrückung hing auch damit zusammen, dass Mayer bereits seit langem – schon vor dem Tod seiner Frau – an Thomas verpachtet hatte. Seine Äcker waren unter den ersten gewesen, mit Hilfe derer der Goldbergersche Betrieb seinen großen Aufschwung begonnen hatte, und nicht erst, wie nun angedeutet, vor vier Jahren. In dieser Verfassung erreichte er das nächste Gut, das laut Vertrag jemand namens Hofmann besaß – kein Vorname fand sich auf dem Papier.

Bald schon erschien es ihm nur folgerichtig, dass sich kein Vorname fand, denn wem er sich gegenübersah, war nicht ein Mann oder eine Frau, sondern ein Paar, das wie ein Wesen war.

Hastig, ungeduldig baten sie ihn in ihr Haus, das viel moderner und sauberer als das von Mayer war, und Ferdinand folgte. Auch sie führten ihn in die Küche, wo sie ihn sich zu setzen drängten und darauf, Seite an Seite, ihm gegenüber Platz nahmen. Ferdinand brachte sein Anliegen vor und fügte hinzu, was er eben vergessen hatte, ausdrücklich zu sagen: dass er den Pachtvertrag nicht nur nicht verlängern, sondern vorzeitig, mit Datum dieses Tages, beenden wolle – ohne dass den Verpächtern daraus freilich irgendein Nachteil entstehen sollte. Er schrieb entsprechend Lautendes auf das Papier und unterzeichnete es, während er sprach. Als er alles gesagt hatte, schob er den Vertrag über den Tisch und blickte in Erwartung einer Antwort bald ihm, bald ihr ins Gesicht. Sie mochten auf die siebzig zugehen, die Frau war vielleicht sogar schon darüber hinaus. Es war kaum auszumachen, wer dann zu sprechen anfing, wer als erster den anderen unterbrach und weiterredete – es war ganz so, als redete ein Wesen mit zwei Köpfen.

»Er hat es übertrieben. Er hat einfach den Bogen überspannt. Wir haben es damals schon gesagt – schon damals! Aber alle haben es gesagt. Freilich, er hat nicht schlecht gewirtschaftet, das nicht. Aber die Goldbergers – du bist ja, glaube ich, kein richtiger, oder? – haben nie in solcher Liga gespielt. Es konnte nicht gutgehen. Schon als es anfing, als die ersten aufhörten, war es allen klar, wer übrigbleiben würde. Es gibt einfach diese Ordnungen, die sich nicht ändern. Die Goldbergers – das muss man sagen dürfen – haben da ihren Platz. Ja. Auch wir. Auch wir wussten von Anfang an, dass wir aufhören müssten. Wir wussten es, und wir wussten auch, dass es alle anderen wussten, und doch taten wir noch viele Jahre weiter, obwohl wir es wussten. Man will es nicht wahrhaben, man will es auch nicht zugeben – will nicht, dass die anderen recht haben. Es ist nur menschlich, und bei allen war es so. Oft haben wir gesagt: Der wird auch nicht durchhalten! Und der auch nicht! – Und immer hatten wir recht. Jetzt bewegt sich nicht mehr viel. Die paar Großen – sie bleiben. Merkwürdig, nicht wahr: Alle wussten es, sogar die Politiker. Man hätte sofort sagen können: Diese paar bleiben, alle anderen – aufhören! Hat man aber nicht. Hat man nicht gemacht. Man hat dem Ganzen zugesehen wie … wie man einer Theateraufführung zusieht.«

In dieser Art, die von boshafter Freude gefärbt war und manchmal von einem Auflachen durchsetzt, redeten die beiden, einander immer abwechselnd, etwa eine Viertelstunde lang. Ferdinand war wie gelähmt von dieser Boshaftigkeit, und erst dann fasste er sich und sagte in seinem Großes-Regierungsgebäude-Ton: »In Ordnung. Ich lasse Ihnen jedenfalls eine Kopie des Vertrags zukommen. Damit ist alles erledigt.« Und er stand auf und ging grußlos davon und aus dem Haus.

Schon im Weggehen beschloss er, die folgenden Besuche jeweils an der Haustür abzuwickeln und nicht mehr einzutreten – er ahnte, überall auf Ähnliches zu stoßen, und er hatte längst genug davon. Waren ihm nicht alle Landwirte, mit denen er als Angestellter des Ministeriums zu tun gehabt hatte, völlig anders begegnet? Hier duzte man ihn, hatte für seinen akademischen Titel, über den man unzweifelhaft unterrichtet war, keine ersichtliche Achtung. Er verstand, dass das nichts mit ihm, nichts mit ihm selbst zu tun haben konnte, sondern nur mit Thomas. Hatte der Onkel ein solch hochmütiges Verhalten gezeigt, dass man es ihm nun gönnte, um alles gekommen zu sein? Ihm und allen, die ihm, auf welche Weise immer, angehörten? Oder hätten diese Leute hier auch jeden anderen Fall begrüßt? Ferdinand überlegte, nach Hause zu fahren, doch ein weiterer aufzusuchender Hof war ganz in der Nähe; er seufzte und fuhr hin. Es erwartete ihn ein äußerst heruntergekommenes riesiges Gebäude. Das Dach – man sah es von weitem –, war übergrünt von Moos und schien an mancher Stelle einstürzen zu wollen. Ferdinand dachte an den Schnee, der bald fallen würde. Auch einige Fenster waren schadhaft, alles machte einen verwahrlosten Eindruck. Umso überraschter war Ferdinand, als eine etwa fünfzigjährige gutaussehende Frau ihm öffnete. Kaum hatte er sich vorgestellt und sein Anliegen vorgebracht, bemerkte er, wie die Lippen der Frau zu beben begannen und ihre Augen sich mit Wasser füllten. Bevor er etwas sagen konnte, wurde sie von zwei kräftigen Händen an den Schultern ins Innere zurückgezogen, und ein großer, braungebrannter Mann mit buschigem blondem Schnurrbart erschien an ihrer Stelle in der Tür. Ferdinand wiederholte, was er eben gesagt hatte. Der Mann – Hermann Wagner, laut Vertrag – hörte sich alles an und zuckte dann gleichgültig die Schultern.

»Von mir aus«, sagte er. »Irgendwer wird es schon wollen.« Ferdinand nickte und verabschiedete sich. Immer noch stand die Frau in der Tiefe des Vorhauses und starrte ihn an. Wagner, der Ferdinands Blick bemerkte, seufzte und sagte: »Wir hatten einen Sohn ...« Doch da schien auch ihm die Stimme zu versagen, und er wandte sich rasch ab und verschwand in dem Gebäude.

Ferdinand fuhr nach Hause. In den folgenden Tagen – eine ganze Woche dauerte es schließlich – erledigte er alle Besuche, und am Ende hatte er nur noch eine Adresse, mit der er allerdings nichts anzufangen wusste, und auch Sabine sagte sie nichts. Es war jene eines gewissen Theodor Sihorsch, der eben erst in hohem Alter gestorben war und der keine Verwandten zu haben schien; es dauerte eine Weile, bis Ferdinand begriff, dass damit ohnehin alles beendet war. Er übergab die Verträge wieder Sabine, die sie verwahrte.

Kurz darauf fiel der erste Schnee, und Ferdinand erinnerte sich an das verfallene Haus mit dem übergrünten Dach und den zerschlagenen Fenstern. Von dort gingen seine Gedanken weiter, zu diesem und jenem Verpächter. Merkwürdige Leute waren das hier. Dann dachte er an die nun brachliegenden Felder, und plötzlich kam ihm etwas in den Sinn. Er suchte Sabine und fand sie vor dem Fernseher.

»Was ist mit den Flächen, die früher dieser ... Elisabeth gehört haben?«

»Was soll damit sein?« Sabine löste den Blick nicht von dem Gerät.

»Die habt ihr doch bewirtschaftet?«

»Ja ...«

»Wo sind die Verträge dafür?«

»Verträge? Welche Verträge?«

»Die Pachtverträge!«

»Wieso Pachtverträge, wo sie doch uns ... ich meine, dir gehören ...«

»Er hat sie gekauft? Der Onkel, oder wer?«

»Ja ...«

»Tante!«

»Ja, was ist denn!«

»Wann war das?«

»Ich weiß nicht, ist schon länger her ...«

»Du weißt es also nicht ... Aber als mein Vater noch hier lebte, gehörten sie doch noch nicht dazu?«

»Damals? Wo denkst du hin? Nein.«

»Es muss einen Kaufvertrag geben. Bitte such ihn und bring ihn mir.«

Jetzt löste sie den Blick vom Bildschirm. Stirnrunzelnd sah sie Ferdinand an: »Was hast du vor?«

»Das wirst du dann sehen.«

Es waren zwölfeinhalb Hektar, knapp zehn Hektar Ackerland, knapp drei Hektar Grünland, die er, einige Monate lang verhandelnd, zu einem Höchstpreis verkaufte. Auch diesen Handel betrachtete Sabine mit ungläubigem und angstvollem Blick – und Ferdinand wusste genau, dass es der Tag von Thomas' Entlassung war, vor dem seine Tante Angst hatte.

3

Thomas war für Ferdinand gestorben. Für ihn gab es ihn nicht mehr, nicht als etwas Gegenwärtiges. Aus diesem Grund fürchtete sich Ferdinand kein bisschen vor der Entlassung des Onkels; wenn er nicht von der Tante darauf gebracht wurde, dachte er nicht einmal daran.

Und es gab auch immer weniger, das Ferdinand an den Onkel hätte erinnern können. Der Hof – für ihn war es jener, den sein Vater gekannt hatte. Sogar einen Stall, den es damals noch nicht gegeben hatte, ließ er abreißen. In Rosental wusste man von diesen Entwicklungen. Die einen sagten, Ferdinand ähnle dem Vater, Paul, die anderen, er sei dem Urgroßvater ähnlich, der ebenfalls Ferdinand Goldberger geheißen hatte und der erste gewesen war, der damals, mitten im Krieg, hergekommen war; wieder andere sprachen von anderem. Welcher Ansicht sie auch waren, sie waren sich doch einig, dass die sechs Jahrzehnte lang aufstrebenden Goldbergers am Untergehen waren, dass sie sich, wie gesagt wurde, auf dem absteigenden Ast befanden. Und deshalb wurde das seit so langer Zeit oft alles beherrschende Gerede über sie rasch weniger. Ferdinand betreffend, hielten sich fast nur zwei Worte: Es hieß, er sei hartherzig und krankhaft eifersüchtig.

Sagte man »Rosental« oder »das Dorf«, so meinte man eigentlich doch nicht das ganze, sondern lediglich die bäuerliche Welt Rosentals. Denn so war es immer noch, nach all der Zeit: Im Grunde hatten die verschiedenen Gesellschaftsschichten zueinander keine Beziehung, und alle blieben unter sich. Und weshalb hätte die bäuerliche Welt sich auch noch länger mit den Goldbergers beschäftigen sollen? Dass Ferdinand den eigenen Grund – jene dreißig Hektar – weiter bewirtschaftete, irgendwelche exotischen Versuche darauf durchführte und so weiter, kurz: ihn nicht zur Pacht freigab, hatte man rasch begriffen; und wenn man auch immer noch wachsam war, lauerte man nicht mehr. Indes wuchsen die eigenen Sorgen immer weiter: Seit Jahren waren die Fleischpreise schlecht, stiegen immer nur kurzfristig, um gleich wieder zu fallen, zudem wussten noch die größten Landwirte in Rosental insgeheim, dass auch sie nicht groß genug waren ... im Vergleich ... sie saßen in der Falle ihrer eigenen Logik, von der sie nicht einmal wussten, wer sie ihnen beigebracht hatte.

Einmal so, einmal anders wehte der Wind, und auf diese Weise erfuhr auch Ferdinand manches und erfuhr sogar, was über ihn im Umlauf war. Es war Hans Thaler, der ihm davon berichtete, der Neffe seiner Großmutter, der Sohn ihres Bruders Hubert. Hin und wieder kam Hans und lieh sich irgendetwas aus, und manchmal kam er nicht allein deshalb, sondern auch um sich ein wenig zu unterhalten – oder zumindest um andere Gesellschaft zu haben als seinen alten Vater, der ein Scheusal war und ihn, wie das ganze Dorf wusste, tyrannisierte. Als Hans es erzählte, zeigte Ferdinand sich belustigt, und bald darauf vergaß er es wieder. Es kam jedoch der Tag, da es ihm wieder einfiel, und jetzt beschäftigte es ihn.

Unübersehbar für das Dorf hatte er Thomas einfach so den Betrieb abgenommen und dessen Lebenswerk innerhalb kürzester Zeit zerstört. Das konnte nicht als Zufall oder Missgeschick oder Dummheit verstanden werden. Weshalb man ihn für hartherzig halten musste, lag also auf der Hand und wunderte ihn nicht. Aber eifersüchtig? Nie hatte er sich in Rosental in Begleitung gezeigt. Manchmal suchte er das außerhalb von Kirchdorf auf einem Hügel gelegene Bordell auf, das er aus seiner Militärzeit kannte. Es war jetzt ruhiger dort als damals, denn die Kaserne in Kirchdorf war – eine Sparmaßnahme der Regierung – geschlossen worden. Es kam nicht öfter als zwei, drei Mal im Jahr vor. Warum also eifersüchtig? Auf wen denn? Die einzige Frau, mit der er hin und wieder gesehen wurde, war

Sabine. Immer weiter rückte sie ins Zentrum seiner Überlegungen, und bald verstand er gar nichts mehr. Sollte man etwa meinen, er sei ihretwegen eifersüchtig?

Wochen waren vergangen, seit er davon gehört hatte, da kam Hans wieder, um sich einen Keilriemen auszuleihen. Zusammen betraten sie die Werkstatt, und Ferdinand wies auf das an einem Nagel hängende Bündel Keilriemen. Hans fuhr mit dem Blick über die spinnwebverhangenen grauen Wände, bevor er einen Riemen nach dem anderen prüfte.

»Nein«, sagte er ab und zu, »nein.« Endlich fand er einen, der passte, und er löste ihn aus dem Bündel. Noch einmal las er die gelbe, kaum noch entzifferbare Beschriftung. »Kann ich mir den mitnehmen?«

Anstatt zu antworten, sagte Ferdinand: »Diese Gerüchte … von denen du mir letztens erzählt hast … setzt er sie in die Welt, der Onkel?«

»Ja«, antwortete Hans überrascht, »Thomas. Hast du das etwa nicht gewusst?«

Ferdinand verließ die Werkstatt. Hans folgte ihm. Etwa in der Mitte des Hofes blieb Ferdinand stehen und drehte sich um. »Das wusste ich nicht, nein«, sagte er.

»Ja«, sagte Hans ein wenig ungeduldig. »Kann ich ihn mitnehmen?« Er hielt den Riemen, der auf dem vordersten Glied seines Zeigefingers lagerte und leicht schwang, in die Luft.

Ferdinand sah dem Pendeln zu und nickte. »Ich brauche ihn nicht.«

Bald darauf verabschiedeten sie sich voneinander.

Von jener Stunde an war Thomas für Ferdinand nicht länger gestorben. Unmöglich, jemanden für tot zu halten, der sich derart in Erinnerung rief. Es begann eine Phase, die Ferdinands Wesen veränderte. Schon vor einiger Zeit hatte er – im Grunde ein einfacher formaler Akt – den Nachnamen seines Vaters angenommen und hieß jetzt wirklich so, wie er sich seit seinem siebzehnten Lebensjahr nannte: Ferdinand Goldberger. Aber gespiegelt hatte er sich in dieser Sippe, die von Generation zu Generation wieder nur wie von allen anderen abgekapselte und einzig für sich selbst agierende Wesen hervorbrachte, doch nie – sah man vom rein Äußerlichen ab; er hatte das Adlergesicht der Vorfahren, die manchmal wie Kohlenstücke aussehenden, schwarz lodernden Augen, das dunkle Haar. Jetzt, ausgelöst durch Thomas' Verhalten – ja, was war es eigentlich? Bosheit? Schadenwollen? oder hatte er im Gefängnis den Verstand verloren und glaubte das etwa wirklich? –, wurde sein Denken und Handeln nach und nach ein Goldbergersches. Denn alles Handeln davor – auch der Verkauf der Flächen – hatte nicht sein, Ferdinands, Wohl zum Ziel und war nicht gegen irgendjemanden gerichtet, sondern war allein für jemanden gedacht: für Paul. Ferdinand wollte, dass alles so war, wie zur Zeit seines Vaters, der so gerne der Hoferbe geworden wäre, aber als Zehnjähriger ins Stiftsgymnasium nach K. geschickt worden war. Früher hätte Ferdinand gedacht: Dass er ein solches Gerücht in die Welt setzt … bloß ein weiterer Beweis dafür, dass er verrückt ist … was geht es mich an? Jetzt dachte er nur: Rache. Ich zahle es ihm heim. Aber wie? Diese Frage ließ ihn rastlos von einem Ort zum anderen laufen, Arbeiten unterbrechen – sogar vom Essen stand er jetzt manchmal einfach mittendrin auf, und Sabine konnte ihn dann im Innenhof sehen, wo er hin und her ging, ab und zu einen Blick zum Küchenfenster hin warf, aber so abwesend, dass sie nur den Kopf schütteln konnte und sich daran machte, den Tisch abzuräumen.

Wochen vergingen so. Eines Morgens – es regnete und im Haus war es sehr dunkel – saß er eine Stunde lang vor dem Telefon, bis er den Hörer abnahm und eine Nummer wählte. Am anderen Ende der Leitung blieb es still, und Ferdinand legte auf und wartete eine weitere halbe Stunde. Nur einmal stand er seufzend auf und ging in der Stube auf und ab, bevor er sich wieder setzte. Beim zweiten Mal hob Hans ab. Ohne Begrüßung sagte Ferdinand mit gepresster Stimme: »Sag deinem Vater, dass es stimmt.«

»Ferdinand?«

»Ja, ich bin es.«

»Was sagst du? Was stimmt?«

»Vielleicht weißt du es ja selbst ... Wie heißt es noch? Wo die Liebe hinfällt ... Heißt es nicht so?« Laut hörte er seinen eigenen Atem durch den Hörer.

»Ich weiß nicht ...«, sagte Hans unsicher, »ich bin nicht sicher, ob ich dich verstehe ...«

»Du verstehst mich schon. Richte es ihm aus. Dann kann er es dem Onkel weitererzählen, wenn er ihn das nächste Mal besuchen fährt oder ihn anruft oder ihm schreibt. Ja, und sag ihm auch, dass ich euch nichts mehr ausleihen kann. Den Keilriemen – behalte ihn einfach.«

»Nichts mehr – aber warum denn ...?« Hans klang verdattert.

Doch anstatt irgendetwas zu erklären, verabschiedete sich Ferdinand kurz angebunden und legte auf. Händereibend trat er aus dem Dämmer des Hauses in jenen des Regentages. Bald würde das ganze Dorf von dem Bekenntnis wissen. Ob es ihm schaden würde, interessierte ihn nicht; ja, er wusste sogar, dass es ihm schaden würde – Gerücht blieb doch immer noch bloß Gerücht. Aber der Schaden, den er Thomas damit zufügte – die Schande –, wäre unvergleichlich größer. Nach dieser Tat fühlte er sich befreit, er beruhigte sich und wurde wieder milder; irgendwie war es, als hätte er nur einen Ausgleich schaffen müssen, ein Gleichmaß wiederherstellen. Nichts weiter.

Er wandte sich wieder der Aufgabe zu, sich in den inzwischen völlig leeren Ställen einzurichten, um darin pflanzenbauliche Experimente durchführen zu können. In den größten dieser Räume, den er den »Alten Stall« nannte, hatte er ein kleines Büro eingebaut, einen Bretterverschlag mit großem Fenster aus

Plexiglas, in dem er all seine Versuche sorgfältig in Wort und Bild dokumentierte und in Ordnern sammelte.

Er bemerkte nicht, wie sehr er sich innerlich verändert hatte. Seine Tante Sabine bemerkte es wohl. Natürlich hatte sie von Thomas erfahren, was Ferdinand erzählte – ob sie es wusste, und wenn sie es wusste: ob sie es glaubte, dass zuerst Thomas ein Gerücht gestreut hatte, war nicht klar –, und natürlich war es ihr nicht recht. Sie verlangte von Ferdinand, das wieder in Ordnung zu bringen. Sie brachte das in recht ruhigem Ton vor, der nichts von ihrer Erregung verriet. Erst als Ferdinand nicht reagierte, zeigte sich, wie aufgebracht sie war; sie verlor die Fassung und wiederholte ihre Forderung heftig. Da sagte Ferdinand, ohne den Blick von seiner Zeitung zu heben, wenn es ihr nicht passe, könne sie ja wegziehen. Von da an fiel, abgesehen von dem Allernotwendigsten, kein Wort mehr zwischen den beiden. Anfangs schien Sabine noch mit der Situation zu hadern, die ihr nicht einleuchtete – allzu deutlich wusste sie, dass nicht stimmte, was Ferdinand behauptet hatte –, doch dann wurde ihr nach und nach bewusst, dass mit Vernunft hier nichts mehr anzufangen war. Sie sah, dass Ferdinand nicht länger der war, den sie gekannt hatte.

4

Ungefähr ein Jahr verging in dieser Weise. Man sprach inzwischen in Rosental davon, dass Ferdinand Goldberger sogar auf ihm völlig unbekannte Frauen eifersüchtig sei – er selbst hatte dieses Gerücht in die Welt gesetzt. Junge Frauen an sich, sagte man, lösten bei ihm etwas Ähnliches aus, wie es damals bei Leonhard eine Schirmkappe getan hatte. Ja, und so mied man ihn, die Leute wichen vor ihm zurück, und in der Kirche hatte er eine Bank für sich – lieber stand man, als sich zu ihm zu setzen.

Ferdinand empfand diesen Zustand als angenehm, er hatte ihn angestrebt, und manchmal, wenn er ein solches Zurückweichen wahrnahm, merkte er auf – hielt einen Moment inne und lachte dann – »He! He!« – kurz, abgehackt, wie metallisch. Ein wirklich amüsiertes und zugleich höchst verächtliches Lachen über Leute, die Dinge glaubten, für die sie keinen Beweis hatten.

Hans kam nicht mehr. Abgesehen vom Postauto täglich gegen Mittag, kam überhaupt niemand. Bis eines Tages doch jemand kam, den Ferdinand zunächst auch nach Vernehmen des Namens nicht erkannte: Wenzel Sihorsch. Erst nach einigen Minuten erinnerte er sich. In den ersten Jahren waren sie Klassenkameraden in K. gewesen, bis Wenzel die Schule verließ. Er stammte ursprünglich aus P., jetzt war er einer Erbschaft wegen in die hiesige Gegend zurückgekehrt. Als Ferdinand nachfragte, stellte sich heraus, dass Wenzel eben den Hof geerbt hatte, dessen Besitzer Ferdinand zunächst vergeblich auszumachen versucht hatte, bis er erfuhr, dass der Bauer gestorben war – jenes heruntergekommene Gut am südlichen Rand von Rosental. Deshalb also war Ferdinand der Name vage bekannt vorgekommen. Zuerst meinte er, Wenzel komme wegen der alten Verträge, dann, er komme, um Rat zu suchen, bis er beim zweiten oder dritten Besuch Wenzels dahinterkam, was der wahre Grund sowohl seiner Besuche als auch überhaupt seines Umzugs war: Seine Frau hatte ihn verlassen. – Ferdinand hatte immer weniger Lust, für Besorgungen nach Rosental oder sonstwohin zu fahren, und zunehmend übernahm Wenzel das für ihn. So war beiden geholfen: Ferdinand musste nirgends mehr hin, und Wenzel hatte Anlass, bei Ferdinand zu sitzen und dem still, aber aufmerksam Zuhörenden einmal mehr seine Geschichte zu erzählen, die er, so einfach sie war, nicht verstehen konnte. Was Wenzel in den vielen Jahren, in denen sie einander nicht gesehen hatte, gemacht hatte, erfuhr Ferdinand nicht.

Gegen Mittag das Postauto; alle zehn, zwölf Tage Wenzel. Und dann noch jemand: Thomas.

Seit bald einem Jahr fiel kaum ein Wort zwischen Ferdinand und Sabine. Wohl hatte er irgendwie bemerkt, dass ihre beiden wöchentlichen Besuche im Gefängnis seit kurzem ausfielen und dass sie sehr oft am Stubenfenster stand und hinaussah, doch hatte er das nicht mit einem Gedanken an eine vorzeitige Entlassung seines Onkels in Verbindung gebracht. Seit der Geschichte mit dem Gerücht – vor allem während jener ersten Zeit – hatte Ferdinand sich öfter als bloß einmal ausgemalt, wie die Begegnung mit Thomas wäre. Und jedes Mal hatte sein Atem sich bei der Vorstellung beschleunigt, sein Herz schneller geschlagen, sein Zorn sich gesteigert. Er sah sich dann den Anschuldigungen, dem Wüten des Onkels mit nur wenigen Worten begegnen: Du hast meinen Vater verjagt. Du hast ihm das Zuhause genommen. Jetzt nehme ich dir deines. – Oder nicht einmal so viel: Er sah sich lediglich das Mobiltelefon aus der Tasche ziehen, einen Blick in das spiegelnde Display werfen – und die Polizei rufen, während sein Blick auf dem Gesicht des Onkels lag, dem er kein einziges Wort erwidert hatte. In keiner seiner Vorstellungen kam es zu Handgreiflichkeiten, in jeder zu einer grenzenlosen Demütigung des Onkels. Und in jeder stand er, Ferdinand, in absoluter Regungslosigkeit in der Haustür, über der, kaum noch zu erkennen, das Bild eines Betenden im Profil auf den Putz gemalt war. In Wirklichkeit war alles ganz anders.

Eines Nachmittags im Frühherbst, fast auf den Tag genau sechs Jahre nach seiner Heimkehr, war Ferdinand damit beschäftigt, das Tausendkorngewicht der geernteten Getreide zu bestimmen. Sein Tagesplan war anders gewesen, doch am Vormittag waren unerwartet starke Schauer niedergegangen, sodass an Feldarbeit nicht zu denken war. Er stand an einer mit hellem Packpapier bespannten Werkbank und zählte die Emmerkörner ab, als Sabine zurückkam – er kannte das Motorgeräusch ihres Wagens; sie fuhr langsamer als sonst die Zufahrt herauf, Ferdinand achtete aber kaum darauf und zählte halblaut weiter. Erst, als er zwei Türen fast zeitgleich zuschlagen hörte, hielt er inne. Er hörte nichts weiter – bloß das leise und dennoch durchdringend aus dem Radio kommende barocke Cembalospiel. Ferdinand zählte weiter, hatte das Tausendkorngewicht bald ermittelt und notiert und wendete sich einer alten Hafersorte zu, die ihm, vom Getreidehähnchen befallen, monatelang Sorgen bereitet hatte. Zunächst fotografierte er Körner auf Millimeterpapier, dann machte er sich ans Zählen. Noch keine hundert Körner hatte er abgezählt, als er etwas wie einen Schatten durch seinen Augenwinkel ziehen sah. Er wandte sich um, der Tür zu. Es war nichts zu sehen. Früher hatte man jeden Schritt, den jemand machte, gehört – aber der schwarze Asphalt schluckte alles. Ferdinand durchschritt den Alten Stall und trat ins Freie. Sowie er den Mann dort sah, an jener Stelle stehen, an welcher der Stall gestanden war, wusste Ferdinand, dass es Thomas sein musste, obwohl er ihn nicht wiedererkannte. Der Onkel, ganz in Schwarz gekleidet, hatte sich stark verändert. Immer schon hager, war er jetzt, nach den Jahren ohne körperliche Betätigung, dürr, wenngleich er einen kleinen Bauchansatz hatte. Die Haare trug er nicht mehr gescheitelt, sondern kurzgeschoren, und da und dort blitzte ein einzelner silberfarbener Stoppel auf – sogar im Gesicht, das eigentlich glattrasiert war. Alles schien an diesem Körper verändert, sogar die dunkler gewordene Haut, nur die Hände waren immer noch, wie sie gewesen waren: nicht groß, nur breit und sehr kräftig und deshalb groß wirkend, ganz so, wie Ferdinands eigene. Das über die Schulter geworfene, ebenfalls schwarze Sakko barg ein dem Anschein nach dickes Buch in der Seitentasche, Ferdinand sah es, als Thomas sich ihm zuwandte und sagte: »Du hast ihn wirklich abgerissen.«

Ein paar Sekunden, eine Minute lang war Ferdinand wie getroffen – nicht von den Worten, sondern von dem leisen, heiseren, fast gebrochenen Ton. Dann fing er sich einigermaßen und sagte: »Ja.«

Thomas schüttelte kaum merklich den Kopf und machte ein paar Schritte nach Süden hin, bevor er erneut stehen blieb. Ferdinand war kurz davor, ihm zu folgen, bewegte sich dann doch nicht und verschränkte die Arme vor der Brust.

»Und«, sagte da Thomas und warf Ferdinand einen beinah lachenden Blick zu, »und die Felder drüben hast du verkauft …«

Auch das klang wie das Vorangegangene, wie zu sich selbst gesprochen. Ferdinand löste die Arme aus der Verschränkung – steckte die Hände in die Hosentaschen. Nachdem Thomas eine Weile so gestanden war und Ferdinand nichts als seinen Rücken und seinen kurzgeschorenen Schädel, auf dem es ab und zu aufblitzte, gesehen hatte, wandte der Onkel sich dem Haus zu. Ferdinand hörte eine Autotür schlagen und drehte den Kopf für einen Moment in die Richtung, als könnte er etwas sehen.

Der Onkel sagte: »Ja, sie kommt mit mir. Ich habe eine Wohnung … eine große Wohnung in Wels …«

Dann setzte er sich in Bewegung, einmal noch hielt er inne, holte Luft, als wollte er etwas sagen, sagte jedoch nichts, ging davon und verschwand nach wenigen Metern aus Ferdinands Sicht. Ferdinand ging in den Alten Stall zurück. Nicht sehr viel später hörte er das Auto starten und, wieder langsam, davonfahren.

Bis zum Abend blieb er im Alten Stall, doch obwohl er es wieder und wieder versuchte, gelang es ihm nicht, das Tausendkorngewicht der alten Hafersorte zu ermitteln.

5

In Rosental, das wusste Ferdinand, waren die Gerüchte über ihn nicht verstummt. Man hatte gewiss schon erfahren, dass Thomas freigekommen und dass er nicht nur nicht auf den Hof zurückgekehrt war, sondern dass er auch noch Sabine fortgeholt hatte. Selbstverständlich würde das Gerede sich neu beleben, würde man erneut alles auf zwei Dinge zurückführen, auf Ferdinands Hartherzigkeit und seine Eifersucht. Und das gefiel ihm nicht. Er wollte jetzt, dass man ihn in Ruhe ließe. So recht es ihm war, dass Sabine weg war, so deutlich sah er, dass dadurch sein Ziel, diese Geschichte zu Ende zu bringen, wie er es bei sich nannte, in weitere Ferne gerückt war. Denn nicht nur, dass es Gerede geben würde – er müsste nun auch wieder hin und wieder in den Ort, um sich mit Lebensmitteln zu versorgen; schon jetzt murrte Wenzel manchmal, Ferdinand würde ihm kaum noch mehr auftragen können. Es dauerte nicht lange, bis er den Entschluss fasste, ein gewisses Inserat zu schalten. Damit würde er, so seine Hoffnung und Berechnung, den Gerüchten ein Ende machen, weiterhin zurückgezogen leben und seinen ihn das ganze Jahr über beschäftigenden Versuchen nachgehen können.

Er wartete bis Ende des Winters, dann gab er eine knapp gefasste Annonce auf: »Junglandwirt sucht ordentliche Frau für gemeinsamen Haushalt.« In einer der folgenden Wochen erschien sie im Anzeigenteil der Landwirtschaftszeitung, für die er früher manchen Artikel verfasst hatte; aus Mangel an anderen Rubriken stand seine Annonce bei den Heiratsanzeigen. Nur im ersten Moment störte er sich daran und wartete in der Folge in aller Ruhe auf Zuschriften.

Die Fliedersträucher – er hatte zusätzliche zu den vorhandenen gesetzt – schlugen aus, als die ersten Zuschriften eintrafen. Ein paar Tage lang kamen Briefe an, dann keine mehr, und erst jetzt öffnete und las Ferdinand sie. Insgesamt war es ein gutes Dutzend. Diejenigen, die nicht infrage kamen, sortierte er sofort aus, die vier übrigen reihte er mehrmals um. Im Grunde betrachtete er diese Briefe samt beigelegten Fotos nicht sehr viel anders als seine Sortenversuche. Am Ende blieben nur ein Brief und ein Foto vor ihm auf dem mit tiefen und weniger tiefen Kerben versehenen Küchentisch liegen. Er ließ es einige Tage dort, betrachtete es immer wieder und mit wachsendem Wohlwollen, das auch aus Gewöhnung kommen mochte, und führte am Ende der Woche ein erstes Telefonat mit jener Frau – Renate. Das Telefonat dauerte eine knappe Stunde. Ferdinand erzählte ein wenig von sich, zählte ein paar Stationen seiner Biographie auf, wobei er Südamerika wegließ, beschrieb das Gut, dann erzählte die Frau, ebenfalls knapp, von ihrem Leben und wiederholte dabei manches, was Ferdinand schon aus ihrem Brief wusste. Sie war mit Ende dreißig wenige Jahre älter als Ferdinand, hatte hier und dort als Verkäuferin gearbeitet, im Moment war sie in einem Lebensmittelgeschäft angestellt. Sie stammte aus dem Süden des Bundeslandes und hatte einen entsprechend starken Dialekt, der Ferdinand gefiel. Überhaupt verstand man sich, und man vereinbarte ein weiteres Telefonat für den folgenden Tag. – Bei diesem zweiten Telefonat erfuhr Ferdinand, dass Renates Mutter vor wenigen Monaten gestorben war – die Tochter hatte sie gepflegt. Der Vater, ebenfalls ein schwerer Pflegefall, lebte in einem Heim unweit von Renates Heimatort. Da die Mutter keine Pension bezogen hatte, musste Renate, soweit möglich, für die Pflege des Vaters aufkommen. Mit ihrem kleinen Gehalt war da nicht viel zu machen. Üblicherweise übernahm in solchen Fällen der Staat die Kosten für das Heim. Nun war es aber so, dass Renate bereits als Erbin eingesetzt war – das Haus war ihr vor gut drei Jahren überschrieben worden. Und deshalb wurde es als Kapital herangezogen und belastet. Monat für Monat ging ein Stück davon verloren, und längst war klar, dass Renate es in nicht allzu ferner Zukunft räumen müsste. Der Vater war inzwischen bettlägerig und erkannte seine Tochter nicht mehr. Sie hatte den Plan gefasst, in die Stadt zu ziehen – egal, in welche. Sie hatte an Salzburg oder Wien gedacht. Seit dem Tod der Mutter sah sie Wohnungsinserate durch, und eines Abends, nachdem sie wieder einmal vergeblich die Zeitungen durchforstet hatte, fiel ihr die Landwirtschaftszeitung in die Hand, die ihr Vater als Hobbyimker abonniert und die sie nie abbestellt hatte. Gedankenlos blätterte sie die Zeitung durch, sah die Bilder an, überflog die Schlagzeilen, kam dann zum Anzeigenteil … Sie lachte, als sie das erzählte, und es klang überrascht und schüchtern und ein wenig übermütig. Sie habe so etwas noch nie gemacht … Wie sie erzählte, was sie erzählte – das sagte Ferdinand, was er bereits in ihrem Brief und dem Foto gesehen hatte: dass sie eine bescheidene, nicht verwöhnte und arbeitswillige Frau war, die nur auf eine Aufgabe wartete, die sie sich, aus Mangel an Phantasie und Selbstvertrauen, selbst nicht stellen konnte. Kurz, dass sie die Frau war, nach der er gesucht hatte. – Nach einem weiteren, knappen Telefonat, das hauptsächlich aus einer Wegbeschreibung bestand, kam Renate an einem der ersten Apriltage nach Rosental. Am Telefon hatten sie beide viel gesprochen. Jetzt sprachen sie kaum etwas, wenn auch aus unterschiedlichen Gründen. Unübersehbar, wie aufgeregt Renate war, während es für Ferdinand nichts weiter zu sagen gab: entweder, es gefiele ihr hier – oder eben nicht, dann müsste er erneut inserieren. Er führte sie herum, zeigte ihr das Haus. Als er die Tür zu dem Zimmer aufstieß, in dem früher Thomas und Sabine, dann Sabine allein geschlafen hatte und in dem auch der Fernseher stand, sagte er: »Das wäre dann dein Zimmer …«

Renate wich einen Schritt zurück und starrte Ferdinand verständnislos an. Ferdinand senkte den Blick, verzog das Gesicht wie vor einem Schmerz, wies mit der einen Hand flüchtig Richtung Leibesmitte und sagte: »Ich kann nicht …«

»Oh«, machte Renate.

»Ja«, sagte Ferdinand und ging zum Treppenabgang und stieg hinab. Mit einiger Verzögerung folgte Renate ihm.

Mit einem Mal wirkte sie als Ganzes verzögert, auch beim Abschied. Ferdinand schaute ihr nach und sah ihren Wagen hinter dem Hügelrücken verschwinden; er war unsicher, ob er sie wiedersehen würde. Ohne in irgendeiner Weise angespannt zu sein, wartete er. Und er wartete nicht vergebens. Drei Tage später kam sie wieder, und von jener Verzögerung war nichts mehr festzustellen. Renate blieb und schien glücklich. Nach einiger Zeit fing sie an, Ferdinand im Vorbeigehen manchmal einen Kuss auf die Wange zu drücken, fast verstohlen, und wenn er sich entzog, lachte sie auf und sagte: »Geh, Ferdinand!«, als hätte er sich bloß einen Scherz erlaubt – einen Scherz, den sie seit einer Ewigkeit schon von ihm kannte.

Bald nachdem sie sich eingerichtet und im Haus alles – so empfand Ferdinand es – durcheinandergebracht hatte, fand sie, ohne Tiere sei ein solcher Hof »depremierend«, und sie schlug vor, Laufenten zu halten. Ferdinand ließ ihr auch hier freie Hand, und schon bald war aus einem der alten Schweineställe ein Entenstall geworden, und den ganzen Tag über liefen diese für Ferdinand sonderbaren Tiere schnatternd von hier nach dort. Bereits manchmal war ihm der Gedanke gekommen, mit seinem ehemaligen Vorgesetzten im Ministerium wieder Kontakt aufzunehmen. Jetzt, wo er eine vernünftige, Renate zugängliche Antwort benötigte auf die Frage, womit er sich beschäftige, tat er es. Zu seinem Erstaunen war er immer noch nicht im Ruhestand. Ferdinand berichtete ihm, der seine Freude nicht verhehlte, von seinen Versuchen und fragte, ob er daran interessiert sei. Anselm Steiner war es. So begann eine neue Zusammenarbeit, und alle paar Wochen telefonierten sie und sprachen über Fachliches; hin und wieder erzählte Steiner, welche Veränderungen es in den vergangenen Jahren im Ministerium gegeben hatte. Privates ließ man gänzlich aus. Ihre Zusammenarbeit, erzählte Steiner, errege einiges Aufsehen – wegen Ferdinands Studien, fügte er auf eine solch eilige Art hinzu, dass sich in Ferdinand der Verdacht regte, sein Fall sei bekannt oder zumindest bekannt gewesen, und dass man sich nun wieder daran erinnerte wie an eine alte Zeitungsnotiz. Er selbst fühlte seine Erinnerung davon irgendwie verändert, als würde ein stumpfer, im Fleisch steckender Stachel von unsichtbarer Hand geschärft ... wie es manchmal die Träume machten ... Einen Moment lang überlegte er da, die Zusammenarbeit zu beenden, doch just an jenem Tag fragte Renate ihn, wann es denn nun zu der »Veröffentlichung« – sie sprach es abgehackt, fast Silbe für Silbe aus – kommen werde, da gab er die Überlegung wieder auf. Und er merkte zudem, dass die Zusammenarbeit ihn auf eine stille, warme Art freute. In seinem Büro im Alten Stall schrieb er sorgfältige Berichte über die einzelnen Versuche, wobei er in seinen Ordnern sämtliche Daten dazu fand.

Eines Tages erreichte Ferdinand Steiner nicht, stattdessen ging ein anderer an den Apparat und verwickelte Ferdinand in ein Gespräch. Ferdinand erinnerte sich an den Mitarbeiter Steiners: Roland Sachs, ein Biologe, der schon mit Anfang dreißig, als er ins Ministerium eintrat, ergraut gewesen war. Sachs stellte Ferdinand einige Fragen zu dessen Versuchen, nicht alle konnte Ferdinand aus dem Stegreif beantworten. Sie sprachen etwa zehn Minuten, Ferdinand wollte das Telefonat beenden, als Sachs von einer bestimmten pflanzenbaulichen Untersuchung aus den Niederlanden erzählte, die er Ferdinand zukommen lassen wollte. Ferdinand wollte ihm seine Adresse durchgeben, als Sachs sagte, er gebe das Papier einfach Steiner mit – sie würden sich doch gewiss an einem der kommenden Wochenenden sehen. Ferdinand verstand nicht und ging nicht darauf ein. Sachs wiederholte, die beiden würden einander doch bestimmt bald sehen, wo Steiner doch seine Wochenenden meist »dort draußen« verbringe. »Ja«, sagte Ferdinand, »aber schicken Sie es mir trotzdem per Post – dann habe ich es noch vor dem Wochenende.« Nach dem Gespräch ging Ferdinand auf dem Vorplatz auf und ab; der Teer war längst nicht mehr zu riechen. Dass Steiner von ganz aus der Nähe abstammte, hier noch ein Haus hatte – Ferdinand hatte es vergessen. Er entwickelte in diesem Moment etwas wie Dankbarkeit seinem alten Vorgesetzten gegenüber – so viel dieser während ihrer Telefonate erzählt hatte, davon hatte er nie gesprochen, wenn er vielleicht auch darauf gewartet haben mochte, dass Ferdinand einmal nach der Möglichkeit eines Wiedersehens fragte. Ferdinand hatte es nie getan. Und nachdem die Untersuchung veröffentlicht worden war, fanden die Telefonate zwischen den beiden ein Ende. Ferdinand würde sich melden, wenn seine aktuellen Versuche beendet wären – so verblieb man.

Daraufhin wurde es ruhiger. Ferdinand brachte das etwas in Unordnung geratene Büro im Alten Stall in Ordnung, Renate war mit ihren Enten beschäftigt – sie war inzwischen mit anderen über das Bundesland verstreuten Entenzüchtern bekannt und verkaufte ihre gemästeten Enten zu einem guten Preis – Ferdinand staunte, als sie ihm nannte, was damit zu verdienen war.

Rasch hatte er sich an Renate gewöhnt, er mochte es, mit ihr zusammenzuleben – sie taten es in einer Ruhe, als hätten sie ihre Stürme bereits hinter sich. Hin und wieder fuhr er in das Bordell in der Nähe von Kirchdorf. Einmal kam ein Brief – Steiners Tochter schrieb. Sie habe, schrieb sie, von Ferdinands Versuchen gehört und würde ihn bei Gelegenheit gerne besuchen. Sie habe Biologie studiert und mache nun ein Masterprogramm Pflanzenbau an der Universität für Bodenkultur. Dafür würde sie gerne seine Versuche kennenlernen – und so weiter. Ferdinand fand, sie solle besser an anderer Stelle anfragen, er wollte seine Ruhe. Er ließ den Brief unbeantwortet, nicht aus Unhöflichkeit, sondern weil er es einfach vergaß. Als jedoch einige Wochen später ein weiterer Brief von Steiners Tochter eintraf, warf er ihn, ohne einen Gedanken darauf zu verschwenden, in den Ofen.

6

An all das erinnerte er sich, an alles, was zwischen der Hofübernahme und diesem Tag geschehen war, während er, ohne sich zu rühren, auf dem Hackstock saß und in die Ferne schaute. Mehrmals war Renate bereits vorbeigegangen, wie so oft summend oder singend – schöne Melodien, schöne Lieder, die Ferdinand vor ihr nicht gekannt hatte. Sie, die ihn oft da sitzen sah, hatte ihm einmal etwas zugerufen, doch er schien nicht zu hören. Die in weitem Halbkreis vor ihm liegende Kette des Gebirges hob sich fast wie ein gigantischer Fremdkörper von allem anderen ab. Derart strahlte sie nur einmal im Jahr. Erst vor wenigen Tagen waren in Rosental die letzten Schneereste geschmolzen, jetzt lag die sich wellende und Richtung Süden sich in eine vorgebirgliche verwandelnde Landschaft in satten, nassen Farben da: matt glänzendes, flächenweise grün oder fahlgrün oder falb gestricheltes, dunkles Braun: die riesig gewordenen, sich in schnurgeraden Linien voneinander abgrenzenden Äcker. Nur noch einzelne, im Winter schwarz gewordene Bäume standen in dieser ausgeräumten Landschaft. Der Goldbergersche Hof war wie eine Insel inmitten dieses lautlos stampfenden Fortschritts, der alles in eines werfen wollte. Mit dem abnehmenden Licht schien tatsächlich der gesamte Gesichtskreis unaufhörlich und unaufhebbar zu etwas zu verschmelzen, was früher noch in der Nacht zahllose Unterscheidungen zuließ. Seine eigenen klappernden Zähne rissen Ferdinand aus seiner Starre, und ächzend richtete er sich auf. Er warf sich den Mantel um, trat ins Haus, kehrte noch einmal um und blickte Richtung Magdalenaberg. Dann ging er wieder ins Haus.

»Es ist alles finster«, sagte er. Renate saß am Küchentisch und löste Kreuzworträtsel. Sie sah auf und lächelte ihn in ihrer offenen, vertrauensseligen Art an. »Auf dem Magdalenaberg«, sagte er, »keine Lichter.«

»Geh, Ferdinand«, sagte Renate, »sie haben doch geschrieben, dass es Stromabschaltung gibt!«

Jetzt erst sah Ferdinand die Kerzen auf dem Tisch.

»Schon letzte Woche!«

»Ach, wirklich.« Ferdinand betrachtete die Kerzen.

»Aber was ist denn heute mit dir? Du siehst ja aus … als würdest du wo herunterstürzen!« Sie lachte. Ferdinand setzte sich. Renate stand auf und stellte das Abendessen auf den Tisch. Kaum hatten sie zu essen begonnen, sagte sie: »Weißt du, was diesen frechen Viechern heute wieder eingefallen ist?«

Bis zum Ende der Mahlzeit sprudelte aus ihr, was sich den Tag über angesammelt hatte, und Ferdinand sagte ein paarmal: »Ach ja? Wirklich?« Danach legte sie das Besteck beiseite und verstummte. Ferdinand fragte: »Bei uns auch?«

»Der Strom? Die Abschaltung?«

Ferdinand starrte auf die Kerzen.

»Du horchst mir heute gar nicht zu.«

»Ja.«

In dem Moment fiel der Strom aus, es wurde dunkel und vollkommen still. Eine ganze Minute verstrich, bis Renate nach der zwischen den Kerzen liegenden Streichholzschachtel griff, ein Zündholz entnahm, es anriss und zwei der Kerzen anzündete. Knisternd brannten sie an, die Flammen zuckten, bis sie ruhig waren und die Dinge in ihrem Umkreis in ihr weiches dunkles Gelb tauchten, und auch das Ticken der Wanduhr klang nun weicher als gerade noch.

Nachdem Ferdinand längere Zeit auf die Kerzen gestarrt hatte, nahm er eine, erhob sich und ging durch das Haus in das Obergeschoß. Er ging langsam und vorsichtig, als ginge er durch einen verwinkelten schwarzen Tunnel. Obschon er wusste, was sich ringsum befand, war es ungewohnt, so den Weg zu gehen, und öfter als einmal verschätzte er sich bei den Abständen, etwa von einer Tür zur anderen. Er begab sich auf sein Zimmer, stellte die Kerze auf dem zwischen zwei Fenstern stehenden Schreibtisch ab und begann, in dem Raum umherzugehen. Einmal blieb er vor dem ausladenderen der beiden Bücherschränke stehen und strich über die Schublade, in der er seine Notizhefte von früher verwahrte, dann nahm er die Wanderung wieder auf. Er hörte Renate sich seinem Zimmer nähern, davor stehen bleiben und weitergehen, dann, wie die Tür zu ihrem Zimmer sich öffnete und wieder schloss. Immer energischer wurden seine Schritte, immer rascher ging sein Atem. »Nein«, murmelte er, immer wieder, »nein, nein, nein.« Endlich zog er sich um, schlüpfte in die Lederschuhe, stieg nach unten und machte sich auf den Weg Richtung Kirchdorf.

Weit nach Mitternacht kam er zurück. Immer noch gab es nicht wieder Strom. Immer noch hatte er keine Ruhe gefunden, und er fing wieder an, in seinem Zimmer auf und ab zu wandern. Kein Mondlicht drang durch die kleinen, tiefen, mit schwarzlackierten Kreuzen versehenen Fenster, Ferdinand ging im völligen Dunkel. Die ganze Nacht durchwachte er auf diese Weise. Kaum bemerkte er das Einsetzen der Morgendämmerung, entzündete er die in dem niedrigen bronzefarbenen Ständer weit heruntergebrannte Kerze, verließ mit ihr in der Hand das Zimmer und stieg in den Keller hinab. Dort, verborgen zwischen zwei leeren Mostfässern – deren Kunststoff irgendwann einmal weiß gewesen sein mochte, jetzt aber durch die Ablagerungen im Inneren braun war – lag unter Jutesäcken eine Ledertasche. Er zog einen Schemel heran und setzte sich vor jene Stelle, zog die Säcke weg und enthüllte die dunkle Tasche. Er stellte den Kerzenständer ab und öffnete sie. Die Gold- und Silberbarren schimmerten im Kerzenschein ein wenig unwirklich. Ferdinand hatte den Erlös aus dem Verkauf jener zwölfeinhalb Hektar in Edelmetall investiert, hauptsächlich in Gold. Seither war der Goldpreis um das Mehrfache gestiegen. Doch Ferdinand kümmerte sich nicht darum, nur alle paar Monate warf er einen Blick auf die Kurse. Mit einem Mal bemerkte er, wie das Metall seinen Glanz verlor, und er wandte sich um. Das Licht, das durch die Füllschächte in den Keller fiel, erschreckte ihn. Er war nicht länger in einem schwarzen Tunnel. Er war durch Dunkelheit gegangen, in Dunkelheit gesessen, hatte nichts gesehen und doch gewusst, was ihn umgab. Jetzt, während sogar hier im Keller das Tageslicht rasch an Stärke gewann, konnte er nicht länger vorgeben, nichts zu sehen. Er brach in Tränen aus und rutschte vom Hocker auf die Knie. Es dauerte eine lange Zeit, bis er sich beruhigte, dann blies er die Kerze aus und stieg die Stockwerke hoch in sein Zimmer, wo er sich angekleidet auf sein Bett warf und in tiefen Schlaf fiel.

7

»W-w-was g-gibt es? W-warum hast du m-m-mich ange-ge-rufen?«

Nur selten stotterte Wenzel. Scheu lag in seinen Augen. Ja, sein Blick war der eines Kleinkinds, das den Vater betrunken sieht und nicht weiß, was geschehen ist – sondern nur weiß, dass der vor ihm Stehende nicht der Vater ist, sondern ein anderer – etwas anderes – in dessen Hülle. Denn Ferdinand sah verändert aus. Auf seinem Gesicht lag eine Gequältheit, die es entstellte.

»Wir Menschen«, sagte Ferdinand, auch seine Stimme klang verändert, auch sie gequält, »sind wir nicht wie chemische Elemente, die miteinander reagieren? Freilich finden sich meist einander ähnliche … deshalb ist auch alles immer so gleich … so vorhersehbar, nicht wahr? Das ist vielleicht sogar im Menschen angelegt, als Überlebensstrategie ... Was aber, wenn es auch andere gibt, in denen das nicht so angelegt ist, in denen kein Plan ist?«

Noch gequälter als eben starrte er Wenzel an, sodass dieser einen Schritt zurückwich. »Weiß nicht ...«, murmelte er.

Wenzel blickte sich um, entdeckte wenige Schritte entfernt ein leeres, gelbes, mit Kalkspritzern übersätes Gebinde, auf das er sich setzte. Als er ihn jetzt wieder ansah, wirkte Ferdinand besänftigt – doch nur einen Moment.

»Ich weiß es auch nicht, Wenzel. Ich weiß es auch nicht. Nur manchmal kommt mir dieser Gedanke, verstehst du?«

Wenzel war in keiner Weise dumm oder auch nur naiv – lediglich allzu ehrlich und ein wenig langsam, und das ließ ihn bisweilen auch bei denen, die ihn kannten und es besser wussten, eben dumm oder naiv wirken.

»Nein«, antwortete er und erntete einen zornigen Blick Ferdinands. Wenzel wiederholte, was er vor wenigen Minuten gesagt hatte, nun ohne Stottern: »Warum hast du mich angerufen?«

»Wir beiden sind die letzten echten Landwirte, Wenzel. Es gibt in ganz Rosental außer uns keinen einzigen wirklichen Landwirt mehr ...«

Wenzel runzelte die Stirn und sah sich in dem Raum um. Der Alte Stall stand voller Werkbänke, Tische und Stellagen, auf denen beschriftete Tongefäße und Petrischalen und Plastikblumentöpfe in scheinbarer Unordnung standen und in denen etwas wuchs oder keimte. Und wie sah es bei ihm, Wenzel, aus? Außer Gerümpel und Dingen, die ohne Pferde oder Ochsen nicht zu gebrauchen waren, hatte er nichts geerbt, keine Maschinen.

»Wir?«, fragte er.

Ferdinand machte eine wegwerfende Geste. Dann schüttelte er kaum merklich den Kopf und sagte: »Drüben – in Südamerika – besaufen sie sich mit Industriealkohol. Sie verdünnen das fast hundertprozentige Zeug mit Brausewasser und trinken es. Ich habe es nur ein paarmal probiert. Man wird fast blind, wenn man das trinkt. Natürlich verliert man den Verstand davon, und man kann von Glück sprechen, wenn man nicht einfach irgendwo umfällt und liegenbleibt – regungslos, im Grunde tot, nur noch atmet, sonst tot.« Er verstummte. Es hatte sich herumgesprochen, dass Ferdinand eine Zeitlang in irgendeinem südamerikanischen Land gelebt hatte, auch Wenzel hatte irgendwann davon gehört.

»Die Kinder« – Ferdinand lachte auf – »sie machen sich einen Spaß daraus, den Besoffenen die Kleidung auszuziehen, vor allem Schuhe und Hose, wenn sie irgendwo am Straßenrand oder mitten auf irgendeinem Weg herumliegen. Nicht, um sie zu bestehlen. Natürlich nicht. Um sie zu blamieren. Um ihnen zu zeigen, wie machtlos sie sind und dass sogar sie, die Kinder, mehr Macht haben ... Selbstverständlich tun sie das nicht bewusst – sie tun es einfach, es macht ihnen Spaß. Des Öfteren habe ich eine solche Szene beobachten können ... Einmal, es war mitten in der Nacht, klopfte es an mein Fenster. Ich fuhr aus dem Schlaf hoch. ›Ja‹, sage ich, ›was ist? Wer ist da?‹ – ›Ich heiße Luis‹, sagt die Stimme, leise, dringlich, ›Luis Sampedro. Bitte, Herr, helfen Sie mir! Leihen Sie mir eine Hose! Morgen haben Sie sie wieder!‹ Aber ich lache nur, so wie ich das höre, ich breche in Lachen aus und sage: ›Gehen Sie nach Hause, Don Lucho! Es sieht Sie ja niemand ... es ist ja finster ...‹ Ich war genauso wie die Kinder in jenem Moment: Ich hatte nicht einen Funken Mitleid mit diesem Mann ... dieser Marionette eines Rauschmittels ... Es war sonderbar ... Ich habe bei vielen Gelegenheiten von dieser nächtlichen Szene erzählt, und immer hat es deshalb großes Gelächter gegeben ...«

Ferdinand sprach dann, wie ohne Zusammenhang, über jene Kinder – dass sie manchmal durch die Straßen liefen und eine Zikade an einen festen Bindfaden gebunden wie einen Drachen hinter sich herzogen, um das Tier allein durch die Reibung der Luft an den Flügeln zum Zirpen zu bringen –, bevor er wieder auf den Besoffenen zurückkam.

»Weißt du, ich lachte – auch über die Zikade. Ich war immer den Kindern nah – ihrem glasklaren und amoralischen Handeln. Aber jetzt muss ich immer an den Besoffenen denken, auf einmal frage ich mich, was ihm wohl geschieht – versteh mich richtig: nach dem ersten Moment, in dem er vielleicht in Tränen ausbricht, wie ohne Verstand, wie immer noch blind. Denkst du nicht, dass er sich zurück … dass er sich zurücksehnt in den Zustand, in dem er sich eben noch befand und an den er sich nicht mehr erinnern kann? In jenes rabenschwarze Nichts, jenes Loch, jenen Abgrund in Zeit und Raum? Was soll er denn – und das ist es, woran ich dauernd denken muss – was soll er denn jetzt tun? Vielmehr: Was wird er tun? Kann er denn irgendetwas tun? Ich frage und frage mich und finde keine Antwort.«

Wenzel hatte mit zur Seite geneigtem Kopf zugehört. Jetzt hielt er sich wieder gerade, räusperte sich und sagte: »Ich kann dir sagen, was er tun wird. Er wird vielleicht noch an ein paar Fenster klopfen, dann wird er damit aufhören – der Verstand wird sich melden. Er wird nach Hause gehen und sich eine Hose anziehen und weiterleben wie davor.«

Ferdinand schien abwesend, und obwohl sein Blick auf Wenzel lag, nahm er ihn kaum wahr. »Ja«, sagte er endlich sehr gedehnt. »Das wird er wohl. Was sonst … Sooft ich in den letzten Tagen daran dachte, ich wusste nie, was er tun würde. Jener Moment, in dem er zu sich kommt – ich habe ihn mir jetzt jeweils als etwas Unendliches vorgestellt, wo er früher für mich bloß ein Moment war, über den ich gelacht habe wie ein Kind … Es geschieht nicht oft, glaube ich, dass die Dinge vor unseren Augen sich auf einmal in einem anderen Licht zeigen. Natürlich erschrickt man da, nicht wahr?« Er hatte sehr langsam gesprochen und sah Wenzel nun fest an.

»Das kann vorkommen«, sagte Wenzel unbestimmt. »Aber ehrlich gesagt, verstehe ich nicht so recht, weshalb du mich angerufen hast.« Er zuckte mit den Schultern.

Sie schwiegen einige Minuten. Dann, als hätte Ferdinand den leicht vorwurfsvollen, leicht gereizten Ton Wenzels vorhin nicht wahrgenommen, ja als hätte er dessen Worte gar nicht gehört, sagte er: »Hast du eigentlich meine Versuche – habe ich sie dir schon einmal gezeigt? Schau, hier!«

Damit erhob er sich und ging, schwungvoller als Wenzel ihn je gehen gesehen hatte, durch den Raum zu einer kleinen Werkbank und begann, sobald Wenzel sich neben ihn gestellt hatte, zu erzählen und zu erklären, und irgendwie widerwillig hörte Wenzel ihm zu.

Ferdinand hatte es nicht bemerkt, dass sich mit Susannes Tod sein ganzes Wesen dunkler gefärbt hatte. Und auch nicht, dass es sich mit der Rückkehr aus Bolivien noch weiter, noch tiefer gefärbt hatte. Er sah nur die Umstände, denen er sich bloß beugen und sich an sie gewöhnen konnte. Die Gewöhnung war das Einzige, was er je bemerkt hatte, und über sie war er oft froh gewesen. Jetzt erkannte er, dass er mit dem Weggehen die Dunkelheit gewählt hatte und dass sein Wesen sich diesem selbstgewählten Dunkel anverwandelt hatte. Sein Wesen hatte sich in das Dunkel als in etwas Rettendes geflüchtet.

Hatte er Judith überhaupt richtig gesehen? Und doch war es ihr unerwartetes Auftauchen gewesen, das ihn erkennen ließ, in welchem Zustand er die vergangenen Jahre zugebracht hatte – und er meinte zu begreifen, dass er ihn im selben Moment mit nur einem einzigen, den Verstand übersteigenden Schritt verlassen hatte. In gewisser Weise erinnerte ihn das an die Besoffenen, denen die Kinder die Hosen auszogen – an ihr Erwachen, das er sich plötzlich schrecklich vorstellte.

Nach dem Gespräch mit Wenzel war alles anders. Immer wieder jäh auflachend ging Ferdinand durch das Haus und murmelte dabei: »Natürlich erschrickt er! Aber dann geht er doch nach Hause ...«

Renate beobachtete ihn misstrauisch.

8

Es begann eine vollkommen neue Zeit. Sie begann, weil die andere, die alte, zu Ende war. Ja, ihr Hauptmerkmal war, dass sie nicht länger die alte war. Woraus sie sonst bestand, hätte auch Ferdinand nicht zu sagen vermocht. Kein bisschen sehnte er sich zurück nach dem Zustand der vergangenen Jahre, den er jetzt erst erkennen konnte, er genoss den neuen, helleren, leichteren. Nur Renate gegenüber fühlte er sich nun schuldig. Er hatte sie hergeholt – und was gab er ihr? Doch bei allem Schuldgefühl, er konnte ihr nichts geben, obwohl er sah, dass sie nur darauf wartete und alles genommen hätte. Bald gewöhnte er sich an dieses Schuldgefühl ...

Auf welche Weise Judiths Auftauchen zu dem Wandel geführt hatte, wusste Ferdinand nicht. Er meinte, es hätte auch irgendetwas anderes sein können – wenn es nur unbekannt und neu gewesen wäre –, der Moment, das Dunkel zu verlassen, sei einfach gekommen gewesen. Doch die Dankbarkeit, die er darüber empfand, veranlasste ihn, zwei Wochen nach Judiths Besuch, Steiner anzurufen. Steiner war wie immer erfreut, von Ferdinand zu hören. Man unterhielt sich eine Weile vor allem über die Vorgänge im Großen Regierungsgebäude am Stubenring. Immer rascher drehe sich das Rad, immer klarer werde die Richtung, sagte Steiner und bedauerte einmal mehr, Ferdinand nicht mehr zum Mitarbeiter zu haben; dann erkundigte er sich nach dem Fortgang von dessen Studien. Nachdem er Auskunft gegeben hatte, kam Ferdinand endlich auf den Grund seines Anrufs zu sprechen. »Ihre Tochter war da«, sagte er.

»Sie hat es erzählt«, antwortete Steiner mit gesenkter Stimme. »Sie war gerade in der Nähe ... Aber Sie waren ... hatten ...«

»Ich war nicht gerade höflich«, sagte Ferdinand.

»Ja«, murmelte Steiner, »naja.« Man hörte, wie unangenehm ihm das Thema war – und auch, dass es ihn verstimmte, er sich aber nicht gestattete, das zu zeigen. »Wie geht es Ihnen denn immer da draußen?« Er wollte das Thema wechseln.

»Nein«, sagte Ferdinand beharrend, »das war ein sonderbarer Tag. Bitte, sagen Sie ihr, sie ist hier jederzeit willkommen. Ich würde sie selbst anrufen, hätte ich nur ihre Nummer.«

»In Ordnung« – immer noch murmelte Steiner. »Na, aber wie geht es Ihnen denn da draußen?«

Sie redeten noch eine ganze Weile, bis sie sich schließlich unter mancherlei gegenseitigen Versprechungen und guten Wünschen verabschiedeten.

In den folgenden Tagen und Wochen war Ferdinand mit Feldarbeiten beschäftigt. Es galt, jene Äcker, auf denen er kein Wintergetreide, sondern nach der Ernte irgendwelche Begrünungen gesät hatte, die über den Winter stehen geblieben und abgefroren waren, umzubrechen, neu zu bereiten und zu bestellen. In diesem Jahr probierte er zum wiederholten Mal eine Direktsaatmethode aus. Er lieh sich dazu ein Spezialgerät und hoffte, diesmal ein noch günstigeres Ergebnis zu erzielen als bei den Malen davor. Seine Erträge lagen meist über dem Durchschnitt, und die Qualität seiner Böden steigerte sich von Jahr zu Jahr, wie ihm verschiedene, regelmäßig überprüfte Parameter bestätigten. Doch hatte er die Arbeit bisher wie ein Wissenschaftler verrichtet. Auch hier wurde nun sein Blick ein anderer: Er sah mit einem Mal Schönheit in allen Dingen, wie sie vielleicht ein aus einer Strafanstalt Entlassener sehen mochte. Er ging in seiner Arbeit auf. Und nebenher begann er, Notizen zu machen, Notizen zu dem Beruf des echten Landwirts, wie er ihn verstand und wie es ihn hierzulande kaum noch gab. Ihm war nun, als gebe es keinen wahreren, höherstehenden Beruf als jenen – und all seine Gedanken zu dieser Überzeugung, lose und ungeordnet, schrieb er in ein eigens angelegtes Notizbuch. An Steiner oder dessen Tochter, von der er nichts mehr gehört hatte, dachte er nicht. So vergingen einige Monate.

Im Juli, an einem der vielen Regentage, die jener Monat seit einiger Zeit brachte, kam eine Postkarte, sie war von Judith. Sollte das Angebot noch gelten, würde sie am kommenden Wochenende in Rosental sein, stand darauf in deutlich voneinander abgesetzten Großbuchstaben geschrieben. Ferdinand solle ihr Bescheid geben. Es folgte, ebenfalls gut leserlich, ihre Telefonnummer. Gleich am Abend rief Ferdinand an. Er wiederholte seine Einladung. Er konnte nun überhaupt nicht mehr verstehen, weshalb er sie damals weggeschickt hatte, und, als hätte er den Grund vergessen, wunderte er sich und schüttelte den Kopf über sich selbst. In drei Tagen, am Samstag gegen Mittag, wollte sie kommen. Ferdinand freute sich darauf. Die Zeit bis dahin verging wie mit ständigem Blick auf eine Uhr, allein aus dem Grund, da Besuch bevorstand. Erst am Freitag bat er Renate, am nächsten Tag für drei zu kochen, und nachdem sie ein wenig gemurrt hatte, weil er ihr so spät Bescheid gab, schwieg sie und beäugte ihn mit ihrem jungen Misstrauen. Sie konnte sich nicht mit Ferdinands neuem Wesen abfinden, weil es ihr das Gefühl vermittelte, sie werde eigentlich nicht mehr gebraucht. Einmal hatte sie ihm etwas Ähnliches gesagt, worauf er dreingeblickt hatte wie ein Schulbub, den man bei etwas erwischt hat und dem plötzlich und nur für diesen einen Moment das Getane leidtut. Sie hütete sich, dergleichen je wieder zu äußern, auch jetzt sagte sie nichts.

Abermals kam Judith zu Fuß, obwohl auch dieser ein Regentag war – es regnete nicht stark, aber unablässig in feinen, eng nebeneinander herablaufenden Schnüren. Das Haus ihres Vaters war etwa fünf Kilometer entfernt.

Ferdinand war seit dem Aufwachen aufgeregt, was das Regenwetter noch steigerte: Hätte er doch irgendetwas auf dem Feld tun können! So dehnte sich die Zeit einmal endlos, während sie gleich darauf doch wieder zu galoppieren schien und eine halbe Stunde einfach so verflog, und endlich verlor Ferdinand jedes Gefühl dafür und spürte lediglich kurz auflodernden Zorn auf die Zeit an sich, die etwas Unverlässliches war. Er erwartete Judith jederzeit, spätestens allerdings um Mittag. Mit jedem Blick auf die Uhr wurde er angespannter; er mochte es nicht, zu warten. Als Judith um zwölf immer noch nicht aufgetaucht war, entspannte Ferdinand sich plötzlich: Jetzt wusste er mit Bestimmtheit, dass sie nicht mehr käme. Ja, sicher, sie bliebe fern, das war nun vollkommen klar. Er war darüber erleichtert, konnte sich endlich auf seine Notizen konzentrieren, über denen er seit Stunden saß, ohne bei der Sache zu sein. Sofort versenkte er sich darin. Es war nicht länger bloß eine Sammlung eigener Gedanken, er las nun Texte, die irgendwie mit dem Thema zu tun hatten, Vergils *Georgica* und *Bucolica* und Catos *De agri cultura* als erste und älteste unter ihnen, und manche andere, unbekanntere Schriften. Aus diesen Texten übertrug er Zitate in sein Notizbuch.

Als es klopfte, hatte er den Besuch vergessen und glaubte, es sei Renate, die ihn, wie immer um ein Uhr, zum Mittagessen rufe, und er sagte: »Gleich …« Er schrieb den eben begonnenen Satz zu Ende, dann blies er über das Geschriebene, verschraubte die Füllfeder und blickte zur Tür hin. – – –

9

»Es tut mir leid«, sagte er, und wieder gab sie keine Antwort, und Ferdinand versank noch tiefer in dem mit braunem Leder bezogenen alten Ohrensessel, in dem er zum ersten Mal saß und der ihm zuvor kaum einmal richtig aufgefallen war. Bewegte er sich, konnte man das Heu hören, mit dem der Sessel gepolstert war. Ferdinand starrte geradeaus – auf immer wechselnde Farbflecken vor weißem Hintergrund, die, von Renates Händen bearbeitet, jeweils kleiner wurden und in einem am Boden stehenden großen schwarzen Etwas verschwanden, das dann seinerseits gegen ein anderes, gleichfarbiges und ein wenig kleineres ausgetauscht wurde.

»Es stand bei den Heiratsannoncen«, sagte sie endlich mit erstickter Stimme. Ihre Hände lagen nun still auf einem rosafarbenen Fleck – ihrer Bluse, die sie sonntags oft getragen hatte, wie irgendetwas in Ferdinand feststellte.

»Es gab keine andere Rubrik …«, murmelte er für sie unhörbar.

Renate schniefte, holte tief Luft. Sie packte weiter.

»Es tut mir leid«, sagte Ferdinand, wieder vollkommen kraftlos. Er blickte nach draußen. Es hatte zu schneien begonnen, und im Raum wurde es deshalb heller – man bemerkte die einsetzende Dämmerung nicht. Der Schnee schmolz, sowie er auf der Erde ankam; nur auf den Dächern der beiden vor dem Haus stehenden Autos blieb ein wenig davon liegen.

Wann eigentlich hatte es begonnen? Ferdinand vermochte es kaum zu sagen. Wie im Traum waren die Monate an ihm vorübergezogen. In der erwartungslosen Ruhe, mit der er Judith zum ersten Mal angesehen hatte, hatte er sofort gewusst, die Frau vor sich zu haben, mit der er leben wollte. Anfangs genügte ihm dieses Wissen. Judith kam regelmäßig – freitags oder donnerstags – und schrieb unter Verwendung von Ferdinands Aufzeichnungen an ihrer Abschlussarbeit. Ferdinand half ihr, wo er konnte, brachte ihr, was sie brauchte, und hielt sich ansonsten zurück. War sie gegangen – fast immer kam sie zu Fuß, nur selten mit einem schon älteren Herrenrad, das ihrem Vater gehören musste –, setzte er sich an den Tisch, an dem eben noch sie gesessen war, fuhr mit den Händen über die Tischplatte, legte die Wange darauf und trank ihre Tasse oder ihr Glas leer.

Eines Abends, während Judith ihre Sachen zusammenpackte, strich Ferdinand, zerstreut und als wäre er allein, mit einem Finger über den Rand ihrer vor Stunden auf einer Werkbank am anderen Ende des Raumes abgestellten Teetasse. Judith bemerkte es. Und sofort begriff sie. Ferdinand, ertappt, erschrak, aber bestritt nichts. Kein Wort fiel, alles geschah nur mit Blicken.

Von da an kam sie öfter, eine Liebesbeziehung, fast täglich an Intensität zunehmend, entspann sich. Konnten sie nicht zusammen sein, schrieben sie einander Briefe, und zeitweise nahm es Ferdinand dermaßen in Anspruch, dass er sein Tagwerk vernachlässigte. Dennoch war darin keine Spur Überschwang: Mit einer Ernsthaftigkeit, die er nicht gekannt hatte, erlebte er diese Zeit, die wie ein Erwachen aus einem langen, vagen Traum war. Hatte er denn je wirklich geliebt? War es je etwas anderes als eine Erwiderung auf das gewesen, was ihm entgegengebracht wurde? Diese Frage, die er sich häufig stellte, hatte neben allem Beglückenden auch etwas Schmerzhaftes, weil sie die Antwort in sich trug und so allem Vergangenen einen Anhauch von Sinnlosigkeit verlieh. Nach wie vor beäugte Renate ihn misstrauisch, wegen Judith jedoch schien sie nicht sonderlich besorgt – manchmal erkundigte sie sich nach ihr, der »Kleinen«, und fragte, wie es ihrer Arbeit gehe.

Sie trafen sich oft in dem Häuschen ihres Vaters, der es für die Zeit ihrer Forschung seiner Tochter überließ und seine Wochenenden einstweilen im Burgenland verbrachte. Steiner, erfuhr Ferdinand, hatte das Haus von seinem Ziehvater geerbt – der Vater war jung gestorben. Die Vorsicht, nicht ertappt zu werden, ging von Judith aus, und Ferdinand fügte sich, obwohl er sich manchmal sogar wünschte, aufzufliegen, oder dass es zumindest ein Gerücht gäbe. Denn so unbekannt, so traumhaft-unwirklich erschien ihm bisweilen das Geschehende, dass sogar ein Gerücht – auch nur das vagste, jedenfalls irgendetwas von außen – es beglaubigt hätte und ihm vielleicht auch eine Sicherheit gewesen wäre. Das war allerdings nichts als ein ziemlich verschwommener Hintergrund. Im Vordergrund standen die so neuartigen starken Gefühle, von denen Ferdinand ganz und gar beherrscht wurde, gleich, ob Judith an- oder abwesend war, und die ihm als der einzige und wahre Sinn des Daseins – seines Daseins – vorkamen.

Nachdem sie den Sommer und beginnenden Herbst über ihre Arbeit zeitweise fast vergessen hatte, ließ sie gegen Mitte Oktober hin eine gewisse Eile erkennen, endlich weiterzukommen. Ferdinand fand nichts Besorgniserregendes daran – vielmehr beruhigte es sein Gewissen, das ihm öfter gesagt hatte, er halte sie von ihren Studien ab. Sie kam nun noch häufiger und saß ganze Tage im Alten Stall über Ferdinands Ordnern. Sie kam ihm angespannt und unzugänglich vor, was ihn dann doch verunsicherte: Stundenlang strich er draußen herum und fragte sich, ob sie ihn überhaupt auch nur ein kleines bisschen liebe. Diese Tage – kaum mehr als drei Wochen – gingen aber vorbei, und danach war Judith ihm gegenüber wieder weitaus aufmerksamer. Ferdinand drängte sie, die Vorsicht aufzugeben, und sie ließ sich überreden. Ferdinand war der Meinung, nun würde ihr Verhältnis öffentlich – wie hier schließlich alles über kurz oder lang bekannt wurde. Aber immer noch schien niemand etwas davon zu ahnen, und nicht einmal Renate, die, war sie nicht wegen der Enten unterwegs, fast immer zu Hause war und in deren unmittelbarer Nähe sich alles abspielte, schien den leisesten Verdacht zu schöpfen. Hätte Ferdinand ihr das zugetraut, er hätte sie für eine Schauspielerin halten können. Endlich, an einem kalten Novemberabend, wurde das Verhältnis bekannt. Doch nicht die zögerlich aufgegebene Vorsicht war es, die sie verriet, sondern so etwas wie ein Missverständnis.

Für gewöhnlich trieb Renate abends gegen sieben Uhr die Enten in den Stall, damit sie in der Nacht vor dem Fuchs sicher waren. Danach ging sie ins Haus und wusch sich und bereitete das Abendessen zu, das sie üblicherweise um acht Uhr einnahmen – daran änderte auch Judith nichts. Ferdinand, so er im Alten Stall war, wusste also durch das Entengeschnatter, wie spät es war und wie viel Zeit verblieb, bis Renate kommen und ihn zum Abendessen rufen würde. Nur um zum Essen zu rufen, betrat Renate seinen Raum, ansonsten war es noch nie vorgekommen – auch das wog Ferdinand und Judith in Sicherheit. Wenn sie sich bisweilen auch tagsüber küssten, die Liebe hoben sie sich für diese Stunde auf.

An dem besagten Novemberabend hatten sie besonders ungeduldig auf das Ertönen und Verstummen des Entengeschnatters gewartet und hatten, kaum war die Stalltür nebenan verriegelt worden, ihrer Begierde freien Lauf gelassen. Sie ließen das Licht an, denn die Fensteröffnungen lagen erhöht, und die Scheiben waren zudem jene dicken, die wie in der Bewegung gefrorenes Wasser aussahen und durch die man nur sehr Schemenhaftes erkennen konnte. Selbst wenn Renate, als sie um kurz nach halb acht noch einmal zurückkam, sich auf einen Schemel gestellt und hineingeblickt hätte, hätte sie nichts sehen können. Sie kam zurück, weil sie zum ersten Mal vergessen hatte, die Wasserbecken für die Enten aufzufüllen. Vielleicht war es der Wunsch, die Vorsicht endlich richtig aufzugeben, vielleicht die Erregung, die es Ferdinand versäumen ließ, den Schrei, der Judith entfuhr, wie sonst immer, mit der Hand zu ersticken. Diese beiden Zufälle, verbunden mit Renates völliger Ahnungslosigkeit, führten zu der Entdeckung. Renate stürzte aus dem Entenstall und riss die Tür zum Alten Stall auf und erstarrte noch in der Sekunde. Wenige Meter vor ihr, auf dem blanken Boden, lagen Ferdinand und Judith. Ferdinand starrte sie entsetzt an, Judith wandte das Gesicht ab.

»Oh«, sagte Renate und machte einen Schritt zurück. Ihr Blick wanderte von Ferdinands Augen an dessen entblößtem Körper nach unten. »Oh.«

Sie hatte den Schrei für einen des Schmerzes gehalten. Hatte geglaubt, dass etwas passiert sei. War herbeigeeilt, um zu helfen. Den Blick von Ferdinands verborgener Leibesmitte lösend, verschwand sie. Ferdinand sprang auf, warf sich ein Hemd um die Hüften und lief an die Tür. Von Renate war bereits keine Spur mehr. Nur aus dem benachbarten Stall kamen, langsam und eine nach der anderen, die Laufenten, und sie bildeten durch ihr beständiges Tropfen ein weißes Rinnsal in der beginnenden bläulichschwarzen Nacht.

Jetzt blieb der Schnee nicht länger nur auf den Dächern liegen, sondern auch auf der Erde, und ganz langsam wurden die Wiesen und Felder weiß; am nächsten Morgen schon würde vielleicht alles unter einer ersten Schneedecke liegen. Renates Hände bewegten sich nicht mehr. Ihre Koffer waren gepackt.

»Und jetzt?«, fragte Ferdinand und warf ihr einen kurzen Blick zu.

Er wagte es kaum, sich über seine wahren Gefühle Rechenschaft zu geben. Natürlich war er beschämt und reumütig, vor allem aber war er – glücklich. Endlich konnte das mit Judith die Form annehmen, die angemessen war.

»Ich gehe zu Wenzel«, sagte Renate, und Ferdinand zuckte zusammen.

»Zu Wenzel?«

»Ja«, sagte sie, »bis ich etwas anderes habe. Und er kann ein wenig Gesellschaft gebrauchen.«

Damit nahm sie den kleineren Koffer und verließ den Raum. Nach ein paar Minuten stand Ferdinand auf und nahm wie willenlos den großen Koffer und stieg damit die steile Treppe hinab, die unter dem ungewohnten Gewicht knarzte.

10

Eine Woche verbrachte Ferdinand in Einsamkeit. Sogar die Enten hatte Renate zu Wenzel mitgenommen. Diese Zeit kam ihm weder lang noch kurz vor – und sie tat ihm wohl. Er hatte das Gefühl, dass sich nun alles ordnete. Er arbeitete wie gewöhnlich, stellte im Haus ein paar Dinge wieder so, wie sie früher gewesen waren, und trug den braunen Ohrensessel in sein Zimmer. Von Judith hörte er nichts, und er selbst kam zum ersten Mal, seit sie sich kannten, nicht auf die Idee, ihr eine Nachricht zukommen zu lassen.

Erst nach Ablauf der Woche schrieb er ihr: »Wann sehen wir uns wieder? Du fehlst mir sehr. F.«

Von da an trafen sie sich von Neuem, ein, zwei Mal in der Woche; allerdings waren die Treffen anders als früher, und Ferdinand fühlte den Grund. Er meinte, sie gebe ihm die Schuld an der sie alle entwürdigenden Szene, über die sie, weder im Ernst noch im Scherz, nie gesprochen hatten. Obwohl nun keinerlei Vorsicht mehr notwendig gewesen wäre, kam Judith meist erst abends, und sie wollte nicht mehr, dass er zu ihr kam. Ferdinand sah, dass er geirrt hatte mit seiner Annahme, das Bekanntwerden ihrer Beziehung würde diese auf eine neue Ebene heben – im Gegenteil, sie schien sich fast zurückentwickelt zu haben. Er nahm das seufzend zur Kenntnis – er würde Geduld brauchen. Aber, fragte er sich dann, hatte er es etwa eilig? Nein, das hatte er nicht, und fast musste er über sein eigenes Seufzen lachen. Er wollte sich gern gedulden.

So ging der Winter, erst zum Ende hin bitter, vorbei, und zögerlich zog der Frühling ins Land.

Es gab auf dem Hof eine nicht besonders große, alte Getreidemühle. Ferdinand hatte in den ersten Jahren damit Getreide gemahlen und es verkauft, weil er selbst dafür keine Verwendung hatte. Jetzt, da er es sich oft vorstellte, eines Tages mit Judith hier zu leben, wollte er sie wieder in Betrieb nehmen, um Mehl zum Brotbacken zu mahlen. Doch er konnte es nicht, denn irgendwann hatte er den zur Mühle gehörenden Keilriemen Hans geliehen und nie zurückbekommen. Da er wegen der Ereignisse in der Vergangenheit nicht hinfahren wollte, rief er Wenzel an und bat ihn, den Riemen für ihn zu holen. Es dauerte eine Weile, bis Wenzel den Riemen besorgt hatte. Sie trafen sich im Wirtshaus, das umgebaut worden war. Ferdinand fiel auf, wie schlecht Wenzel aussah: tiefe violette Ringe unter den Augen, eine wächserne Gesichtsfarbe – als hätte er eine Woche lang getrunken. Von dem Äußeren Wenzels kamen Ferdinands Gedanken auf den Hof des Freundes, und er befragte ihn dazu und gab ihm einige Ratschläge. Dann fiel ihm ein, was ihn seit einigen Tagen beschäftige.

»Bei dir ... da wächst doch auch Flieder, nicht wahr?«

»Ja«, sagte Wenzel, »um das ganze Haus steht er.«

»Und – ist damit alles in Ordnung? Treibt er aus?«

»Aber ja«, sagte Wenzel, »natürlich. Warum fragst du mich das?«

Ferdinand antwortete nicht. Von all den Fliedersträuchern, die um seinen Hof wuchsen, hatte kein einziger ausgeschlagen, und die Rinde der Sträucher war zudem schwarz geworden. Manche sahen aus wie jene Gewächse, die er vor dem Haus seines Vaters in Bolivien gesehen hatte. Er wischte die Gedanken weg und sprach von irgendetwas anderem, erzählte Wenzel Geschichten, die er gehört hatte, die der Wind ihm zugetragen hatte, wie er es nannte. Nach etwa einer Stunde stand Wenzel auf und sagte, er müsse nach Hause. Er sah nun besser aus. Ferdinand blieb noch lange.

Am folgenden Morgen probierte er, begleitet von leichtem Kopfschmerz, die Mühle aus; sie funktionierte, und Ferdinand mahlte etwa zehn Kilo Mehl. Einen Teil davon wollte er Wenzel geben, einerseits als Dank für seine Hilfe, andererseits, weil er ihn zu irgendeiner Art Tätigkeit bringen wollte: Die Ratschläge, die er ihm hin und wieder die Landwirtschaft betreffend gab, schien Wenzel gar nicht zu hören, zumindest befolgte er keinen einzigen davon. Er wirtschaftete irgendwie – eher wie ein Verwirrter als wie ein Dilettant.

Später am Tag stellte er sich ans Stubenfenster, wo seit Jahr und Tag das schwarze Scheibentelefon stand, und wählte Wenzels Nummer, erreichte ihn aber nicht. Gegen Abend kam Judith und blieb bis zum Morgen, und einige Tage lang kam Ferdinand nicht dazu, ihn wieder anzurufen – die Äcker für das Sommergetreide wollten bestellt werden. Nachdem das meiste erledigt war, stellte er sich eines frühen Nachmittags wieder ans Fenster, wählte die Nummer und sah nach draußen, während er darauf wartete, dass Wenzel abhob. Nachdem es vier oder fünf Mal geläutet hatte, wurde der Hörer abgenommen. Noch bevor sie richtig etwas sagte, fuhr ihm das Wissen, dass sie es war, wie ein Schreck durch die Knochen. Sie lebte also immer noch dort. Ferdinands Blick fiel auf einen Fliederstrauch, sprang von dort in die Ferne, wo ihm das Gebirge als eine Ausfaltung oder andersartige Fortführung des Himmels erschien.

»Ist Wenzel nicht da?«

Renate gab keine Antwort.

»Ich habe«, sagte Ferdinand und räusperte sich, »ich habe Mehl – das wollte ich ihm vorbeibringen ... fragen, ob er es brauchen kann ...«

Ihr Schweigen war scharf wie ein Messer. Ferdinand spürte, wie es sich gegen ihn drückte, und wie um ihm zu entweichen, fing er an, von der Mühle zu reden, bis Renate mit einer Stimme, schärfer als alles, fragte: »Warst du schon einmal in Georgien, Ferdinand?«

»Wie? Nein!«

»Vielleicht fährst du bald einmal hin?«

»Ich? Nach Georgien? Warum sollte ich denn?« Ferdinand lachte auf.

»Oder wirst du sie gar nicht besuchen, Ferdinand?«

Ferdinand erschauderte. Nach langen Sekunden flüsterte er – und noch im Flüstern war seine Stimme heiser: »Wen besuchen?«

»Ihr Mann ist Diplomat. Der Ehemann von Judith. Ja, Ferdinand. In ein paar Monaten übersiedeln sie nach Tiflis.«

11

Vor gut siebzig Jahren – einem Menschenleben – waren die Goldbergers nach Rosental gekommen. Sowenig man ganz am Anfang ihre Anwesenheit bemerkt hatte, sowenig bemerkte man sie auch jetzt. Man wusste zwar von Ferdinand, und man erzählte sich noch diese und jene Geschichte, aber es war, als wäre er nicht mehr da. Nie sah man ihn. Einer sagte, er sehe ihn manchmal in Kirchdorf, im Supermarkt, wo er einkaufe. In Rosental sah man ihn nicht mehr.

Nur Thomas kam noch. Zweimal im Jahr kam er und ging in das Wirtshaus am Ortsrand. Er war noch hagerer geworden, und niemand erkannte ihn mehr. Wenn die Wirtin ihn, der wie eingenickt an der Theke saß und sein Glas oft lange nicht anrührte, leicht anstieß und fragte, ob alles in Ordnung sei, hob er den Kopf und fand aus seiner Versunkenheit. Dann zog er eine dunkelblau eingebundene, fliegenfleckige Bibel aus der Seitentasche seines abgetragenen Sakkos, legte die Hand leicht darauf und sagte, ja, es sei alles in Ordnung, denn nun habe es ein Ende. Was er damit meine, fragte die Wirtin nie.